अवेणि

अवेरि

स्नेह मोहनीश

ग्रंथ अकादमी, नई दिल्ली

मानव संसाधन विकास मंत्रालय द्वारा
'अखिल भारतीय पुरस्कार' से पुरस्कृत

प्रकाशक : ग्रंथ अकादमी, १६५९ पुराना दरियागंज, नई दिल्ली-११०००२
 / संस्करण : २००९ / मूल्य : दो सौ रुपए
मुद्रक : नरुला प्रिंटर्स, दिल्ली ISBN 81-88267-35-X

AVENI *novel* **by** Smt. Sneh Mohnish Rs. 200.00
Published by Granth Akademi, 1659 Old Darya Ganj, New Delhi-2

भूमिका

हाँ, यह शहर जिसे कभी 'विलासा' नामक केंवटिन ने बसाया था—भगोड़ों और विस्थापितों का है। लोग सीढ़ियाँ बनाकर इसे पार कर गए। बची सीढ़ियों का उपयोग कर कोई इस शहर की खोह में उतर गया।

यह शहर उन्हीं के लिए फलता-फूलता रहा है, जो यहाँ से चले गए या बाहर से आकर बस गए। जो यहाँ के थे, इस जमीन, इस धूल के थे वे मालधक्के में हमाली करते हैं, राहत कार्य में गिट्टियाँ तोड़ते हैं या 'बनिहारी' करते हैं या फिर दूसरे प्रदेशों में बँधुआ मजदूरों के रूप में रेहन रह जाते हैं।

अकाल इस जिले की नियति है। वर्षा-अभाव या कीट प्रकोप या फिर सूखा प्राय: प्रतिवर्ष जिले के हजारों मजदूर व अकाल की विभीषिका से त्रस्त कृषक पलायन कर जाते हैं। कुछ लौट आते हैं, कुछ जीवन भर के लिए बंधक बना लिये जाते हैं।

स्वामी अग्निवेश 'मुक्ति' करा के कुछ मजदूरों को लाते हैं, पर वे मुक्ति पेट की ज्वाला से तो नहीं दिला सके हैं न! वह पेट जो रोटी माँगता है, बोरे (बासी भात) माँगता है। होता यह है कि दस मुक्त कराए जाते हैं, चालीस मय परिवार भागने को विवश हो जाते हैं। स्वतंत्रता के ५४ वर्षों के बाद भी, इस भागने व मुक्त कराने के बीच झीनी चादर है। सिर्फ रोटी की! जी हाँ, सिर्फ रोटी की। जो आज भी उसी तरह कटु प्रश्न है, जो ५४ वर्ष पूर्व थी।

दर्द होता है इस शहर के उन जागी आँखों के सपनों के लिए, जिसके लिए जाने कितने आज होम हो रहे हैं।

जिनकी यह धरती थी—'धान का कटोरा' छत्तीसगढ़ की धरती, दूबराज, विष्णुभोग की धरती, चंद रुपयों की रोजी पर कतिया करती है। रेलवे लाइन के शंटिंग से गिरे कोयलों को बेचकर पेट की ज्वाला शांत करती है, तब लगता है, इस नगर को किसका ग्रहण लग गया? हाँ, बिलासा, क्या तुम्हारा?

—स्नेह मोहनीश

अनुक्रम

अध्याय-एक

अपराग्नि

भिनसार, धुँधलके में कौए काँव-काँव कर उठे, संतोषी माई के मंदिर के ऊपर सिंदूरी उजास फूट रहा है, भादों की ठंडी बयार डोल रही है। अमराई के पार कोयल की कूक रह-रहकर गूँज उठती है—कू···कू···

छप्प···छप्प···छप्प···छाप्प···

घटौंधा पर कपड़ा पछाड़ते उसके हाथ कुछ देर के लिए थम गए थे—हाँफने, साँस भरने के लिए। अँधेरे में रेत में दो-चार उगड़ी टोकनियाँ-सी पड़ी दिखाई दीं—'थू···रे···'

'जम्मो झगड़ा इहाँ पेट खातिर। बड़ फजर उठत बरोबर पेट के जुगत। कतका बढ़िया होतिस—भगवान् न पेट देतिस, न पेट खाली होतिस। हिस्स···रे··· ?' अपनी कल्पना पर कुछ देर खुक्-खुक् हँस उठी थी। अंटी से खैनी निकाल मुँह में धर ली थी। कुछ देर चुभलाने के बाद शिराओं में कुछ जान दौड़ी थी। पौ फटने लगी थी। कपड़ों पर दोबारा झुक गई थी वह। पीठ में कल रात पड़ी मार की टीस उभर आई थी।

'असकटा गयेंव ये दुःख सहिके। का जीना।'···पिच्च···पच्च से थूका था उसने।

सुबह की बासी घालय जबान और खैनी का स्वाद कुछ अनजाने तीते स्वाद से भर उठी थी जीभ। 'टारगा···!' अपनी पीठ की पीड़ा को विस्मृत करने के लिए जोर-जोर से वह कपड़े पछाड़ने लगी—हुप्प···छप्प···छप्प···छाप्प···छाप्प···!

बोली थी, 'पानी थमा है, आज रात भट्ठा चढ़ा देंगे। गराहकों के कपड़े हप्ते-तीन दिन से इकट्ठे हो गए हैं। गराहक टूट गए तो राँधेंगे क्या? खाएँगे क्या? बोलो, क्या बुरा किया? फिर चिटिक-मिटिक खाना तुम्हीं माँगते हो। बोलो, क्या

बुरा किया? हाँ, यह जरूर मेरे से गुस्से में निकल गया था—'गोड़िन ल लेके जम्मो दिन पड़े रहिबे त हो जाही काम?'

'तालाब से मारकर लाई मछली-भात खाकर तृप्ति से डकार लेता रामजी ओसारे में चिलम फूँकता बैठा था। जूठे बरतन लेकर मैं आँगन में माँजने की जुगत करने लगी, राखड़ लेने उठी ही थी कि कमर में एक लात कस्स के···सीधी भी नहीं हो पाई थी कि दूसरी···तीसरी···चौथी···

'राँड़! कमाई के जोर देखाथस? छिनार···'

'मार डाल रे, भड़वा रे, तोर कीरा परें, तोर गोड़िन के कीरा परें।'

गाली नहीं देती तो क्या करती, बोलो? पैसा दी मैं, राँधी-पकाई मैं, मुँह खोल के नहीं बोला, खाबे कि नहीं बोधनी के दाई!

'मार की पीड़ा में ऐसे ही वह अदृश्य पंचों को साक्षी मानकर बोलती रहती है, फैसला भी देती है स्वयं। घाट के पत्थरों को सुना देती है पंचों की तरफ से।

मार की पीड़ा से मुँदी जा रही आँखों से देखा था लक्षन ने, चिरौंजा कोठरी के दरवाजे पर कमर पर हाथ रख के खड़ी हो गई है—राँड़ दो दिनों से रोजी पर भी नहीं जा रही है। रामजी हाथ झाड़ता उठा था, चिरौंजा को अंदर करके भड़ से दरवाजा भेड़ दिया था। कोठरी के बाहर ओसारे में सोई कौशल्या दाई के रुदन से हाऊँ-हाऊँ करके रो उठी थी—'दाई हो···!'

बड़ी रात तक लक्षन आँगन में जूठे बरतनों के पास औंधी पड़ी रही थी। रामजी और गोंड़िन के कमरे में अँधेरा हो गया था। बोधिन और कौशल्या रो-गाकर बोरे पर फिर से पड़ गई थीं। लक्षन उठी थी। स्ट्रीट लाइट की रोशनी में सड़क के किनारे बरतन माँजने लगी। बरतन माँजकर मुँह धोया, कुल्ला किया था। जमीन पर गिरने के कारण होंठ कट गया था। नमकीन स्वाद था मुँह में खून का—'कीड़े पड़ेंगे रे गोंड़िन···'

लक्षन ने शाप देते हुए अपनी उँगलियाँ पटपटा के तोड़ी थीं। पर उसका शाप रामजी और चिरौंजा के बंद अँधेरे दरवाजे से लौट आया था। थू···! पच्च से थूका था लक्षन ने—'आग लगे इस मुहब्बत भाला को···'

सड़क पर इक्का-दुक्का ट्रक गुजर रहे थे। सड़क के उस पार के डाक्टरनी बाई के जचकी हस्पताल की रोशनी चमक रही थी। तोरवा का जीवन जनशून्य हो गया था, सिवाय दो-चार आवारा कुत्तों, लावारिस ढोरों के, जो इस जनशून्यता और अँधेरे की प्रतीक्षा कर रहे थे आश्रय के लिए।

बच्चियों को बोरे पर एक ओर कर लक्षन लेट गई थी। लेटते ही पीठ परसे

पीड़ा की एक लहर पैरों-पंजों तक दौड़ गई थी—'भड़वा रे, कीड़े न पड़े तो कहना तेरे गोंड़िन में।'

अनायास ही फिर से शाप दे उठी थी लक्षन!

एक हफ्ते से मेह बरस रहा था। घर में दूसरे दिन के लिए चाउर का एक दाना भी नहीं था। कोठरी में ग्राहकों से लाए मैले कपड़ों का अंबार लग गया था। किस मुँह से कल को पैसे माँगेगी उनसे? साबुन का चूरा नहीं, अपने हाड़-गोड़ तो चुरा नहीं लेगी भट्ठे में? वह भी कर ले, अगर कपड़े साफ हो जाएँ?

रामजी सारा दिन ओसारे में बैठा चिलम फूँकता रहा, कोठरी के अंदर-बाहर होता रहा। महारानी सुबह से आसन-पाटी लिये बैठी हैं। दोपहर को कुछ बूँदाबाँदी फिर हो गई। रामजी 'मछरी' मारने बँधवा तालाब चला गया था, उसी समय सुबह की गई लक्षन मरी माई के पास से छट्ठी का कपड़ा धोकर दिन भर की थकी-भूखी लौटी थी। अंटी में पच्चीस रुपए थे जरूर, पर उसने एक हाफ कप 'चाय' भी पीने की दरियादिली नहीं दिखाई थी। जाने क्यों, पैसे आते ही वह घर लौटना चाहती है···घर? जहाँ उसकी सुख-शांति के बीच दीवार खड़ी है—चिरौंजा के रूप में।

देर शाम को रामजी बँधवा तालाब से एक बड़ी बाँबी मछली लेकर लौटा था—

"ले, राँध रे बोधिन की दाई।" रामजी ने बाँबी 'मछरी' लक्षन के सामने फेंकी। "बने मसारा डार के राँधबे समझे?"

"मैं नई राँधब।" लक्षन ने साफ मना कर दिया था।

"काहे? सुनूँ तो।"

मुँह-हाथ धोने के लिए आँगन की ओर जाता रामजी पलट आया था, उसका पारा सातवें आसमान पर जा चढ़ा था—"काबर? काबर नई राँधबे सुनौं त?"

बँधवा तालाब में मछली की प्रतीक्षा में जी भर के चिलम चढ़ाई थी उसने

"कपड़े के लिए बंगाली बाबू सुबह चिल्ला रहा था, उसे आज कलकत्ता जाना है, कपड़े परेस किया? अभी आता ही होगा, दूँगी क्या उसे, मेरा हाड़ या तेरा गोड़?"

दिन भर की भूखी-प्यासी क्लांत लक्षन बिलबिला ही तो गई थी।

"कह देना टाइम नहीं मिला।"

रामजी ढिठाई पर उतर आया था।

"इत्ती अमीरी है तो बाबू भय्या बन जाते? काहे गंदा कपड़ा धोते हो?"

लक्षन कमर पर हाथ रखकर खड़ी हो गई थी। गराहक आएगा लड़ने तो दुम दबा के बाहर निकल जाएगा, उसका क्या? निपटना-जूझना तो उसको ही होगा।

"तेल है घर में, मसाला है, बोल अपनी गोड़िन को वही राँधेगी मछरी।"

लक्षन ने तिनतिनाकर कोठरी की ओर उँगली तानी थी।

"तू नई जानती, बिहनिया से वह गोदना गोदा के बैठी है।"

"हाय—बड़ पीरा हावे। गोदना गोदाए बर पैसा रहित तोर करा? कब से बोली थी कोयला ला दे, लाया कोयला?"

"पैसा उसके पास था। मेरे कने कहाँ था?"

मछली खाना था, रामजी ने देखा उसका चिरौंजा का पक्ष लेना कहीं भारी न पड़ जाए, कुछ कोमल पड़ा था।

रामजी मुँह-हाथ धो ओसारे में बैठ चिलम सुलगाने लगा—'हुँह···रोएगी, गाएगी, लाएगी कहीं से।'

वह आराम से कश लगाने लगा, उसकी इस निश्चिंतता पर लक्षन का उतरता क्रोध फिर से माथे तक चढ़ दौड़ा—

"वो बेरा का? वो बेरा का सपना पड़ा था कि तू मछरी लानेगा?"

रामजी झल्लाता उठा तेल की बोतल चूल्हे के पास से उठा बाहर जाने लगा—"ये ले···"

लक्षन ने उसे जाते देख पीछे से आवाज दी थी और दस रुपए का नोट उसकी ओर आँगन में फेंका था—"लेगं जा।" नहीं तो जानती थी घूमते-घूमते या कहीं खड़े-खड़े वापस छूछे हाथ घर लौट आएगा—ये मिला रहा रास्ते में या शीशी फूट गई करके।

दस रुपए का नोट देख रामजी की आँखें चमकीं और दाँत निकल आए थे।

"दस रुपए का और मोट हो तो देना एक अद्धा मैं भी मार लेता।" वह गिड़गिड़ा उठा।

"नहीं है।" लक्षन साफ मुकर गई थी।

"अरे बोधनी, कौसिल्ला की सौंह है तुझे, कल लौटा दूँगा।"

बिना हिले-डुले रामजी तेल की बोतल लेकर बाँस जैसा खड़ा रहा। लक्षन थोड़ा पिघली थी। ऐसे ही तो रेत के सूखे डबरे की तरह पिघल-पिघल जाती है वह। वर्षों पहले का रामजी उसके समक्ष मानो आकर खड़ा हो गया था। चिरौरी करता, प्यार बरसाता।

लक्षन के दिल में ढेरों दया जाने कहाँ से उमड़ आई थी—"ले।"

कमर के दूसरी ओर से दस रुपए का नोट निकाल रामजी की ओर आँगन में फेंका था उसने।

"चार रुपया का साबुन चूरा और दू रुपया के कोयला दू किलो।"

ओसारे से उसने बोरा उठा रामजी को थमाया, दस रुपए के ऊपर कुछ रेजगारी भी।

"अरे, मैं कहाँ जाऊँगा कोयला, साबुन लाने? कौसिल्या को भेज दे।"

चिहुँका था रामजी और भुइयाँ में पड़े नोट को चील की तरह झपट यह जा वह जा...

'मन के मछरी छलँगत है।' लक्षन बड़बड़ाई थी, 'चलूँ, मछली काटूँ।'

लक्षन ने ओसारे से हँसिया उठा आँगन में मछली काटने बैठ गई थी, चिरौंजा की कोठरी में अँधेरा था।

'आज महारानी दीया-बाती नई करही का?'

बड़बड़ाती लक्षन जल्दी-जल्दी मछलियों के टुकड़े करने लगी। कुछ देर में मेह बरसने लगा था। टार गा...मेघ पर वह झल्लाई थी। इस तरह तो आज रात को वह भट्ठा नहीं लगा पाएगी। पानी गिरते ही आँगन के बाड़े के पास बकरियाँ जोर-जोर से मिमियाने लगी थीं..."महारानियाँ अभी लौट रहीं हैं, खड़े रहो वहीं चिल्लाते, हाथ खाली नहीं है।"

लक्षन के हाथ हँसिए पर तेजी से चलने लगे थे।

"म्याऊँ।"

शिवराम के घर की बिल्ली मछली की गंध पाकर दबे पाँव पीछे से चली आई थी।

"तू भी, ले तू भी ले।"

मछली का पोटा उसने बिल्ली की ओर फेंका था। बिल्ली पोटा लेकर एक छलाँग में छत पर चली गई थी।

"मनबोधनी, एक ठन थारी लाबे बेटा!"

मनबोधनी सिल्वर की थाली ले आई थी—

"दाई मोला दू फोड़ा मछरी के देबे वो?"

कौसिल्या ललचाई थी।

"दू फोड़ी? तोर ददा अऊ वो गोंड़िन ले बाच जाए।"

लक्षन ने कौसिल्या को झिड़का था और मछली की थाली उठा उठ खड़ी हुई।

''सुन मनबोधनी, मछरी देख। मैं लालटेन बारवँ। दीया-बाती का टैम और महारानी सो रही हैं।''

लक्षन कोठरी से लालटेन उठा साफ करने लगी।

''मनबोधनी, बिल्ली घूम रही है सम्हलबे ना, नहीं तो तोर बाबू दयालबंद से दारू पीके आता ही होगा। मेरे को ही राँध के खा जाएगा।''

''हाहो दाई, दूनों हाथ थारी मँ धर के बैइठे हवौं मैं।''

मनबोधनी ने मछली की थाली में अपनी हथेलियाँ कस के जमा दी थीं। लालटेन जल गई तो लक्षन ने ओसारे की छत में टाँग दी।

''दुर रे हरामजादी।''

मनबोधनी के आस-पास पोटा खाकर लौट आई शिवराम की बिल्ली को उसने झिड़का था, मनबोधनी से मछली की थाली ले चूल्हे के पास आ बैठी थी।

''दाई ओ, भूख लगे हे।''

कौसिल्या गली का एक चक्कर लगा लौट आई थी।

''ले, थोरकुन नून मोर ऊपर छोड़ के खाले। जम्मो दिन गली मा खेलबे, दू बेरा तोरवा स्कूल मा नाव लिखाएँव, भाग आय तैं? मास्टरनी का तोर महापरसाद लागथे, जो तोर लिहाज करतिस? स्कूल जाए मँ परान जाथे, अऊ गली मा चक्करबिल्ला खेले मँ तोर जाँगर नई टूटै रे टूरी!''

अपनी पीठ पर झूल आई कौसिल्या को लक्षन ने एक ओर झटक दिया था, चिढ़ गई थी कौसिल्या इस आरोप से।

''स्कूल का जाँव? किताब लेके दे रही का? पाटी टूट गइस तौ बिसायी रही?''

''पाटी? तोर हाथ माँ का खिला गड़े हे? नावा-नावा पाटी? एक तहिंच हस मालगुजार के बेटी? तोर बाप कमौता रहतिस त का के बिटौना रहीस रे?''

फिर से गली में भागी जा रही कौसिल्या को लक्षन ने टोका, मिट्टी के चूल्हे के पास बिखरे पान-पराग के जंग लगे पचके डिब्बों में से कुछ ढूँढ़ने लगी—कुछ रेजगारी हाथ में आई—''ले तो ले।'' अंटी में से उसने पाँच रुपए का नोट निकाला—''सिंधी के इहाँ से दू किलो कोयला लानबे दू रुपया के और दू रुपया के साबुन चूरा।''

''मैं नई जॉव!''

अपने लिए एक भी पैसे का हिसाब न देख वह तिनकी थी।

''अच्छा ये रख।''

लक्षन डिब्बे से एक रुपए का सिक्का निकाल कौसिल्या की ओर उछाला, "ले मर, बीस पैसे का हरदी लाना, बीस पैसे का तमाखू तोता छाप और दस पैसा के करी के लाडू।"

दस पैसा सिर्फ अपने हिस्से में पाकर कौसिल्या बिदक गई—"दस पैसा! दस पैसा मँ एक लाडू आही फिर तैं कहेगी मनबोधनी ल देदे थोरकुन!"

"मत दे, जा भाग के जा जल्दी, मछरी के लिए हरदी पीसना है, तोर ददा आवत होही।"

लक्षन ने कौसिल्या को झिड़का था।

"ले बेटा मनबोधनी, जरा ये पीस दे सिल-बट्टे मँ।" लक्षन ने एक कटोरी में सरसों, मिर्ची, लहसुन रखकर कहा था, "हल्दी ऊपर से डाल दूँगी और का?"

मनबोधनी कटोरा उठा सिल-बट्टे से पीसने बैठ गई थी। बकरियाँ अभी भी मिमिया रही थीं। "खड़ी रहो रात भर ऐसे ही, रात तक नहीं बाधूँगी।"

लक्षन चूल्हा बारने लगी। पानी की बौछार से लकड़ियाँ गीली हो गई थीं, धुँआ-ही-धुँआ ओसारे में भर गया था। लक्षन फूँगरी लेकर फूँकने लगी, खाँसते-खाँसते बेदम हो गई वह। 'टार···ये चूल्हा भी···' लक्षन खाँसते घुटनों में दोनों हाथ रखकर उठी, ओसारे में रखी लालटेन लुढ़का मिट्टी तेल से चिंदरी भिगोया था, चिंदरी चूल्हे की लकड़ी उठा उसके नीचे धरा तो चिंदरी भभक के जल उठी थी, भभकती चिंदरी पर उसने लकड़ी धर दी थी। 'हाँ, अब बनिसे।' बुदबुदाई थी लक्षन।

"दाई, ओ दाई!"

कौसिल्या कोयले का फटा बोरा घसीटती हाँफती खड़ी थी।

"कित्ता कोयला रद्दा में गिरा के आई रे राँड़?"

"एक्को नहीं, दाई।"

कौसिल्या मार के भय से पहले ही गिड़गिड़ा उठी। सच तो यह था कि कोयले के बोरे को घसीटते हुए लाते समय सड़क पर कुछ कोयला गिरा था, कौसिल्या ने उसे उठाने की जहमत मोल नहीं ली थी—उसे भूख लग आई थी और दाई मछरी राँध रही थी।

"लान हरदी दे।"

"ले।"

कौसिल्या ने हलदी की पुड़िया उसे थमाई।

"करी के लाडू नहीं ली रही क्या?"

"करी के लाडू नहीं रहा, चुसनी लिये हैं खा गएँव।"

कौसिल्या ने पिपरमेंट की गोली जल्दी से गटक लिया, इस डर से कि दाई के पलटते ही मनबोधनी कहे न—थोड़ा सा मुँह से निकालकर दे न?

"ले कोयरा चूल्हे के पास धर दे।"

लक्षन हलदी की पुड़िया लेकर पलटी थी, "अभी तक नहीं आया तेरा ददा तेल लेकर?"

चूल्हे की लकड़ी चटचटा के जल रही थी, लक्षन ने हाथ की पुड़िया नीचे धर चूल्हे पर कढ़इया चढ़ा दी।

"जा तो मनबोधनी, चाची ले कहिबे थोड़कन खाय के तेल देगी।"

"मैं नहीं जाँव···" मनबोधनी इस रोज-रोज के माँगने-ताँगने से तंग आ गई थी।

"तैं जा रे मोर रानी बिटिया कौसिल्या।"

लक्षन ने चूल्हे के पास से एक छोटी सी कटोरी उठा कौसिल्या की ओर बढ़ाई—"ले दौड़ के जा, दौड़ के आ।"

"अच्छा।"

"और सुन कौसिल्या, झन बताबे मछरी के साग बनथे, कहिके। नहीं तो साग देये बर पड़ही।"

"अच्छा।"

कौशल्या मुंडी हिलाती हुई कटोरी लेकर भाग निकली थी। लक्षन ने मछरी और मसाला कड़ाही में डाल एक कटोरी पानी डाल दिया मछरी में, कढ़इया में मछरी खदबदाने लगी।

"ये ले तेल।"

रामजी तेल लेकर पहुँचा था। मोटी भर्राई आवाज से लक्षन ने समझ लिया अच्छा-खासा चढ़ा आया है मसाला। तेल की शीशी लालटेन के पास ऊँचा करके देखा लक्षन ने—एक छटाँक भर से ज्यादा नहीं था तेल, यानी तेल के पैसे में भी उसने डंडी मार ली थी। लक्षन ने गुस्सा जब्त कर लिया था। कहने से लाभ नहीं, रामजी धुन में था। लक्षन ने पूरा का पूरा तेल कड़ाही में उड़ेल नमक बुरक दिया था।

"ले दाई तेल।"

कौसिल्या हाँफती हुई तेल की कटोरी लिये खड़ी थी। लक्षन ने कटोरी ले ली थी उससे—"कुछ पूछती रही क्या चाची?"

"नहीं, मैंने कहा ददा आज मछरी मारे बर गए रहें जरूर बँधवा तालाब, पर मिली नहीं मछरी, तिनपनिया के साग राँध रही है दाई।"

"अच्छा-अच्छा..."

लक्षन ने कटोरी का तेल भी कड़ाही में उड़ेल दिया था—"किलो भर मछरी और थोड़े से तेल में क्या बनेगा?"

इसी बीच रामजी कोठरी में जाकर चिरौंजा को चूमा-चाटी कर चिलम लेकर चिरौंजा की कोठरी की ओर अधखुली आँखों से देखता गाने लगा था—"साकिया आज मुझे नींद कहाँ से आएगी?"

कौसिल्या चूल्हे के पास जाकर बैठ गई थी। लक्षन ने झिड़का था उसे—

"जा पढ़ जाके!"

"मनबोधनी बेटा, बकरी मन ल बाँध दे अँगना म।"

मनबोधनी बकरियों को बाँधने चली गई थी।

"खाने में कितना टैम है?" कुछ देर बाद रामजी पिनपिनाया था।

"बस्स, भात राँधे बर हे।"

मछरी की कड़हिया नीचे उतार भात की हँड़िया चूल्हे पर चढ़ा दिया था उसने।

"सुन, कल जाएगा घाट पर? मैं कपड़ा डाल रही हूँ भट्ठे में।"

"हूँ।"

पिनक में रामजी ने हामी भरी। लक्षन भारी-भारी कपड़े अब धो नहीं पाती है, हँफती उठती है, आँखों के आगे गुड़हल नाचने लगता है, उबकाई आती है।

भात चढ़ा लक्षन आँगन में भट्ठी सुलगा आई थी।

"भट्ठी में जाएगा तो बोल? भट्ठी में पेंट चादरें डालूँ?"

"चले जाहों।"

रामजी ने स्वीकृति दी, वह बुझती चिलम सुलगाने चूल्हे के पास आ बैठा था।

"तब तो ठीक है।"

लक्षन लगभग एक-तिहाई मैले कपड़े हँड़ियाँ के साबुन के घोल में डुबो आई, रामजी साथ जाता घाट तो लक्षन भारी-भारी कपड़े भट्ठे में डालने की हिम्मत कर लेती। अब भारी-भरकम कपड़े उससे पछाड़े-धोए नहीं जाते।

"मनबोधनी, जरा भात देख ले बेटा।"

"खुदबुदात्रथे दाई।"

"थोड़कुन पानी डाल दे।"

लक्षन ने आँगन से आवाज दी थी। कोयले सुलगे नहीं थे, फँगरी ले लक्षन भट्ठे में फूँकें लगाने लगी। भट्ठे के कोयले में चिनगारियाँ चमकीं तो हाथ-पैर धोकर चूल्हे के पास आ गई वह।

"उठा दे ओला, भात बनगे।"

रामजी से लक्षन ने कहा था। दो थालियाँ रामजी के सामने रख आई। एक थाली मनबोधनी और कौसिल्या के समक्ष धर तीन कटोरियों में मछली का साग भी परोस दिया था।

"आह आ, अब्बड़ खुशबू आवथै।"

रामजी की चटोरी जीभ मछरी के साग से लार टपकाने लगी।

"अरे चिरौंजा!"

रामजी ने कोठरी के दरवाजे की ओर मुँह करके टेरा तो एक ही बार में काँखती-कूँखती चिरौंजा थाली के पास आ बैठी थी।

"और तैं?"

रामजी मछरी के साग की खुशबू से सदय हो उठा था लक्षम के प्रति।

"मैं खा लेहौं।"

लक्षन आँगन में भट्ठे की आग देखने चली गई, लौटी तो पाया रामजी अपना साग खत्म कर बैठा था। लक्षन उसके और चिरौंजा की कटोंरी में और साग उड़ेल आई।

"दाई थोड़कन हमूल दे ना।"

कौसिल्या ने चिरौरी की, लक्षन ने एक करचुल उनकी थाली में भी डाल दी। भात खाकर चिरौंजा काँखती-कूँखती आँगन में बैठकर गुड़ाखू करने लगी। रामजी हाथ-मुँह धोकर फिर चिलम लेके पसर गया ओसारे में। लक्षन साग की कड़हि में भात लेकर खाने लगी, पर उससे खाया नहीं गया था। दो-चार कौर खाने के बाद उसे उबकाई आने लगी थी—"ले, कौसिल्या खा ले..."

कौसिल्या फिर से लक्षन की जूझी कड़हि में जुट गई थी—

"हब्बर-हब्बर मत खा, धीरे-धीरे राँड़।"

लक्षन जूठे बरतन समेट सड़क के किनारे रख आई। आँगन में अँधेरा पड़ता है, सड़क के किनारे स्ट्रीट लाइट की रोशनी पड़ती है। बरतन माँजने के पहले लक्षन ने अपने लिए खैनी तैयार की और कल्ले में दबा लिया। कौसिल्या और मनबोधनी ओसारे के बोरे पर ही भयभीत केंचुए सी मुड़ी-तुड़ी लिपटी सो गई थीं।

लक्षन कोठरी में जाकर एक गोदड़ी लाकर उनपर डाल दिया था। कुछ भात बचा था, उसे खुरच-खुरचकर निकाला और पानी डाल के एक हाँड़ी में रख दिया था, ऊपर से भात का पसिया भी।

"अरे कौसिल्या, अंदर जाकर सो जा बेटा, बाहर ठंड है।"

पर कौसिल्या और मनबोधनी गोदड़ी के अंदर से कूँ-कूँ करती फिर सो गई थीं। लक्षन भात की जूठी हँड़िया बाहर जूठे बरतनों के पास धर गोबर का पोतड़ा लेकर चूल्हा लीपने लगी। बाहर देखा उसने, बादल साफ थे, आकाश में कनकी के दाने से तारे छिटक आए थे।

'अगरबत्ती जलाऊँगी रे मरीमाई, जो कल पानी न गिरे तो!' लक्षन ने मन-ही-मन मरीमाई के अगरबत्ती बदा था।

'मोर कुछु काम नहीं होवथै।'

रामजी चिलम-दारू के सम्मिलित नशे में बर्राने लगा था—

'सारी तेरे कारण' वह लक्षन को कोसने लगा। लक्षन क्या नहीं जानती? सारी जिंदगी इस जाँगर चोर ने चिटिक-मिटिक खाने और गाली देने के सिवाय किया ही क्या है?

"असकटा गयेंव ये दुःख सहिके।"

रामजी अपने काल्पनिक दुःखों को फिर बखानने लगा। दुःख इस आदमी ने जाना ही कब? लबारी मारता है···लक्षन का जी कल्ला गया उसके इस झूठे प्रलाप पर—

"बिन मरे सरग नई दिखय···"

लक्षन ने ताना कसा।

"का कहे रे!"

रामजी तनतना के उठ खड़ा हुआ, उसका पौरुष शराब-गाँजे के बाद ही उभरता था। नहीं तो सारा दिन मरे केंचुए-सा कहाँ दुबका रहेगा, पता नहीं चलता था। लक्षन भी कहाँ चुप रहनेवाली थी—

"गोंड़िन ल लेकर जम्मो दिन पड़े रहेगा तो हो जाएगा का तेरा काम?"

बस, रामजी पिल ही तो पड़ा था उससे।

भिनसार के धुँधलके में कौए काँव-काँव कर उठे। चिरई-चिरगुन चुरलू-चुरलू चहक उठीं। उपरोड़ा कहरी के माथे पर रतनार खोखमा खिल उठा कि मनका दाई के द्वार के ऊपर वज्र का हाँका पड़ा। पत्थर के किवाड़ भी खड़खड़ा उठे।

□

सास-ससुर जब थे, थोड़ी-बहुत खेती-किसानी भी थी। उसकी देखभाल करने के नाम पर रामजी हफ्तों गाँव में पड़ा रहता था। बुआई-निराई एक तरफ—मुरगा कटवाता, दारू मँगवाता और ऐश करता। खेत में बनी करने के लिए चिरौंजा भी आती थी। बस, वहीं से उनकी मुहब्बत शुरू हो गई। गाँव की लक्षन में इतनी अक्ल कहाँ? छलछिद्र भी कहाँ जानती थी वह? सास-ससुर नहीं रहे, खेती-किसानी का बँटवारा होते-होते एक-आध टुकड़ा रामजी के हिस्से में आया था, उसको भी बेच-बाच के खा गया। एक दिन, दो दिन के लिए गया गाँव रामजी, चिरौंजा गोड़िन को भी ले आया था चूड़ी पहना के। मोटी-ताजी, गोरी-नारी मर्दानी चिरौंजा ने काले दुबले रामजी में ऐसा क्या देखा था जो ऐसी रीझी थी कि उसे आज तक पता नहीं चला था। खेत के पैसे शायद थे रामजी के पास···उसने गोड़िन को तोड़ा, करधनी बनवा दिया था। तब घर में इतनी दलिद्दरी भी नहीं थी, तोरवा में तब बिजली की धुलाई, पेट्रोल की धुलाईवाली लांड्री खुली नहीं थी, अच्छी कमाई हो जाती थी उनकी। चूड़ी पहन के आने के बाद चिरौंजा ने साफ मना कर दिया था, वह कपड़े धोने का काम नहीं करेगी। हाँ, मजदूरी पर जरूर जाया करेगी, जो मिलेगा ला दिया करेगी, मन करता तो ईंटें ढोने, गारे ढोने के काम पर जाती, नहीं तो मिस्सी तेल-फुलेल लगाकर पड़ी रहती। रामजी उसके हाथ का खाता नहीं था, न ही लक्षन ने उसे अपनी रसोई छूने दी थी।

चिरौंजा घर आ गई तो रामजी का गाँव भागना कम हुआ, पर रात-बिरात कभी-कभार घाट पर लक्षन के साथ जाने के लिए वह बिदकने लगा। घर में पड़ा रहता, गाँजा खींचता या बहुत दरियादिली दिखाता तो दो-चार कपड़े घर पर प्रेस कर देता। उसके काम में सफाई भी, हुनर था; पर उसका उपयोग करना वह हराम समझता। अपने कमाए पैसे चिरौंजा अपने पर खर्च करती या रामजी को दे देती। रामजी के लिए वह दारू-गाँजे के लिए भी कम पड़ते। लक्षन झींकती-जूझती रहती—दो किलो चावल, दस पैसे की चाय-पत्ती के लिए। पर क्या मजाल जो उसके कान में जूँ रेंगता? अब ऐसा क्या कहा कि गोरू जैसा पीट-पीट के धर दिया?

लक्षन देर रात तक सो नहीं पाई, कपड़े की पुल्टिस गरम करके जख्मों को सेंकती रही। आकाश साफ हो गया था, अपने वक्ष में छोटा सा चाँद छिपाए सैकडों तारे छिटक आए थे उसके आँगन में।

थोड़ी सी हवा चली तो नीम के फूलों की गंध आँगन-ओसारे में भर गई थी।

भट्ठी बुझ गई होगी। सचमुच ही भट्ठी बुझ गई थी। चूल्हे के पास जा अंदाजन उसने अपना चिर-परिचित चूने का डिब्बा टटोला। आँचल के छोर में बँधी तमाखू की बची पुड़िया की खैनी बना कल्ले में दबा ली थी। कोठरी में जा सोने की उसकी इच्छा नहीं हुई थी। मनबोधनी और कौसिल्या के बगल में तुड़ी-मुड़ी होकर वह भी पड़ गई थी। जब से चिरौंजा आई थी घर की एकमात्र कोठरी को रामजी ने बोरा टाँगकर दो भागों में विभक्त कर दिया था। एक भाग चिरौंजा का और एक भाग लक्षन, मनबोधनी और कौसिल्या का। महीनों गुजर जाते शायद ही कभी अब रामजी उसके हिस्से की कोठरी में आता। लक्षन दिन-महीना गिनती रहती— अगहन, पूस, माघ···

भीषण हमले में हुड़का द्वार टूट गया। इधर लहू में डूबा-सना राजा कराह रहा है और विनाश के नगाड़े बज रहे हैं। रमन्ना मनका दाई द्वार में कलप रही है, कलेजा वज्र सा बना है। काश, प्रेम भी मोम से न बनता। बैरी को रोककर अंतर में रोती-कलपती रमन्ना सुहाग-सिंदूर की मनौती मना रही है और धुकधुकी में दावानल धधक रहा है।

□

''कोनो जीव ल मोर मसलथे।''

सारे कपड़े धो-धाकर सुखाते-फैलाते सुरुज नरायन दो बाँस ऊपर चढ़ आए थे। रामजी को नहीं आना था, नहीं आया था। मनबोधनी बेचारी कितना करती? मनबोधनी को घाट पर कपड़ों के पास बैठा लक्षन घर आ गई थी—''बैठ बेटा मैं आवथौं।''

गली में कौसिल्या खेलते मिल गई थी—

''दाई, दे न दस पैसा लाडू लेहौं अब्बड़ भूख लगे हैं।''

रतजगे और परिश्रम से हाँफती लक्षन का जी कल्ला ही तो गया था—

''बैरी, राँड़ भुखही जनम भर की, लाडू खाबे, चल घर···''

कौसिल्या को मरे खरगोश सा हाथ में टाँग लक्षन गली से घसीट लाई थी। घर आकर चिरौंजा को गुड़ाखू करते देख उसका पारा फिर ऊपर जा चढ़ा था—''ये महाराज पानी लाकर दिए होंगे दाँत माँजने के लिए। मोला एक लोटा पानी लाकर देहे म जाँगर टूट जाथे एकर···थू रे···''

पच्च से थूक मिमियाती बकरियों को खोलने लगी। बकरियों को भगा आई तो देखा चूल्हे के पास जूठी कड़ाही में मक्खियाँ झूम रही हैं।

धत्त रे···बोरे की डेकची खुली रह गई थी। उसपर ढक्कन ओढ़ा चूल्हे की

राख निकालने लगी वह।

''चाय बनिस का?''

रामजी कोठरी में से आँखें मलता उठ आया था, लक्षन राख निकाल रही, उसने कोई जवाब नहीं दिया था। रामजी को बाहर आते देख चिरौंजा काँखने-कूँखने लगी। चिरौंजा को नल से पानी पहुँचा रामजी दोबारा कोठरी में पड़ गया था। चिरौंजा का काँखना बदस्तूर जारी था। रामजी बीड़ी सुलगा ओसारे में बैठ गया—

''ले तो कौसिल्या!''

मार के बाद आँगन में लोट लगाती कौसिल्या को लक्षन ने पुकारा और आँचल में बँधा एक रुपए का सिक्का उसकी ओर फेंका था—''आठ आने की चाय पत्ती, बीस पैसे वाली पाँच पुड़िया, आठ आने की शक्कर।''

कौसिल्या चली गई तो वह चूल्हा बारने लगी। दो-चार बार फूँक मारने के बाद रात की गरमाई लकड़ियाँ जलने लगीं। डेकची में चाय का पानी लक्षन ने चढ़ा दिया था। इस क्रम में उसने एक बार भी आँख उठाकर ओसारे में बैठे रामजी की ओर ताका नहीं था। कौसिल्या चाय पत्ती, चीनी ले आई तो उसने एक धुली कटोरी उसे थमा दी—''ले तो रानी, जरा चाची से एक कटोरी दूध ले आ माँग के।''

फिर से कटोरा देख चिहुँकी थी कौसिल्या। अब के चाय पत्ती लेने गई तो भी दस पैसे नहीं मिले थे उसे, मार खाई सुबह अलग।

''मैं नहीं जाऊँगी, कल के तेल के लिए भी वह बोलेगी, फिर दूध!''

कौसिल्या के बिना लक्षन का काम हो नहीं सकता था, ''जा बेटा जा, दस पैसे दूँगी। कहना चाची को शाम को लौटा जाएगी दाई।''

कौसिल्या दूध ले आई तो लक्षन ने उबलते पानी में चाय और शक्कर की आधी पुड़िया चाय की डेकची में उड़ेल दी। चाय उबलने लगी तो दूध भी उड़ेल दिया था डेकची में। चाय की गंध ओसारे में फैल गई थी। रामजी बड़ी देर से दिशा-मैदान जाने के लिए अपने को रोके हुए था, अधीरता से चिल्लाया था—

''अब ला भी।''

लक्षन ने चाय सिल्वर के दो गिलासों में उड़ेल कौसिल्या को थमा दिया—''ले, दे आ।''

कौसिल्या की रकाबी में भी उसने थोड़ी चाय उड़ेली—''ले, पीके झट जा घटौंधा, मनबोधनी ला घर पठा दे।''

''दाई, थोड़कन भात दे न!''

कौसिल्या ने हँड़िया से खुरचकर निकाले भात की रकाबी उसके सामने

पटक दी—''ले मर, जनम भर की सदा भूखही।''

कौसिल्या भात चाय की रकाबी में उड़ेल हबर-हबर सुड़कने लगी। बची चाय लक्षन ने अपनी रकाबी में उड़ेल ली। रामजी चाय पीकर डालडा का डिब्बा उठा दिशा-मैदान के लिए अरपा की ओर चला गया था।

लक्षन उसे निःशब्द कूदते-फाँदते जाते देख गोबर का पोतड़ा ले चूल्हा लीपने लगी। चूल्हा लीप चुकी तो पानी की बौछार से गीली लकड़ियाँ सड़क के किनारे सूखने को फैला दीं, इतने में मनबोधनी घाट पर से आती दिखाई दी।

''ले, मनबोधनी चाय पीले।''

''ठंडा चाय।''

रजजगी मनबोधनी नकियाने लगी।

''डब्बा में से दस पैसे ले ले मुर्रा ले आना।''

लक्षन कोठरी से चावल का टीना बाहर उठा लाई। पूरे-का-पूरा टीना उसने सूपे में उलट दिया। पौन किलो से ज्यादा चावल नहीं था। पाँच परानी खाएँगे क्या? शिवराम की औरत से उधार माँगने की उसमें हिम्मत नहीं थी, पहले ही से एक किलो चावल का उधार चढ़ा हुआ था उसपर।

''ले बेटा, दो रुपया का मूँग दाल ले आ, खिचरी बना देहौं सबो बर। फिर रात की रात देखी जाएगी।''

लक्षन ने आसमान की ओर ताका, आसमान साफ था, सूरज ऐसे ही रहा तो कपड़े बिहनिया तक सूख जाएँगे। अगर रामजी दोपहर में काम पे भिड़ा तो शायद शाम तक वह कपड़े घरों में दे आएगी··· चावल, चाय, दाल, तेल कुछ भी तो नहीं रहा घर में।

''ले दाई!''

मनबोधनी दाल ले आई थी, लक्षन भात की हँड़िया में पानी चढ़ा लकड़ी की आँच तेज कर दी। चावल और दाल धो गरम पानी की हँड़िया में उड़ेल ऊपर से हलदी का बुरका बुरक दिया, थोड़ा नमक भी। लक्षन को कुछ याद आया, सब्जी की टोकरी टटोली तो दो आलू व आधा टुकड़ा प्याज था उसमें। लक्षन हर्षित हो उठी—जैसे चील के घोंसले में मांस का टुकड़ा नजर आया हो। आलू हँसिया से चीरा तो एक तो सड़ा निकला, दूसरे आलू व प्याज को उसने छोटे-छोटे टुकड़ों में कतरकर हँड़िया में डाल दिया था। खिचड़ी उबलने लगी तो उसमें चुटकी भर मिर्च का बुरका डाल चूल्हे की लकड़ी खींच आँच धीमी कर दी थी।

''सुन मनबोधनी, मैं नदिया जावथौं—तैं रहिबे घर माँ—तोर बाबू आवथ

होही नदिया ले।''

एक धुली साड़ी लेकर लपक ली थी लक्षन नदिया की ओर, जाने कौसिल्या कपड़ों के पास घटौंधा में बैठी है भी या नहीं।

घटौंधा पहुँची तो लक्षन ने पाया—कौसिल्या दूर आम के पेड़ के नीचे चकरबिल्ला खेल रही थी। दूसरे ग्वाले लड़के घेरा बना के उसे खेलता देख रहे थे। आग ही तो लग गई थी लक्षन की देह में—''फेर चकरबिल्ला खेली रहे राँड़, टूरा मन संग?''

''दाई, नई खेलों का? वो बोलते रहे चल आमा तरी नावा खेल सिखाबेन तोला। जाऊँ का दाई?''

लक्षन का चिल्लाना सुनकर ग्वाले भाग निकले थे। लक्षन कान पकड़कर कौसिल्या को खींच लाई थी, घटौंधा में उसने कौसिल्या को कूट डाला था—

''का कहे रे करमजली रोगही?''

लक्षन के तन-बदन में आग ही तो लग गई थी। दस-ग्यारह बरस की कौसिल्या को उसे इस तरह टाइम-बेटाइम घाट पर नहीं भेजना चाहिए। मनबोधनी का पठौनी तो वह इस पूस में कर देगी, पर कौसिल्या का बियाह? दोनों के लिए पइसा कहाँ से जोड़ेगी? एक-दो रुपया तक की तो किल्लत हो जाती है, रोज कुआँ खोदना और रोज पानी पीना। रामजी कुछ करता-धरता तो काहे का दरद था?—टेंट में भूजी भाँग नहीं फेर पाहा तूँ कुल कुल्ला?

''चल, कौसिल्या उठ।''

घटौंधा के एक पत्थर पर औंधी पड़ी कौसिल्या को लक्षन ने उठाया था—''चल मोर रानी चल!'' इस पेट पोंछनी टूरी से लक्षन बहुत मया करती थी, पर क्या करे जिंदगी में अभाव की पीड़ा ने मया को गरम तवा में गिरते पानी की बूँद-सा सुखा दिया था।

कौसिल्या और लक्षन जल्दी-जल्दी सूखे कपड़े तहाने लगीं। कुछ पैंट, चादरें गीली ही थीं—''उँह, अस्तरी चलेगी तो सूख जाहैं।'' लक्षन ने कपड़ों की तीन गठरियाँ बाँध लीं।

''थोड़कन ठहर खैनी खा लेथौं।'' भूखे पेट की अँतड़ियाँ कुलबुला रही थीं, खैनी का रस अंदर गया तो कुछ चैन पड़ा।

''दाई, ओ दाई!'' लक्षन को परेम से आँखें मींचे खैनी चुभलाते देख कौसिल्या पेट की बात पचा नहीं पाई थी।

''का है रे?'' कौसिल्या की आवाज पर चिहुँकी थी लक्षन।

"दाई, सलगू कका बोला रहा तोर निंबू तो बाढ़ गेहे रे कौसिल्या—बने मीठ होही खवाबे का?"

"का?" लक्षन का मगज टन्ना गया था, उसने आव देखा न ताव एक झापड़ कौसिल्या को जमा दिया था।

"खबरदार, घटौंधा के अमरय्या म खेले बर गई तो।"

"हरामी, सलगू तोर देह में कीरा परै।"

अत्यधिक क्रोध व विवशता से लक्षन की आँखों में पानी भर आया था। कौसिल्या ब़ड़ी हो रही है। देह बढ़ रही है, उसका क्या करे वह भी? ढंग का पोलका फराक भी तो नहीं लेवा पाई है उसके लिए अब तक। पुराने कपड़े गराहकों से मिल गए तो मिल गए। पहले का अच्छा खाई-पीई उसकी देह अपनी उमर से ज्यादा की लगने लगी थी। अपने बढ़ रही छाती और हाथ-पैरों से वह चौदह से कम की नहीं लगती थी। जबकि सदा की बीमार सूखी मनबोधनी उससे छोटी।

"राम रे!"

"कौसिल्या अभी छोटी है पर सलगू भड़वे को तो कुछ सोचना चाहिए, दो बच्चों का बाप हो गया है, रिश्ते में कका लगता है कौसिल्या का, और ये करम? कीड़े पड़ेंगे रे तेरे में!"

श्राप देती लक्षन ने पटपटा के अपनी उँगलियाँ तोड़ी थीं—

कपड़ों की गठरियाँ कौसिल्या को थमा लक्षन नदिया में उतर गई थी। नहाना बस जरा डुबकी लगाकर बाहर निकल आई थी वह। घाट पर खड़े-खड़े उसने सूखा लुगरा बदला। एक भी साबुत लुगरा नहीं बचा अब...गीली साड़ी को उसने घटौंधी के पत्थर पर काच-धो बाँहों में रख लिया था—"चल कौसिल्या..."

मार खाई कौसिल्या रास्ते भर पैर पटकती आई थी। घर पहुँची तो मनबोधनी ने घर-आँगन लीप-बुहार दिया था—"है लक्ष्मी, कब्भी किसी काम के लिए टोकना नहीं पड़ता इसे। एक ये है कौसिल्या—रणचंडी, भुखमरी—दिन भर गली में खेलना, खाने के लिए रार करना।" लक्षन ने कपड़ों की पोटलियाँ ओसारे में पटकी और सुस्ताने बैठ गई।

"दाई, भात निकालौं? ददा दू बार पूछ चुका है।"

"अच्छा निकाल दे।"

लक्षन की आँखों के समक्ष फिर तारे नाचने लगे थे—लाल, पीले, सतरंगी—मनबोधनी ने थालियों में खिचड़ी निकाली तो खिचड़ी देख के रामजी चिहुँका था—"का खाली खिचरी?"

''शुकर करो खिचरी बनी है, रात को वह भी नहीं बनेगी।''

लक्षन ने सुनाया था रामजी को।

''जा, मनबोधनी, ओला खिचड़ी दे आ···''

लक्षन ने एक थाली में खिचड़ी रख मनबोधनी को थमाया था। मनबोधनी चिरौंजा की कोठरी में रख आई थी। खिचड़ी, नहा-धोकर चिरौंजा शृंगार-पटार कर रही थी, मोर-महावर लगा रही थी।

''ले कौसिल्या!''

एक थारी में लक्षन ने कौसिल्या और मनबोधनी के लिए भी निकाल दिया था—''ले कौसिल्या, खा ले।''

दोनों को देने के बाद लक्षन ने हँड़िया में झाँका—मुट्ठी भर खिचड़ी बची थी—कहीं रामजी फिर से माँग बैठे तो?

''दाई, थोड़कन और दे न खिचरी?''

कौसिल्या जल्दी-जल्दी कौर निगल रही थी।

''बस्स अउर नई हे।''

रामजी का नशा उतार पर था और वह लक्षन के अबोलेपन से घबराने लगा था।

''ले कौसिल्या तैं थोड़कन मोर कने से ले ले।''

उसने एक मुट्ठी खिचरी कौसिल्या की ओर बढ़ाई।

''थोड़कन अचार होही का?''

''अथान? कब बने रहै चार साल पहिरे अभी तक माढ़ै हे का?''

कौसिल्या के बदले लक्षन बिलबिलाई थी और हाँड़ी की बची खिचड़ी एक रकाबी में उलट खाने लगी, इत्ते में सज-धजकर चिरौंजा बाहर निकली थी। ''कौसिल्या जाबे रे बाहर मोर संग?''

''हाहौ···हाहौ···''

उँगलियाँ चाटती कौसिल्या आँगन में जाकर पानी के ड्रम में धपाक् से उँगलियाँ डुबो चिरौंजा के पीछे बाहर निकल गई थी।

''सारा पानी जूठा कर दी, नकबोरनी।''

लक्षन पीछे से चीखी थी, पर कौसिल्या बिल्ली की तरह कुलाँचें मारती चिरौंजा के पीछे यह जा, वह जा···

''राँड़ आज भी काम पर नहीं गई।''

लक्षन ने कोसा चिरौंजा को और जूठे बरतन समेटने लगी। उसके पोर-पोर

में पीड़ा हो रही थी। आँखें थकान और नींद के बोझ से मुँदी जा रही थीं।

□

"ले बेटा मनबोधनी, बरतन जरा माँज दे। बेटा, मैं जरा सुतिहौं।"

लक्षन गोदरी बिछाकर अवश भाव से पाँव सिकोड़कर कोठरी के फर्श पर लोट गई थी। मैया रे—सकटा गयेंव ये दुःख सहिके—बंद आँखों के समक्ष—टिकुली सिंदूर लगाए गहनों से गदबदाती चिरौंजा की मदमाती देह उसे चुभने लगी—"छिनार, आज अभिषार करेगी, ऐसे लगैथै!"

जिस दिन चिरौंजा सजती-धजती, लक्षन की मांस-मज्जा तक सुलग उठती ईर्ष्या से। उस दिन रामजी म्युनिसिपलिटी के नल से पानी भर लाता उसके लिए। वह आँगन में चार जोड़े बोरे जोड़कर बनाए गए स्नानघर में नहाती-माँजती। तेल-फुलेल लगाती, छापे की फूलवाली लुगरा पहनती, मन करता रोजी में जाती नहीं तो पड़ोस में बैठने चली जाती। रामजी सारा दिन कुकुर जैसा उसके पीछे हुक्म की तामील करता, दुम हिलाता घूमता। चिरौंजा कभी प्यार से बतियाती, कभी झटक देती, उस शाम रामजी बाहर निकल जाता, लौटता तो हाथ में देशी दारू के अद्धे के साथ, मोगरे का हार और दोने में चिखौना भी होता, इस मान-मनौवल के लिए वह पैसे जुटा ही लेता कहीं-न-कहीं से। भगवान् ने काम में सफाई दी थी, हुनर दिया था, उसकी लाख कमजोरी और लेट-लतीफी के बावजूद ग्राहक उसके कपड़ों से खुश रहते थे। उसकी अंटी में एक अद्धे के लिए भी पैसे होते तो वह बाहर जाना या काम करना हराम समझता। नशा उतरता तो चिरौंजा को खुश करने के लिए कहीं-न-कहीं से पैसे जुटा ही लेता या चुचुहियापारा जाता किसी से मिलने-जुलने। इसी जाँगर चोरी, मुँहजोरी के कारण लक्षन चिढ़ती रहती, पर उसको चिढ़न, गाली-गलौज, ताना, व्यंग्य अपनी जगह कायम रहते, रामजी की कामचोरी अपनी जगह। लक्षन इधर चाय पत्ती-चीनी तक के लिए तरसती रह जाती। सोचते-सोचते लक्षन की आँख लग गई थी।

वह जान गई, हुड़का द्वार टूट गया और उसका सिंदूर पुँछ गया। इधर बैरी सेना ने सुंदरी रमन्ना को जीवित पकड़ने के लिए ललकार लगाई। सुंदरी भैरवी चक्र चला रही है। पकड़ो, जाने न पाए, हाय, रमन्ना, जौहर का समय आ गया, अंदरम फट रहा है, सिंदूर सिसकता है, कलेजा करकता है।

"चल उठ, कपड़े छाँट ले।"

लक्षन चिहुँककर उठने लगी।

"अरे, दीया-बाती का समय हो रहा होगा, सारा दिन वह सोई पड़ी रही?

अब का होगा?"

"सारे कपड़े परेस कर दिए हैं, जा पहुँचा आ बाबुओं के यहाँ!" रामजी बड़ी मया से उससे बोला था।

लक्षन ने कोई जवाब न दिया उसे और उठने लगी।

"अरे रुक भी, हर समय घोड़े पर सवार।"

रामजी ने प्यार से बातें करते हुए काफी देर तक बैठा लिया था।

"चल जा, कपड़े दे आ, शाम हो रही है।"

रामजी बातें करते-करते उठ खड़ा हुआ।

"और सुन, पैसा सबसे ले आना, उधारी मत रखना। चल, थोड़कन चाय बना दे।"

लक्षन से चुम्मा-चाटी के बाद उसका नशा उतर गया था। मुँह कसैला हो उठा था। कहाँ चिरौंजा की मोटी-ताजी मांसल देह और कहाँ लक्षन की सूखी लटकी ढीली-ढाली बुढ़ियाती देह? रेती के ढिलिल-ढाली बोरी म सुते कस लागथे।

ब्लाउज सँभालती लक्षन उठ खड़ी हुई थी। उसके उरोज और होंठ अभी तक कसक रहे थे, गालों पर रामजी के दाँतों की गड़न की चुनचुनाहट थी—

'आज पैसे मिलेंगे तो एक अद्धा रामजी के लिए लाऊँगी।'

वर्षों बाद रामजी के लिए मया उभर आई थी उसके मन में। लक्षन ने जल्दी-जल्दी बोरे में से सूखी पत्तियाँ निकाल चूल्हा जलाया। चाय की डेकची चढ़ा दी थी। पानी उबलने लगा तो बड़े जतन से बचाकर चाय की एक बीस पैसेवाली पुड़िया और चीनी की बची पुड़िया भी डाल दी थी।

"दूध तो नई हे जी।"

"बिना दूध के ही दे दे।"

रामजी आँगन की ओर अधीरता से आँखें गड़ाए बैठा था—"ला, काली चाय ही ला।"

लक्षन जल्दी-जल्दी चाय छान एक गिलास रामजी के सामने धर आई और एक टूटी प्लेट में खुद फूँके मार-मारकर जल्दी-जल्दी सुड़कने लगी।

"अब जा भी।"

रामजी उसकी ओर अधीरता से देखता हुआ बरजा था। लक्षन कपड़ों की गठरी जल्दी से सर पर रख गली में उतर गई थी। कॉलोनी पास ही थी, जल्दी-जल्दी पाँव बढ़ाएगी तो पहुँच ही जाएगी टैम से अँधेरा होने के पहले ही।

□

"कुछ निला या नहीं?"

रामजी आँगन में बेचैनी से उसकी प्रतीक्षा में टहल रहा था। उसके अभी चिलम सुलगाने का समय था, छूछा मुँह बैठा है तो अंटी में एक अधन्नी भी नहीं होगी, नहीं तो...

"रुक जा जरा साँस लेने दे।"

लक्षन ने एक झोले में से आठ-दस पुड़िया निकालकर नीचे धरा—चाय पत्ती, शक्कर, दाल, नमक, तेल, मिरचा, मांस, इतने सारे सामान देख के रामजी का धैर्य छूटने लगा, इत्ता सारा सामान लाई है तो पैसा बचाई भी होगी?

"ला, एक थारी दे तो बेटा!"

एक ठोंगे में से उसने बकरे का मांस निकाला था—"जा रख दे चूल्हे के पास, देखके न राँड़ बिल्ली यहीं कहीं घूम रही होगी।"

"और ले तो कौसिल्या," लक्षन ने बीस रुपए का नोट कौसिल्या की ओर बढ़ाया—"जा तेल एक पाव, साबुन की एक बट्टी, एक किलो साबुन का चूरा, कोयला और दूध ले आना।"

"अच्छा।"

कौसिल्या नाचती-कूदती लपक गई थी बाहर। बीस के नोट में करी का लड्डू आ जाने के आसार थे। चुसनी भी ले लेगी वह। सौदा लाने के लिए रामजी का कम ही विश्वास करती थी लक्षन।

"ले रे!"

लक्षन ने बीस रुपए का नोट रामजी की ओर बढ़ाया। बीस का नोट समने देख उसका लोभ कुछ और बढ़ गया था—"दस की पत्ती और दे ना।"

लक्षन ने साड़ी की गाँठ खोली—

"महारानी चिरौंजा लौटी नहीं हैं अब तक?" लक्षन ने इधर-उधर देखते हुए पूछा।

"सियारम की औरत की तबीयत खराब है, वहीं बैठी है।"

रामजी के स्वर में अतिरिक्त कोमलता थी। पैसे देखते ही उसके स्वर में कोमलता उभर आती थी।

"दे न!" रामजी गिड़गिड़ाया था।

"ले, तू भी बस्स..."

लक्षन ने एक दस का नोट रामजी की ओर बढ़ाया—

"हूँ ह···जनकदुलारी कभी चूल्हा-चौका नहीं करेगी। मैं ही हूँ पिसने के लिए न?"

"क्या करे वह भी? तू तो उससे चूल्हा-चौका कराती नहीं? फिर गोड़िन के हाथ का खाएगी तू? न मैं खाऊँगा।"

"हाय रे, हाथ का राँधा खाने से गोड़िन की जात चली जाएगी तेरी, उसका थूका लार चाटते जात नहीं जाती तेरी?"

"अब तू भी बस्स छोड़ न···"

पैसे मिले थे रामजी को, उसने लक्षन को प्यार से शांत किया, एक आध हरा नोट शायद और हाथ लगे।

"तू भी सुन ले," लक्षन का क्रोध शांत नहीं हुआ था, "जिस काम के लिए लाया है, वही कराओ उससे समझे? मैं आरती लेकर महारानी को लेने नहीं जाऊँगी, हाँ नहीं तो, बरतन भी माँजते नहीं बनता?"

"अच्छा-अच्छा! चुप भी कर अब।"

चोरों की तरह रामजी ने आँगन के दरवाजे की ओर ताका—"और कुछ बिसाना तो नहीं है न?"

"नहीं, कौसिल्या ले लानेगी सब।"

कल तेल लाने के समय की गई बेईमानी लक्षन भूली नहीं थी। लक्षन चूल्हा बारने लगी।

रामजी कुछ देर सिर खुजाता खड़ा रहा, फिर बाहर निकल गया था। अँधेरा घिर आया था, लालटेन जलाकर लक्षन ने मिमियाती बकरियों को बाँधा—दो जूड़ी पीपल का पत्ता भी वह बाजार से लाई थी। उनके सामने डाला था। हाथ-मुँह धो आई तो कुछ ताजादम लगा, बड़े दिनों बाद गुड़ाखू करने का जी किया था, गुड़ाखू किया था उसने।

"ले मनबोधनी, मसाला रगड़ दे जरा।"

लक्षन ने मसाले की पुड़िया खोल-खालकर डिब्बों में धरा और पीसने के लिए कटोरी में निकाल दिया था।

"सुन, आधा पियाज, थोड़ा अदरक-लहसुन भी पीस लेना न। मैं जरा यह धो लूँ।"

मनबोधनी कुछ बुझी-बुझी सी थी। कब से बोल रही थी वह दाई से, चूड़ी लिवा दे, पर नहीं।

"चूड़ी लेवा देगी बोली थी, लाई?"

मनबोधनी कभी-कभार ही तो फरमाइश करती है, लक्षन का जी दु:ख गया था, सच ही तो भूल कैसे गई वह?

''ले रे ...कल चाची के साथ जाके दूनों जने चूड़ी पहन लेना बुधवारी बाजार से।'' पाँच रुपए का नोट लक्षन ने मनबोधनी की ओर बढ़ाया था, ''और सुन तो, तुम लोगों के लिए भजिया लानी रही, झोला में होही दूनों जने खा लो।''

थाली का गोश्त लेकर वह आँगन में पानी के ड्रम के पास धोने लगी। गोश्त धो-धाकर चूल्हे के पास रख भात की हंडी चढ़ा दी चूल्हे में।

''सुन, मनबोधनी हाथ चला जल्दी जरा, कौसिल्या भूखी होगी, फिर पानी न आ जाए।''

चावल वह बीन चुकी थी, चावल धो लाई और हाँड़ी के उबलते पानी में डाल दिया था। रोज से कुछ ज्यादा ही।

''अरे मनबोधनी, लकड़ी तो कम पड़ेगी ऐसी लगती है, सुन बेटा, मैं जरा टाल से लकड़ी ले आऊँ, कौसिल्या मरी जाने कहाँ रह गई अब तक?''

लक्षन बड़बड़ाई थी। गोश्त की थाली उसने बिल्ली के भय से पीढ़े के नीचे दबाकर रख दिया था—'राँड़ बिल्ली का क्या भरोसा?'

शाम घिर आई थी, रामजी के मुनगे के पेड़ पर घर लौटी चिड़ियों का शोर-शराबा था। आस-पास के घरों के चूल्हों का धुआँ, रेडियो, टी.वी. का शोर उठ रहा था—तोरवा की सड़क हर शाम की तरह गुलजार थी, सड़क पर ढेरों बच्चे आते-जाते वाहनों से बचते-बचाते हुए डुडुवा-खुडुवा खेल रहे थे—

खुडुआ-डुडुआ नागर की पत्ती
मेलवा गोंद रें तोर चेथी-चेथी...

□

''तू खेल रही है। सामान कहाँ है?''

''दुकान में भीड़ है, दुकानदार बोला—जरा बाद में आना, अभी बड़ा-बड़ा सामान तौल रहा है, एक छटाँक के लिए रुक के आना।''

कौसिल्या फिर खेलने लगी।

''ला पैसा दे। कहाँ है, चल मेरे साथ?''

शाम के समय दुकान में बड़ी भीड़ थी। फुटकर सामानों की यही एक दुकान थी। रोज कमाने रोज खानेवाले निम्न तबके के लोगों की शाम होते ही भीड़ लग जाती थी। कौसिल्या के साथ लकड़ी, कोयला, तेल लेकर लौटी तो रामजी लौट आया था। ओसारे में प्रसन्नचित्त बैठा था। लक्षन को आता देखकर प्रसन्नता से

खीसें निपोरी थीं—

"आज घर ले आया हूँ, यहीं घर में पीएँगे-खाएँगे।" रामजी ने कमीज के नीचे से पैंट में खुँसी बोतल निकालकर उसे दिखाई थी—"मसालेवाली लाया हूँ, समझी। तू भी ले लेना थोड़ा, बदन का दरद निकल जाएगा।"

मुसकराया था रामजी। महीनों-महीनों बाद मुसकराया था वह। लक्षन को लगा घाट पर किसी ने सफेद चादर धोकर दूर-दूर तक फैला दी हो।

"मसाला? तुम लोगों से बच जाए तो देना।"

लक्षन जानती थी, चिरौंजा कभी-कभी रामजी के सोहबत में ले लेती थी। लक्षन लकड़ियाँ लेकर चूल्हे में डालने लगी।

"बचेगी क्यों नहीं? पूरी बोतल लाया हूँ।"

रामजी उसके पीछे-पीछे चूल्हे तक आ गया था—"देख, मैं क्या लाया हूँ तेरे लिए?" रामजी पलटा था, कोठरी में से जाकर मोगरे का गजरा उठा लाया था—"देख तो जरा!"

लक्षन ने क्षण भर के ताका, फिर मुँह फेर लिया था—"लाया होगा अपनी गोड़िन के लिए और क्या?"

लक्षन भात पसाने लगी। रामजी के लल्लो-चप्पो में नहीं आने वाली। फिर कल सुबह पैसे की फरमाइश कर बैठेगा, उसका क्या भरोसा?

"नहीं रे, चार हैं, देख तो! दो तेरे लिए दो उसके लिए हैं, विश्वास कर।"

रामजी मोगरे का गजरा निकाल उसकी गोद में डाल दिया था—

"ले ले न रानी मेरी।' प्रतिक्रयास्वरूप लक्षन ने एक शब्द भी नहीं कहा। मनबोधनी मसाला पीसकर ले आई तो उसने कड़ाही मांस राँधने के लिए चूल्हे पर चढ़ा दी। इस आदमी के नखरे सहूँगी तो आधी रात हो जाएगी साग राँधते-राँधते।

"दो गिलास दे, मनबोधनी!"

लक्षन ने बरतन में से दो गिलास और एक कटोरी बढ़ा दिया था, लेग जा। गिलास लेकर रामजी ओसारे के अँधेरे कोने में चला गया था। मूँगफली के दाने की पुड़िया उसने सामने धर ली—"आह आ···"

"जा तो कौसिल्या बेटा, जा तो नई माँ को चाचा के यहाँ से बुला ला, कहना भात राँध गया है।"

"बाबू, दो दाना मूँगफली का दे ना?"

कौसिल्या ने रामजी से मनुहार किया था—"ले, भाग!"

रामजी ने हथेली में पुड़िया आधी उड़ेल बची पुड़िया कौसिल्या को थमा दी।

"जल्दी आना, चल भाग।"

"बाबू, टी.वी. देख के आहौं—सनिमा के गीत आवथे चाचा के यहाँ।"

कौसिल्या के जाते ही रामजी ने दो गिलासों और एक कटोरी में शराब उड़ेली—"ले मनबोधनी, दाई ला दे दे।" उसने मनबोधनी को कटोरी थमाई।

"अभी धरो इसको, मांस जल जाएगा नहीं तो!"

"दो घूँट मार ले न? ताकत आ जाही देह में। बहुत खटे हस सारा दिन।"

यह रामजी की मया नहीं उसकी शराब बोल रही है। लक्षन जानती थी। थोड़ी ना-नुकर के बाद लक्षन ने कटोरी मुँह से लगा एक घूँट में खतम कर दिया था। अपने पौवा लाने की बात गोल कर लिया था, फिर किसी दिन देगी। नहीं तो ज्यादा चढ़ा के झगड़ा-टंटा मचाएगा। मांस भुन गया था। थोड़ा सा भुना मांस उसने कटोरी में निकाल—"ले मनबोधनी, ददा को दे दे।"

भुना मांस देख के खुश हो गया था रामजी—"ले मनबोधनी, दाई ला और थोड़कन दे दे।"

कटोरी में थोड़ी सी शराब और भेजी थी उसने। लक्षन ने उस कटोरी को पीढ़े के नीचे छिपा दिया, भात खाते समय पिएगी।

"कहो रामजी, क्या हो रहा है?"

रामखिलावन लाठी टेकता चला आया था—"बहू अकेली घर आ रही थी, सोचा—छोड़ आऊँ घर।"

"अच्छा किया, कका।"

रामखिलावन ओसारे की दीवार से लाठी टेककर बैठ गया था। उसे कुछ गंध मिली थी शायद। दारू की चिर-परिचित गंध, गरम मसाले की मोहक गंध, रामखिलावन की उम्र भर की अभ्यस्त जिह्वा लार टपकाने लगी।

"लगता है बेटा, आज कुछ तर माल है, है कि नहीं?"

"ले चाचा तू भी खुश हो जा। कौसिल्या बेटा, एक गिलास ला दे।"

रामजी को रामखिलावन कका का आना पसंद नहीं आया था, पर क्या करता? रिश्तेदारी की बात थी, चिरौंजा के लिए वह गिलास पहले ही से कोठरी में रख आया था, पी लेगी ढूँढ़ के।

रामजी और रामखिलावन बैठकर पीते रहे, बीच-बीच में रामजी उठकर कोठरी में बीड़ी लेने के बहाने जाता रहा। डोकरा रामखिलावन की जिह्वा तर हो गई

थी वर्षों बाद। उसका आना सार्थक हो गया था। सच तो यह था सियाराम ने अपने दोस्तों को पीने-खाने के लिए बुलाया था। रामखिलावन घर में रहता तो खाने के समय रार करता, इसलिए उसकी औरत ने उसे बहाने से चिरौंजा के साथ भेज दिया था। पीने के बाद रामखिलावन को रामजी उसके घर छोड़ आया था। रामजी के जाने के बाद लक्षन ने खाना परोस दिया था—

"कका को जाने क्यों दिया? रोक लेते, खाकर जाता।"

"अरे, छोड़ो भी—ज्यादा पी गया था, उलटियाँ करने लगता।"

रामजी खाने बैठ गया था।

□

बँधवा तालाब के जलकुंभी मैले भरे पानी से बदबू उठ रही है। आस-पास की नालियों का गंदा पानी यहाँ जमा होता है। सड़े पत्तों, सड़े जमे पानी की गंध रात को कुछ ज्यादा ही गंधाता है तालाब का जल, आदी हो गई है लक्षन इस गंध की।

बरतन-भाँड़ा समेटते-समेटते बड़ी रात हो गई थी। तेल के अभाव में ढिबरी बुझ चुकी थी। गोदड़ी बिछा मनबोधनी, कौसिल्या को सुला खुद एक ओर पड़ गई थी वह। उसका पोर-पोर थकान व दिन भर की भाग-दौड़ से मसाला दो कटोरी पीने के बाद भी पके आम सा दुःख रहा था। उसे आशा थी संभवतः रामजी वर्षों बाद उसकी तरफ आएगा आज रात, नींद जबरन रोके रही वह।

बोरे की दीवार के उस पार गरम श्वास-प्रश्वासों और चुंबनों की आवाज-मनुहार निरंतर जारी थी।

"सुन चिरौंजा, कल शनिचरी ले तोर बर पाजेब ला देहौं। चुपेचुप मोर संग चलबे। कल मोला पैसा मिलही।"

"पाजेब तो ला देबे, दोपहरी म ओकर संग का करत रहे।"

"कुछ नहीं, कपड़ा ले जाय बर कहत रहैं।"

"कपड़ा ले जाय बर कहत रहै या अऊ कुछू?"

चिरौंजा फुफकारी थी—"फिर तू आज जल्दी कैसे निपट गया? कान खोल के सुन ले—दो-दो औरतों का बस्स का नहीं है तू। इसलिए ज्यादा गफलत की तो चली जाऊँगी समझे? वो दोनों गबरू जवान मेरी आँधी नहीं रोक पाए तो तू क्या रोकेगा?"

चिरौंजा रोष और हार के अपमान से फुफकार रही थी। रामजी गिड़गिड़ाने लगा—"अरे नहीं रे, कल वैद्यजी के पास जाऊँगा, दवाई ले आऊँगा। सियाराम से कहा है उसके ऑफिस के आगे फुटपाथ में बैठता है एक जड़ी-बूटीवाला। क्या

दवाई देता है, सियाराम कह रहा था—महीनों आदमी थकता नहीं है।"

नशे में रामजी की रपटती आवाज—"चल अब सो जा।" रामजी फुसफुसाया था।

"नहीं।"

चिरौंजा का प्रतिरोध भरा स्वर—"सुन ले रामजी, कान खोल के सुन ले? मुझे प्यासा तरसाएगा न तो मैं तुझे नरक में भी नहीं छोड़ूँगी।"

नशे में चिरौंजा बड़बड़ा रही थी।

"हे राम रे..."

और लक्षन को सहन नहीं हो पाया था—"मुझे बहरी-अंधी बना दे रे!"

वह कोठरी से उठकर ओसारे के अँधेरे में पड़ गई थी—"यहाँ नोन-मिरचा के लिए दस पैसा गाँठ से नहीं निकलता। पाजेब लेवाएगा उसको? इस मर्दमार औरत को तू कहाँ से पकड़ लाया रे, मनबोधनी का ददा? तेरे को यह कहाँ छोड़ेगी? चूस के धर देगी रे!"

मोगरे की गंध उसके नासापुटों में भर गई थी। जूड़े में से उसने रामजी का लाया गजरा खींचकर निकाला और आँगन के अँधेरे में फेंक दिया था—"टारम, नैं हाड़-गोड़ तोड़कर दिन-रात खटूँ-कमाऊँ और मनुहार करेगा उस छिनार गोड़िन का? तेरे वंश को क्या चलाएगी? तेरे को ही निगल जाएगी रे मुरख!"

"सुनते हो पंचो, सुनो, देवता भी क्या इस अनरथ को सहेगा? नहीं न?"

बिजली चमकी और एक क्षण में मौत की रोशनी आई। एक बाण कहीं से आकर धुरवा की छाती में धँस गया। धुरवा भहराकर गिर पड़ा धरा पर। सैनिक ने झट से बाण खींचा—खून की धार छर-छर भिगो गई साथियों को और डुबो गई धुरवा को।

लक्षन कुंडली मारे केंचुए-सी हाथ-पाँव सिकोड़कर ओसारे के अँधेरे में पड़ गई थी, दूसरे दिन सूरज नारायन के सर पर चढ़ने पर भी वह सोई-की-सोई रही।

□

सूरज ने खर्राटे से अपना आकाश-आँगन बुहारा तो दो-चार रोशनी की किरचें रामखिलावन के बिस्तर तक भी छिटक आईं। ज्यादा नहीं, बस दो-चार ही। इसलिए वह बिस्तर पर सुगबुड़ाता उकड़ूँ बैठा रहा, किसी गुड़ली मारे केचुएँ-सा। जब बिस्तरे से उतरकर रोशनी की किरणें दीवार पर चढ़ने लगीं तब तक वह थोड़ा गरमा चुका था। खाट पर से उतर आया रामखिलावन।

''हो-हिक्क, दाई ओ मोला उठा ले। अऊ जी नहीं सकऊँ मैं।''

कमर को इधर-उधर घुमा उसने अँगड़ाई तोड़ी। सुबह सोकर उठने के बाद भी उसकी देह यूँ दुख रही थी जैसे रात भर खल-बट्टे से किसी ने खूब कस-कस के कूटा हो उसे।

''ओहर सोय नई सकै जानामाना, पनचक्की माँ कोनो ओला पिसान अइसन पिसत हावै।''

का करे वह भी? बुढ़ापे की देह, अब क्या उत्ता जाँगर चलता है? इसी होली को तो वह चार कोड़ी का हो जाएगा। उँगलियों पर गिनता है—

आषाढ-श्रावन अऊ फेर भादों थक के चुप हो जाता है वह—क्या करेगा जिंदगी का हिसाब रखकर भी? हियाँ तो सूरज अऊ चाँद भी आँख भर अघा के नहीं देख पाया कब्भी। सारी जिंदगी काँख-कूँख के रेलवई की चाकरी में कट गई। बची-खुची नोनी बहुरिया के गू-मूत का पोतड़ा धोते-धोते गुजर जाएगी। का करे? हिसाब जोड़-जाड़ के भी, का करे है?

हाथ बिस्तर पर टेककर थका सा उठता है। खाट पर बिछी गोदड़ी को तहा-तुहाकर एक ओर धरता है। बुढ़ापे में थोड़ी-थोड़ी सी अच्छी खाने की चीजों के लिए मन हुलसने लगा है—

अब इस समय अगर चाय का गिलास मिल जाए, खूब बने लगेगा पीतल गिलास में फूँक-फूँककर चाय पीना, पिराते दाढ़ को भी थोड़ी गरम सेंक मिल जाती—

''सियाराम, सियाराम रे! चाय बनिस रे?''

''अत्ता भोर माँ राम-राम के बेरी माँ, बोला पेसल चाय चाहिए। आग लगे ऐसी जीभ को।''

सियाराम के बदले धानबाई की सनसनाती गोली सी आवाज कोठरी में से दगती है—''टार, सारी जिंदगी जो खँखारी-थूकी भी हो हिसाब से वह चाय देगी परेम से? मर जाऊँ तो मेरी हाड़ चाँचर भी राँध के बोरे के साथ खा जाएगी। ये चाय देगी?''

बुदबुदाता हुआ बाहर आया है रामखिलावन डोकरा। सूरज देवता छोटे कुएँ के सर पर से होकर नीम झाड़ के ऊपर गए थे।

''जय हो, जय हो!'' एक हाथ सर के ऊपर जोड़कर वह सूरज नारायन को परनाम करता है। रामखिलावन का यह क्रम आज सत्तर वर्षों के पश्चात् भी टूटा नहीं है। चाहे हाड़ पिराय या गोड़, सूरज नारायन को परनाम जरूर करता है वह।

"का टैम हो गय होही?" कलकत्ता से मेल गाड़ी भी आ गई होगी। सूरज नारायन नीम के ऊपर आ गए तो समझो मेल गाड़ी भी आकर चली गई।

मनटोरा, एक लोटे पानी के साथ नीम का दातौन रख गई। उसने उसे बुलान चाय, पर वह नहीं आई। वह जानती है उसका डोकरा ददा उसकी कटोरी का चन लाई खाने में भी संकोच नहीं करता, और इस समय उसकी कटोरी में करी का लाडू भी था। इसलिए वह अंदर कुलाँचें मारकर भाग आई।

"जिंदगी भर जित्ता कमाया उससे जियादा तो इहाँ भर लिया।"

धानबाई अँगूठे को पीछे की ओर मोड़कर अपने पेट की ओर इंगित करती है—दूध माँगने आई रमोला से। सशंकित होकर उसकी कोठरी के दालान की ओर ताकती है, जहाँ वह मुखारी के लिए बैठा था।

"झूठ बोलती है, फेर झूठ बोलती है।"

पर प्रतिरोध में वह कुछ कह नहीं पाता। का फायदा? होगा भी का? रिटायर्ड आदमी और खड़खड़िया में जुते घोड़े में क्या अंतर होता है? कुछ नहीं। जब तक जुता रहता है तब तक दाना-पानी परेम से मिलता रहता है। रुक जाने पर गली का कुकुर भी सूँघना पसंद नहीं करता। रिटायरमेंट के बाद अच्छा हुआ, दो पक्की कोठरी डलवा ली थीं—नहीं तो झाड़ के नीचे ही फेंक मारते ये नराधम लोग! गोद लिया था सियाराम को क्या यह दिन देखने के लिए? अपने को जबरन जब्त करने का प्रयास करता रामखिलावन, पर गुस्से को पीने के प्रयास में उसकी होंठों से लार बहने का क्रम तेज हो जाता है। बहू के व्यंग्य बाणों से अपना ध्यान हटाकर वह बड़ी तन्मयता से नीम की दातून मसूड़ों पर रगड़ने लगता है। एक हाथ व पाँव पर हलका सा फालिज का असर है। कुछ भी काम चैन से नहीं हो पाता अब उससे। कुएँ के पासवाले गुलमोहर के पेड़ पर गिलहरी चढ़ रही है, उतर रही है। धूप में उसके रोएँ चमक रहे हैं वह उस ओर निर्निमेष ताकने लगता है। रामजी ने भी कभी खाने को नहीं बुलाया उसे। न साग राँध के कभी भेजी कि डोकरा है एक तो, बड़ा ललचता है मन, जाए—और जाकर बैठे ननकू के पास—उसकी मूँजी की खाट पर। थोड़ा बतियाएगा तो बने लगेगा जी को। बतियाएगा क्या? चुपचाप पड़ा रहेगा खाट पर। ननकू अपने गठिया से सूजे घुटनों पर हलदी-लहसुन का तेल घिसता रहेगा, वह चुपचाप गली में खेलते बच्चों को तकता पड़ा रहेगा। उसी समय ननकू की बहू चाय का गिलास भी धर जाएगी। चाय से उसको बड़ा परेम है। अस्स दाल-भात न दो, चाय दे दो, दिन भर बीस-पच्चीस गिलास वह चुपचाप जाएगा गटकता, बिना चीं-पट किए। पर एक दिन वह जल्दी चला गया था ननकू के घर

या अपने जाने के समय के थोड़ी देर बाद पहुँचा था। ननकू की बहू उसे चाय का गिलास थमाती हुई कह रही थी—

''रोज-रोज ये धंधा बने नहीं लगता। चीनी मिलती नहीं, मुफ्त का माल गटकने चला आता है डोकरा।''

सर झुकाए रामखिलावन चुपचाप लौट आया था। फिर कभी नहीं गया वहाँ। क्या वह चाय के लालच में जाता था वहाँ? दूर⋯अपने अच्छे दिनों में इसी ननकू को क्या-क्या नहीं खिलाया-पिलाया था वह? मुरगा, मछरी, दारू क्या नहीं?

चेहरे पर तपिश महसूस होती है उसके। धूप का एक टुकड़ा उसके बिस्तर पर आधा व उसके चेहरे पर आधा नाच रहा था। उसी की तपिश से नींद खुल गई थी। यूँ अब वह किस्तों में अपनी नींद पूरी करता है। थोड़ी सा सो लेगा, फिर उठकर बैठ जाएगा। फिर अधलेटा पड़ जाएगा। सोने का अंतराल आधा या बीस मिनट से ज्यादा नहीं होता। जब तक सियाराम की माँ जिंदा थी, बतियाते दोनों पड़े रहते थे। पर अब कुएँ के ऊपर छाए गुलमोहर के साए को कोठरी की दीवारों पर बनते-बिगड़ते देखता सारा दिन पड़ा रहता है, कोई बतियाता नहीं उससे। मन होता है तो गली में लाठी टेकता घूम आता है कभी-कभी।

एक बार सियाराम गरजा था—काहे यहाँ-वहाँ चाय के लिए भीख माँगते घूमते रहते हो? जाना मत कभी बाहर।

उसके घूमने-फिरने पर एक बार व्यवधान पड़ गया था। धीरे-धीरे शाम होने लगती है। मन में एक उछाह सी जागने लगती है। जरा कोठरी के बाहर ओसारे में निकलकर बैठेगा तो बने लगेगा। नहीं? अहा ऊहाँ तर हो गयेंव रे⋯सरसों तेल के गरम हो के कड़कड़ाने की आवाज, फिर उसमें पंचफोर के बघारे की, तड़काने की चिटचिटाहट, आह⋯रे⋯फिर तेल में गरम मसाले के भूने जाने की खुशबू। बहू जरूर मांस राँध रही है। जाने, बहुत दिन हो गए मांस खाए कौन कहे? खुशबू सूँघे भी।

''धानबाई का राँधथस ओ?'' रामखिलावन आवाज को भरसक नरम बनाकर बहू को टेरता है।

''का राँधथस ओ? चरौटा भाजी है, और भात राँधथौं।''

''फेर झूठ, फेर झूठ। मोला भरमावथे? मैं का जानों नहीं ये चरौटा भाजी के गंध आय? हाँय!''

बहू के इस झूठ पर उसके अंदर गुस्से का एक उबाल आता है, पर वह जब्त कर जाता है। खाने-पीने का शौक अभी भी उसका मर नहीं गया है। बच्चे ब्याह के

पंद्रह वर्षों के पश्चत् भी नहीं हुए थे, मन कहाँ लगाता? दो-दो बार 'चूड़ी' पहना के लाया। दोनों साल-डेढ़ साल में भाग गईं रामखिलावन को छोड़-छाड़कर। हारकर बाद में सियाराम को गोद ले लिया था, आज सियाराम आग मूत रहा है। रेलवई की गैंगमेन की नौकरी, अच्छा पइसा। दूनों डौका-डौकी चूल्हे-चौके में सिर जोड़े खाते रहते। आह, वह भी क्या जुग था? अच्छा दुबराज चाऊर अठारह रुपए मन, मांस था छै आना पाव। एक रुपया ले बाजार जाओ तो मांस और झोला भर साग-सब्जी लेने के बाद भी एक आना, दू आना बीड़ी-चाय पीने के लिए बच जाता था। अब दस रुपए लेकर जाओ—दो तुरई, अऊ रमकेरा बगल में दबा के घर आ जाओ। जब तक सियाराम की दाई जिंदा रही, बने-बने मन पारण से बना के चिटिक-मिटिक चीजें बनाती-खिलाती रही। क्या सुग्घर हाथ रहा—अब पहले की खाई-पीई जीभ हुलसती है, कसकती है—थोड़ी सी अच्छी तरकारी भाजी के लिए मछरी मांस के लिए, का करे वह भी? जीभ को कहाँ काट के धर दे? 'अच्छी बहू मिली है, औरत है वह? पूरी पूतना है, पूतना!'

रामजी की दूसरी डौकी बैठने आई है, टी.वी. देख के जाएगी। सुबह से घर में चहल-पहल थी, समझ नहीं पाया था किसलिए? शाम को चाय बनी थी तो मनटोरा उसे दे गई थी। उसके बाद कोई पूछ नहीं।

□

नींद खुल गई है। रात को रामजी के यहाँ से मसाला की दो कटोरी वर्षों बाद पीकर उसके पाँव जमीन पर नहीं पड़ रहे थे। अच्छा हुआ, रामजी लाठी पकड़कर घर तक छोड़ गया था, नहीं तो नाले-गड्ढे में गिर पड़ता। एक आँख में मोतियाबिंद पूरी तरह पक गया है, कुछ नहीं दिखता—'ऑपरेशन करा दे रे···' कई बार शिवराम से चिरौरी कर चुका है वह।

''पैसे पेड़ में फलते हैं?''

शिवराम कई बार टाल चुका है। खाना कपड़ा देते हैं यही बहुत है। धानबाई ताना देती रहती है—'अब ऑपरेशन कहाँ से करें?'

□

रात को रामजी के यहाँ से आकर कोठरी में बहुत देर तक खाने पर बुलावे की प्रतीक्षा करता रहा, पर न कोई आया, न कोई खाना दे गया था। रामजी लक्षन भी दो मुट्ठी के लिए रोक लेते तो क्या खन जाती उनकी हँड़िया? मांस राँधी रही, एक बोटी दे देती तो का बिगड़ जाता? नशे में कब वह खाट पर लुढ़क गया था, उसे पता नहीं चला था।

□

नींद खुल गई है रामखिलावन की। आधी रात हो गई समझो। किसी तरह काँख-कूँख के बाहर आता है। एक्सप्रेस गाड़ी के दूर पटरियों पर गुजरने की आवाज यहाँ तक आ रही है—सू सीक्क···साढ़े तीन हो गए होंगे।

कुएँ की जगत पर छाई गुलमोहर की शाखों पर चाँदनी पसरी हुई है। आकाश पर उसकी दृष्टि गई, नीले स्वच्छ आकाश में दुग्ध-धवल चाँद उसे तवे पर धरी एक बड़ी रोटी-सी लगी। पेट में एक असहय यंत्रणा हो रही थी, देखते हो, आज खाना ही नहीं दिया पापियों ने, सुबह भी उसने कुछ खाया नहीं था, गुस्से में सूखी रोटियाँ व दाल लौटा दिया था।

सुबह वह दातौन करने के बाद बहू के व्यंग्य-बाण से बिंधा उफनता-फनफनाता सा बैठा था। उसी समय चनावाली गुजरी, वह दस पैसे के चने लेके टूँगता बैठा था। सियाराम उसी समय कुएँ से नहाकर गुजरा था, वह उसे फिर चना खाता देखकर फनफना ही तो गया था—

"फेर चना खातहस, अतका काबर खाथस जब हजम नइ होवै त। खाना पराया है पर पेट तो अपना है कि नहीं? खा लेते हो लोभ से फिर पोकोगे, रोओगे मेरी जान को, फेर दौड़ो साला डाक्टर के पास, दौड़ो साला डाक्टर के पास।"

रामखिलावन भूल जाता है, शिवराम अब हाकिम का चपरासी हो गया है। साफ-सफाई पसंद करने लगा है। घर में सगा लोग-मेहमानों के आने पर दरवाजे पर परदे के एवज में धानबाई का लहँगा ही टाँग देता है, जो नाड़े से बँधा इधर-उधर मरे चूहे सा उलटा लटका दरवाजे पर झूला करता।

ओसारे में जरा बाहर होने पर कुएँ पर उसकी दृष्टि जाती है—काँसे के जूठे बरतन कुएँ की जगत पर सुबह से धुलने के लिए धरे हैं। मरे कैसे चीले से (चावल की रोटी) चमक रहे हैं। थोड़ा सा पानी पीएगा, मूँ-कान धो लेगा तो शायद बने लगेगा और नींद आ जाए। काँपते-कूँपते किसी तरह रस्सी से बालटी बाँधता है, रस्सी कुएँ की घिर्री पर चढ़ाता है, पर इतने ही में उसकी साँस फूलने लगती है। धीरे-धीरे रस्सी को हाथों से हलका सा ढील देता है, पर एक हाथ से रस्सी उससे नहीं सम्हलती। अवश भाव से सर्र···सर्र···रस्सी को घिर्री पर से गुजरते देखता रहता है रामखिलावन। डुबाक···बालटी कुएँ के पानी में डूब जाती है। थककर वह कुएँ की जगत पर सर झुकाए बैठ जाता है, न चाहते हुए भी रात की जूठी थालियों पर उसकी दृष्टि चली जाती है—

ये एक, दो, तीन आठ थालियाँ? आठ थाली काहे? ले दे के अढ़ाई

आदमी—आठ थाली में का खाए हैं? जरूर आज भोज रहा होगा। ये···ये स्साले मुझे भूखा ही मार डाला हाँय?

गुस्से में उसका बाँया हाथ जोर-जोर से हिलने लगता है। मुँह से लार बहने की प्रक्रिया तेज हो जाती है। आलू, गोश्त के जूठे अवशेष चिचोड़ी गई हड्डियों की नलिकाएँ, उसे लगता है कि उसकी सारी प्रज्ञा एक जगह इकट्ठी हो गई है—मरोड़े लेती अँतड़ियोंवाले पेट में। इधर-उधर तब-तक असह्य यंत्रणावश ज्ञानशून्य होकर वह जूठी रोटी का एक टुकड़ा उठा लेता है, इस प्रयास में उसका लकवा मारा हाथ जूठी थाली पर पड़ता है—झनाक···ढन···झनझना के पत्थर पर एक और कुएँ के अंदर दो थालियाँ गिर जाती हैं। सन्नाटे में काँसे की थालियों की आवाज दूर-दूर तक जाती है। वह घबरा के उठ खड़ा होता है, थालियों के गिरने के शोर से धानबाई की कोठरी का दरवाजा फटाक से खुलता है। चाँद की रोशनी में भकुवाए भूत सरीखा कुएँ पर रामखिलावन हिलता-डूलता खड़ा नजर आता है। उसके हाथ में अभी भी रोटी का जूठा टुकड़ा है। धानबाई को उसका स्पष्ट चेहरा नहीं दिखता। धानबाई अपनी चीखें रोकने के प्रयास में अपने मुँह पर हाथ रख लेती है।

"ओ दाई मैं मर जाँव रे···"

पत्नी की चीख सुनकर सियाराम भी जग जाता है। वह जरा साहसी निकलता है—कच्छा पहने-पहने ही वह आँगन तक आता है, रामखिलावन अभी भी हाथ में जूठी रोटी का टुकड़ा लिये भकुए सरीखा खड़ा है। सियाराम को सामने देखकर भय से रामखिलावन के मुँह से लार बहने की प्रक्रिया और तेज हो जाती है, पर रोटी उसके हाथ से नहीं गिरती। मारे गुस्से के सियाराम रामखिलावन की गरदन पकड़कर कमरे में घसीट लाता है, खाट पर मरे चूहे सा झटककर फेंक मारता है, कोठरी के किवाड़ की साँकल बाहर से चढ़ा देता है—"मरो यहीं···।"

□

"सुनो जी, मनबोधनी के पठौरी बर का सोचे हो?"

लक्षन अभी-अभी धानबाई से मिलकर आ रही थी, गई तो वह कुछ चीनी लेने की जुगत मे, रामखिलावन कका के बारे में सुनकर उसका जी धक से रह गया था। धानबाई नमक-मिर्च लगाकर सुनाया भी—"सारा दिन खाना माँगते रहते हैं, नहीं दो तो बच्चों जैसा हिलक-हिलककर पाँव पटक-पटककर रोते हैं। पेट खराब रहता है बारहों महीने, बिस्तर में गू-मूत कर देते हैं, इनकी उलटी, टट्टी, मूत करूँ कि घर का काम करूँ?"

सुन के लक्षन का मन तीता हो गया था। सारी जिंदगी जो अच्छा खाया-

पहरा हो, वह बुढ़ापे में कैसे अपनी जीभ रोक ले? रिटायर का पूरा पैसा-कौड़ी सियाराम को सौंप दी। घर बनाया पक्का। अब बुढ़ापे में थोड़कन चाय के लिए सियाराम के ऑफिस जाने के बाद इस गली से उस गली लाठी टेकता सारा दिन डोकरा भटकता घूमता रहता है, लक्षन ही कौन चाय पिला पाती है हर समय? सब मया-मोह बेकार है जी। कौन किसका है? जब तक जाँगर चलता है, तब सब अपने, नहीं तो दू मुट्ठी भात भी कौनों नहीं दें···

सारा दिन मेह बरसा था। कुछ चादरें और गोदड़ियाँ भट्ठी में डाले थे, उसे कोठरी में रस्सी बाँधकर सुखाना पड़ा था। दो दिन से सूरज नारायन ने दर्शन नहीं दिए थे, कपड़ा सुखाउए भी तो कहाँ?

''धानबाई नहीं बताइस तोला? कल रानीगाँव से मनबोधनी के पठौनी के लिए सियाराम के हाथ खबर भिजवाए थे। सियाराम बता रहा था, फेर पैसा कानी कौड़ी भी नहीं···''

रामजी सुबह-सुबह इस जिम्मेदारीवाले अप्रिय प्रसंग से चिढ़ उठा था। पलायनवादी भोगी प्रवृत्ति का रामजी किसी भी जिम्मेदारीवाले कर्म-प्रसंग से बिदक उठता था।

''पैसा क्या घर बैठे मिलेगा? ठुठवा रुख कस टाढे चरइथे।''

लक्षन भी भन्ना उठी थी। जिनगी भर ये मनखा जाँगर चोर रहा, जिम्मेदारी से भागता रहा। सारा ध्यान पेट और पेट के नीचे के लिए रहा—लक्षन, बुधियारी, चिरौंजा···उसी निमित्त ही उसके लिए रही। नाँगर, बइला, खेत, खलिहान सब खा गया बेच बुचा के, अब आकाश देखता बैठा है जाँगर चोर!

''सुन, बीस-तीस रुपया हो तो दे, मैं रानीगाँव जाके मनबोधनी के पठौनी के लिए बात कर आऊँ? कब क्या कैसे करना है?''

लक्षन बिलबिला गई थी रामजी के इस निर्लज्ज प्रस्ताव पर। दो दिन से चिरौंजा मायके भाग गई थी, उसके पीछे-पीछे जाने के लिए छटपटा रहा है, कहता है पठौनी की बात करने जाएगा? पहले भी कई बार पठौनी की बात करने गया, सोडा-साबुन के लिए पैसे लेकर गया लक्षन से, पर भाग गया था चिरौंजा के पीछे-पीछे उसके गाँव, भुक्तभोगी थी लक्षन।

''सुना नहीं का?''

''सुन भी लिया।''

''तो फिर?''

रामजी ने बड़ी आशा से उसकी ओर ताका था, वह जानता था लाख मना

करे···गाहे बगाहे कहीं-न-कहीं से कुछ-न-कुछ निकाल ही लेती थी लक्षन।

"देख तुझे लाज है कुछ? दो दिन से पानी गिर रहा है, कपड़े सूखे नहीं हैं। कल तो दो दाना चावल भी नहीं रह जाएगा राँधने को, पठौनी की बात अभी रहे दो पौष तक, समझे।"

रामजी ने बरसते पानी की ओर दृष्टि डाली थी—"ओह हो हो जाही, सब हो जाही, बिहनिया तक पानी रुक जाही।"

रामजी सदा की तरह आशावादी था, पर इस आशावादिता के पीछे जो श्रम और लगन चाहिए होता वह उसे टाल जाता था।

"देन···कुछु कानी दे दे···बाकी मैं जुगाड़ कर लेहूँ···पीतर थाली ला बेच देबे नहीं तो···"

रामजी फिर गिड़गिड़ाया था। लक्षन का दिल किया कि कहे उस गोड़िन के लिए पाजेब बिसहने के लिए तेरे पास पैसे थे और बेटी की पठौनी के लिए कुछ भी नहीं है अंटी में? पर उसने कहा नहीं था कुछ, जानती थी कहेगी कुछ तो दो-चार लात-घूँसे जमा के आठ-दस दिनों के लिए घर से गायब हो जाएगा, पी-पाकर किसी नाली किसी गली में पड़ा रहेगा—टार···लक्षन कोठरी में घुस गई, कुछ देर खटर-पटर करने के बाद बाहर निकली तो उसके हाथों में कुछ रेजगारी और दो-एक रुपयों के मुड़े-तुड़े नोट थे।

रामजी उत्सुक दृष्टि से कोठरी की ओर आँख लगाए बैठा था। लक्षन के हाथों में रुपए देखकर उठ बैठा—

"बिहनियाँ तक आ जाहौं न!"

कुछ पैसे उसके पास थे, बस के आने-जाने का जुगाड़ हो ही गया। रामजी फुरती से आँगन का फईका खोलकर सिर पर गमछा बाँधे यह जा और वह जा।

रामजी के जाने के बाद लक्षन चूल्हे के आस-पास के डिब्बे टटोलने लगे। थोड़ी सी मूँग की दाल मिली एक डिब्बे में—चलो, खिचरी राँध दूँगी···

कोठरी में जाकर चावल के डिब्बे में हाथ डालकर खँगाला। आधा किलो भी नहीं होगा चावल। सूपे में चावल का डिब्बा पूरा-का-पूरा उड़ेल दिया उसने और बाहर ओसारे के उजाले में चावल बीनने बैठ गई। मेह अभी भी बरस रहा था। मन उसका बहुत भटक रहा था इधर-उधर, जीवन की निस्सारता उसके समक्ष स्पष्ट हो गई थी। वह कहीं और ध्यान बँटाना चाहती है, मन है कि बार-बार उचट-उचट जाता था। जैसे मीलों तक उसने कपड़े सूखने के लिए सुखाए हों और धूप का कहीं नामोनिशान न हो, वह ध्यान बँटाने के लिए किंकियाते स्वर में गुनगुनाने लगी—

दे तो दाई ओ मोला अस्सी रुपैया
सुंदरी ल लहों बिहाय

"दो ओ···ओ दाई···"

लक्षन के गुनगुनोल स्वर को विराम लग गया था।

"दाई हो देख तो ओ···"

मनबोधनी और कौसिल्या पानी में तर-ब-तर भीगी खड़ी थीं।

"कहाँ गए रे पानी में?"

"भाजी तोड़ने नदिया!"

"चरौटा, तिनपनिया भाजी लायेहन दाई।"

मुखर कौसिल्या किलकती हुई अपनी उलटी की हुई फ्रॉक लक्षन के समक्ष ओसारे में उड़ेल दिया था। भाजी देखकर लक्षन भी प्रसन्न हो गई थी। बाजार में दो रुपए से कम क्या होगी?

"पर बता के जाना था न! मनबोधनी ले चूल्हा बार के खि़चरी चढ़ा दे, तब तक मैं भाजी तोड़ लेथौं।"

हाथ का सूपा लक्षन ने मनबोधनी की ओर बढ़ाया—

पर पहले मुंडी पोंछ अपना।

मनबोधनी वहीं खड़े-खड़े सिर पोंछने लगी। सिर पोंछकर चूल्हा बारने लगी वह। चूल्हा थोड़े से परिश्रम से जलने लगा।

"दाई, लकड़ी खन जाएगी।"

"अभी बार ले, मैं ले लानहों पिछू ले, पर सुन बेटा, चाय के लिए थोरकन पानी चढ़ा दे, हाथ-गोड़ अब्बड़ पिराथै रे···"

लक्षन भाजी सकेलकर उठने लगी—"ले कौसिल्या, भाजी तोड़ ले बेटा। मैं दुकान तरी आवथौं···"

लक्षन चूल्हे के डिब्बों में कुछ ढूँढ़ने लगी। कुछ रेजगारी हाथ लेकर वह उठी और दुकान की ओर निकल गई।

"ले पहिले चाय बना दे।"

चाय और शक्कर की पुड़िया मनबोधनी को थमा बगल में दबी लकड़ियाँ नीचे रखी थीं लक्षन ने।

"दाई दूध···?"

"काली बना ले।"

मनबोधनी ने विरोध नहीं किया था, खौलते पानी की डेकची में चाय पत्ती की पुड़िया और शक्कर की आधी पुड़िया डाल दी थी। चाय खौल गई तो उसने एक गिलास लक्षन के आगे धर अपने लिए तामचीनी की रकाबी में थोड़ी सी उड़ेल ली थी।

''तैं चाय पीले कौसिल्या।''

भाजी तोड़ती कौसिल्या को लक्षन ने टेरा तो कौसिल्या भाजी एक ओर सकेल खरगोश सी छलाँग लगा दौड़ आई थी। काली चाय देखकर बिदकी थी वह—''हँ···कारी चाय?''

''पीना है तो पी, नहीं तो धर दे मनबोधनी—महारानी काली चाय नही पीएँगी।''

लक्षन ने कौसिल्या को झिड़का। चारा न देख कौसिल्या एक कटोरी में चाय उड़ेलकर सुड़क-सुड़क पीने लगी। भूख लग रही थी जोरों की—

''दाई, दस पैसा देना दाई, मुर्रा लेहौं।''

''ले मर भुखही।''

आँचल की छोर में बँधे दस पैसे लक्षन ने कौसिल्या की ओर फेंका था, कौसिल्या आधी चाय छोड़ दुकान की ओर भागी थी। लक्षन चाय पीकर भाजी तोड़ने लगी—

''मनबोधनी, जरा जल्दी हाथ-पाँव चला बेटा, मैं चुचुहियापारा जाहौं मौर्स कने।''

लक्षन सूपे में भाजी ले जाकर आँगन में धोने लगी। मनबोधनी ने दाल-चावल मिला खिचड़ी हँड़िया में चढ़ा दी। लक्षन ने धुली भाजी तो लाकर चूल्हे के पास रख दी और चूल्हे में एक लकड़ी और डाल दी—थोड़कन दाल मिल जातीस तव भाजी म डारके बना देतेंव। सारे डिब्बे-बरतन उसने खँगाल डाले दाल के लिए—''टार गा···ऐसनेच बना डालहौं।''

खिचड़ी उबलने लगी थी।

''मनबोधनी रे, नमक-हरदी थोड़कन डाल दे ओमा।'' उसने मनबोधनी को आदेश दिया था। कौसिल्या मुर्रा लेकर लौट आई थी, बची चाय में मुर्रा डालकर वह सुड़कने लगी चाय।

''थोड़कन देना दे मनबोधनी ला?''

कौसिल्या पर लक्षन चीखी थी, पर कौसिल्या खाने-पीने की चीजों में हिस्सा-बाँट करनेवालों में नहीं थी। उसने इनकार में मुंडी हिला दिया था—''नई हे

चाय में डाल दे हँव।'' वह जल्दी-जल्दी मुर्रा चाय का मिश्रण सुड़कने लगी।

''मनबोधनी, सुन बेटा तुमन खिचड़ी निकाल लेवा, तब तक भाजी चुर जाही।''

खिचड़ी पक चुकी थी, हँड़िया नीचे उतार लक्षन ने कड़ाही चढ़ा दिया था चूल्हे पर—''एक ठन पताल होही तो डाल दे न, दाई।''

''पताल घर म दूसर ज्वार बस चाउर नइ हे, ये मन पताल खाय बर मरथें।''

लक्षन बिदकी थी—''ले, मनबोधनी साग ले।''

उसने गरम कड़ाही लुगरा के छोर से पकड़कर नीचे उतार लिया—''ले मनबोधनी!''

लक्षन ने मनबोधनी की थाली में एक करछुल और दूसरा करछुल उसने मनबोधनी को थमाया—''ले कौसिल्या ला दे दे।'' लक्षन ने बीच हुई मुट्ठी भर खिचड़ी कड़ाही में डाल खाने लगी—''मिरचा के बिना का सेवाद, कैसन कंगाली आ गे, एक हरियर मिर्चा बर मन तरसथे?''

लक्षन जल्दी-जल्दी ग्रास निगल रही थी—''सुन बोधनी, बरतन समेट ले, मैं चुचुहियापारा जाथौं—बिसाहिन मौसी संग भेंट करे बर। तोर बबा रानीगाँव गए हे बिहनियाँ आही।''

लक्षन की बूढ़ी मौसी बेवा थी, पेंशन मिलता था। बच्चे नहीं थे उसके, कभी-कभारी अपने सौतेले बेटे-बहू की आँख बचाकर पाँच-दस रुपयों की सहायता कर देती थी वह लक्षन को। आज दस तारीख हो चली थी, बिसाहिन मौसी पेंशन ले आई होगी, चलूँ कुछ दे दे शायद! लक्षन महीना दू महीना में कुछ राँध-पका के ले जाती बिसाहिन मौसी के लिए। बूढ़ी जीभ खाने के लिए तरसती रहती थी। सौतेले बेटे-बहू को बिसाहिन फूटी आँख भी नहीं सुहाती थी। पेंशन मिलती थी उसे उसी से झेल लेते थे उसे। कई बार रो-गाकर लक्षन के घर भाग आती। लक्षन एक-दो दिन में स्वयं पहुँचा आती। उसका ही कौन खाने-पीने का ढंग का ठिकाना था? बिसाहिन मौसी आती तो निखट्टू अलाल रामजी का पारा ऊपर चढ़ जाता—फेर आ गए हे बुढ़िया?

रामजी को लगता उसका चिटिक-मिटिक खाने का हिस्सा बाँट लेनेवाला कोई आ गया है। कैसे सहन करता वह भी।

''हाँ, तुम्हारा राजपाट भोगने।''

लक्षन भी क्यों चूकती बोलने से? वह उसकी सगी माँ की सगी बहन थी, मौसा उसका रेलवई में गेटमैन था। रामजी के किच-किच से तंग आकर दो-चार

दिनों बार लक्षन बिसाहिन को खिला-पिलाकर स्वयं ही चुचुहियापारा अमरा आती।

आज बंगाली बाई के बाबू को पगार मिला होगा, छह रुपए उसकी तरफ से निकलते हैं, ले आएगी आते-आते। दो रुपए जतन से बचा के रखा है, कुछ खाऊ ले जाएगी डोकरी मौसी के लिए। अच्छा साग बना रहता घर में तो ले जाती एक कटोरी। अब चरौटा भाजी क्या ले जाए इत्ती दूर?

खाने के पश्चात् लक्षन ने खैनी खाया और लकर-लकर बाहर निकल गई थी। मेह थम गया था।

"मनबोधनी, चूल्हा बार के रखबे बिहनियाँ लौटहौं न।"

जाते-जाते लक्षन आदेश दे गई थी मनबोधनी को।

"हाँ हो, दाई।"

मनबोधनी ने हामी भरी थी। सड़क पर सिनेमा का रिक्शावाला गुजरा था—सत्यम टाकीज में कयामत से कयामत तक, कौसिल्या चील-सी लाल-पीली विज्ञापन के परचों के लिए रिक्शे के पीछे-पीछे लपक गई थी।

"राँड़, घर जा जल्दी।" लक्षन ने कौसिल्या को बरजा था।

मजदूरों की बस्ती, दोपहर का सन्नाटा पसरा हुआ था। अब शाम-रात को ही गुलजार होगा। सड़कों पर नंग-धडंग खेलते बच्चों का शोर था। वातावरप में बँधवा तालाब के सड़े जल की गंध।

□

"रे दाई रे, मर जाँव रे!"

चुचुहियापारा फाटक को लाँघकर मुहल्ले पहुँची तो पाया छोटे कुएँ के पासवाले पानी के बड़े डबरे को खाकी वरदीवाले पुलिस घेरा डाले खड़ी थी. दो व्यक्ति डबरे के पानी को बाहर उलीच रहे थे। एक पुलिसवाला डबरे के पास कुरसी डाले बैठा था। सहमकर लक्षन भीड़ के एक ओर हो गई थी—"का हुआ भैया?" उसने सहमकर पासवाले दर्शक से पूछा था।

"चोरी का माल छिपाए हैं यहाँ। वैगन तोड़ के पीतल के बरतन पार कर दिया है भाई लोगों ने।"

सुन के लक्षन का गला सूख गया था, लगा बैठेगी नहीं तो गिर पड़ेगी—"हे दाई रे!"

डबरे का पानी कुछ ही देर में पूरा उलीच दिया गया था, कीचड़ में सनी पीतल की परातें, गुंडी, बालटियाँ, कटोरियाँ एक-एक करके पुलिसवाले डबरे के किनारे निकाल-निकालकर ढेर लगाने लगे—सौ से कम क्या होंगे?

"हे राम…"

रामजी की लाई उसे कलवाली पीतल की चमकती थाली याद आई। वह जल्दी-जल्दी वहाँ से घर खिसक जाना चाहती थी, पर मौसी से मिले बिना भी कैसे लौटे?

"डोकरी पेनशन झोंके बर गए हे कचहरी।"

बिसाहिन मौसी की सौतेली बहू समारू की औरत ने उसे देखकर बाहर से ही टरका दिया था।

"फेर आय हे!"

समारू की औरत ने मुँह बिचकाया था। उसकी ईर्ष्या का पार नहीं है। इसको देने के लिए डोकरी की अंटी से पैसे निकल ही आते हैं। उसने कई बार छुप के बिसाहिन डोकरी को पाँच-दस रुपए देते देखा था लक्षन को। यहाँ बच्चों के हाथ में चार आना, आठ आना धरते जान ही निकल जाती है डोकरी की।

लक्षन की फिर बिसाहिन मौसी की प्रतीक्षा घर के आगे नीम के पेड़ के नीचे करने की हिम्मत शाम तक नहीं हुई थी। उसकी आँखों के आगे पीतल की चमकती थाली घूम रही थी।

"हे राम…"

पुलिस धर लेगी तो कहाँ से थाना-कचहरी करेगी वह? गोड़िन राँड़ के मया ने उसे चोर भी बना दिया था क्या?

लौटते समय न चाहते हुए लक्षन के पाँव डबरे के पास फिर रुक गए थे। चार पुलिसवाले दो आदमियों को धकियाते हुए ला रहे थे—लक्षन ने एक को पहचान लिया—कभी-कभी रामजी को बुलाने आता था।

"जाओ घर-घर की तलाशी लो, सबको बाँध दो।"

कुरसी पर बैठे मुंशी ने हुकुम दिया था—इतना सुनना था कि भीड़ में खड़ी दो औरतें दाई ओ…चीत्कार करती भागी थीं, पुलिसवाले डंडा घुमाते उनके पीछे लपके थे—"पकड़ लो छिनारों को, इनके खसम भी आएँगे पीछे-पीछे।"

कुरसी पर बैठा बिहरिया मुंशी ने हुकुम दिया था। लक्षन से और ठहरा नहीं गया था, वह खिसक ली थी। उसका गला सूख रहा था, पैर काँप रहे थे।

वह लगभग गिरती-पड़ती घर की ओर भागने लगी।

"का लक्षन, बिसाहिन डोकरी नहीं रही का घर माँ?"

"न…"

लक्षन ने रमोला को संक्षिप्त प्रत्युत्तर दिया था, रमोला बिसाहिन डोकरी की

पड़ोसिन थी। सारा दिन रेल लाइन के किनारे से शंटिंग में गिराए गए राख में से कोयले बीनती, शाम को उन्हें बचेकर घर पहुँचती। नहाती-धोती नया साफ लुगरा पहनती, श्रृंगार-पटार करती, फिल्म देखने निकल जाती। मुगले आजम उसने डेढ़ सौ बार देखा था, पाकीजा सौ बार, बाल-बच्चे नहीं हैं, एक बाबू ने उसे शौक से घर डाल लिया था, मौज करती घूमती।

''चाची, कउन सा सलीमा देखे बर जातथस।''

रमोला पान बीड़ा एक ओर करके पीछे एक तरफ थूका था पिच्च्...फिर आह्लादित होकर बोली थी—

''कमात से कमात तक।''

''आज अखिरी शो है न? पचास और आठ बार देखी हूँ, जाएगी रे लक्षन?''

''न...''

लक्षन का मन उदास हो गया था, वर्षों-वर्षों हो गए सलीमा राउत बाजार कौन कहे? धानबाई के यहाँ टी.वी. देखे भी। चिरौंजा को रामजी ले जाता, पर उससे कभी पलट के नहीं पूछता—तेरा जी करता है देखने को सलीमा?

''मैं जावथौं रे, शो का टाइम हो गया है—हासफुल चल रहा है कमात ने कमात।''

रमोला पाजेब झनकाती चली गई थी।

□

''दाई...का हो होईश?''

मनबोधनी लक्षन के रंग उड़े चेहरे और समय से पूर्व खाली हाथ लौटते देखकर चिहुँकी थी। दाई बिसाहिन मौसी के यहाँ से लौटकर कुछ-न-कुछ तो खाऊ लाती ही थी लौटती बेरी। आज तो चावल का दू दाना भी नहीं था घर में। समय ने अबोध मनबोधनी को समय से पूर्व ही प्रौढ़ व दूरदर्शी बना दिया था।

''देख बोधनी, दरवाजे पर नजर रखना आने न पाए कोई।''

लक्षन मनबोधनी को ताकीद करके कोठरी में लकर-लकर घुस गई थी। कोठरी से बाहर निकली तो उसके हाथों में पीतल की चमकदार थाली थी, वह थाली को आँचल में छिपाकर चूल्हे के पास उकड़ूँ बैठ गई थी—

''मनबोधनी, खुरपी ला तो बेटा!''

मनबोधनी खुरपी ले आई तो चूल्हे के अंदर की मिट्टी उसने खोद डाली थी, अच्छा-खासा एक हाथ गड्ढा बन गया तो उसने पीतल की थाली को गड्ढे में

दबा मिट्टी डाल दी थी ऊपर से, इतने ही परिश्रम से वह हाँफने-काँपने लगी थी—

"सुन बेटा, जरा गोबर से चूल्हे को अच्छे से लीप दे!"

"हा हो…"

मनबोधनी गोबर का पोतड़ा लेकर चूल्हा लीपने लगी, कुछ ही देर में चूल्हा अच्छा-खासा सुग्घर दिखने लगा।

"हे राम रे! ए आदमी जेहल भिजवाएगा हम सबको किसी दिन।"

लक्षन की धौंकनी-सी चलती साँस अब जाके काबू में आई थी। वह कोठरी की दीवार से लगकर बैठ गई, आँचल से तमाखू की पुड़िया निकालकर खैनी बनाने लगी—

"थोड़कन चूना दे, मनबोधनी।"

"दाई, चूल्हा बार दौं?" मनबोधनी ने चूना देकर उससे पूछा था।

"हाँ, बार दे।" जाने किस सोच में थी लक्षन, उसने हामी भर दी थी।

"एक्को चाउर नइ हे राँधे बर!" सहमी मनबोधनी ने उसे सूचित किया था।

"अरे…" लक्षन चिहुँकी थी। इस अफरा-तफरी में वह बंगालिन बाई के यहाँ जाना भूल ही गई थी। लक्षन ने आसमान की ओर ताका। दिन ढलने में कुछ ही घंटे थे, पर बरसाती दिन थे, लगता था रात ही हो गई हो। बंगालिन बाई के यहाँ जा सकती थी, पर वह बहाना करेगी—"बृहस्पतिवार है, पइसा नई देगा साँझ हो गया है पइसा देने नहीं सकता है…कित्ता बार बोला लक्षेन हमारे बच्चे के वास्ते कुछ गोटा (कंडा) ला दो—पइसा देगा, पर तुम सुनता नहीं, हमारा राउतानी को भी बोला वो भी सुनता नई।"

बरसात के पहले कौसिल्या और मनबोधनी भिनसार उठके गोबर चुन लाती थीं, उपले थाप लेती थीं। कुछ घर में चूल्हा बारने के काम आता था, कुछ लक्षन कोई विशेष ग्राहक माँगता तो कौसिल्या के हाथों पहुँचा देती। पर बरसात के बाद कंडे थापने की सुविधा नहीं रही थी, उपले कहाँ से लाकर दे बंगालिन बाई को? बंगालिन बाई का छोटा बच्चा था, सेंकने के लिए गोरसी में कंडे चाहिए उसे। कुछ सोचा था लक्षन ने।

"सुन, मनबोधनी, धानबाई चाची के यहाँ कुछ छेना माँग के ले आ। कहना बिसा रहे हैं, दाई पैसा दे देगी।"

शिवराम के यहाँ गाय दूध देती थी, कंडे भरपूर बनाके रखा था धानबाई ने। मनबोधनी धानबाई से जाकर कंडे माँग लाई थी। कंडे की टोकरी सिर पर रखकर लक्षन शीघ्रता से बंगालिन बाई के घर की ओर निकल गई थी—

"सुना बेटा, दीया-बाती करके रखबे, कौसिल्या ल घउल बुला लेबे, में आवथौं न..."

बंगालिन बाई को पटाना जरूरी था, छठी के रुपए निकलते थे उसपर, फिर ये छेना ले जा रही है उसके पैसे देने से रही वह—मुफ्त में धरवा लेगी और क्या? पर कुछ पेशगी रुपए दे दे तो काम बन जाएगा उसका। जल्दी-जल्दी लक्षन रेलवे कॉलोनी की ओर कदम बढ़ाने लगी।

□

"ले धर मनबोधनी रे!"

बड़ी शाम को लक्षन लौटी तो थकान से उसका पोर-पोर दुख रहा था, उसकी टोकरी में चावल की पोटली और पुड़िया धरी थी।

मनबोधनी ने दीया-बाती कर दिया था—ओसारे में टँगी लालटेन से आँगन में उजाले की रेखा फैली हुई थी।

"तोर ददा लौटा?"

मनबोधनी ने हाथ लगाया तो लक्षन ने सर से टोकरा उतारकर नीचे रखा, लुगरा से पसीना पोंछने लगी।

"नहीं," मनबोधनी ने नाहीं की थी।

"काहे लौटेगा? छिनार मानी नहीं होगी आने के लिए, कीड़े पड़े रे गोड़िन तेरी...में, मेरे मरद को चोर तक बनवा दिया।"

रोष और दुःख से उसे और श्रापते नहीं बना था, चूल्हे के पास सूपे में टोकनी की पुड़िय निकाल-निकालकर रखने लगी। चावल, दाल, शक्कर, साबुन, तेल, मिरचा, आलू, भाजी, प्याज।

"ला बेटा, एक कटोरा दे।"

लक्षन ने कागज की एक पुड़िया खोली—"चार रुपया का पोटी लाई हूँ बकरे का। सोचा था—तेरा ददा लौटा होगा तो परेशान होगा, पर वह आएगा कैसे, राँड़ आई नहीं होगी साथ में।"

लक्षन ने कटोरे में बकरे का छिछड़ा निकालकर रखा।

"बकरियों को कुछ दिया था या नहीं?" चौंकी थी वह।

"का देती? पीपल का पत्ता, दाना कुछ भी नहीं था। थोड़ा सा मुन्गा भाजी चाची भिजवाई थी, उसमें से थोड़ा डाली थी उन लोगों को।" मनबोधनी पिनपिनाई थी।

"अरे, अगहन में ब्याएगी तो दूध का आसरा जगेगा। भूखी रहेगी तो कहाँ

से बनेगा दूध उसका? गाभिन है रे वह।''

लक्षन बड़बड़ाते हुए बकरी का छिछड़ा लेकर पानी की बालटी के पास जा बैठी थी धोने के लिए। अँधेरे में बँधी बकरियाँ उसे पहचानकर मिमियाने लगीं— ''ठहर जा, तेरी भी सुध लेती हूँ अभी।''

''कौसिल्या कहाँ है?'' छिछड़े धोते-धोते लक्षन के हाथ रुक गए थे।

''खेल रही है।'' मनबोधनी ने सूचित किया था।

''अभी खेलने का समय है—दीया-बत्ती के टैम?''

''कतका बलाँय दाई आईच्च नहीं।''

''मैं देखती हूँ राँड़ को तू यह धर।''

लक्षन कटोरा मनबोधनी को थमा, सोंटा लेकर गली में निकल गई थी। गली में कौसिल्या नहीं थी, नल के पास औरतें पानी भर रही थीं, वहाँ भी नहीं थी। शायद धानबाई के यहाँ हो, पर धानबाई के यहाँ भी नहीं थी।

''बहुत दिन म आयहस लक्षन—तबीयत तो बने हे न?''

ओसारे के बाहर रामखिलावन चचा खाट पर बैठा था, अब उसे अँधेरे में कुछ भी दिखाई नहीं देता। दोनों आँखों का मोतियाबिंद पक गया है, पदचापों और आवाज से उसने लक्षन को पहचान लिया था। लक्षन कभी-कभार शाम को साग-वाग पहुँचाने भी आती थी धानबाई को। शायद इसीलिए आई हो!

''बैठ न, चाय पी के जाबे।'' धानबाई ने उसे रोका था।

''हाँ-हाँ, बैठ न!''

रामखिलावन ने भी हामी भरी थी—धानबाई लक्षन के लिए चाय बनाएगी तो उसे भी मिल जाएगी।

''नहीं, फेर आहों कौसिल्या ला ढूँढ़त हौं।''

''कौसिल्या तो आज आए नहीं हे।''

धानबाई चौंकी थी। लक्षन का भी माथा ठनका था—कहाँ गई होगी कुलबोरनी?

लौटते में गली के मुहाने पर दोबारा पहुँची तो कौसिल्या कुछ खाती, लँगड़ाती आती दिखाई दी।

''कहाँ से आ रही है, कुलबोरनी, करमजली खदही?''

लक्षन ने आव देखा न ताव सोंटे से सोंटती चली गई कौसिल्या को।

''दाई ओ…दाई ओ…मर जाहूँ वो…''

मार से बचने के लिए कौसिल्या फिरकनी सी सड़क पर नाचने लगी, उसके

फ्रॉक में से चना पिपरमेंट सड़क पर गिर गए थे।

"कहाँ से पाई यह सब बता? कौन दिया पैसा?"

"सलगू चचा ने।" सुबकती कौसिल्या बोली थी।

"सलगू चचा? पेट में क्या आग जलती रहती है राँड़? जितना खाती है वह स्वाहा हो जाता है उसमें? क्या किया तेरे साथ बता उसने? फोकट में दिया यह सब?"

"कुछ नहीं, बोला रोज शाम को चुपके से घटौंधी पर आना, रोज खरीदव दूँगा—चुसनी, लाडू···थोड़ा मग्रा किया रहा भर।"

"चुसनी, लाडू ले राँड़, चुसनी, लाडू।"

आग ही तो लग गई थी लक्षन के हाड़ में, मारते-मारते सलगू के यहाँ कौसिल्या को ले गई थी।

"निकल रे हरामी सलगू, तोर देह में कीरा पड़े रे! बच्ची को बरगलाता है?"

सलगू लक्षन की गालियों के बाद भी निकला नहीं था, उसकी औरत बाहर निकली थी। हाथ नचा-नचाकर लड़ने लगी थी वह—

"इत्ता ही बाबू लोगों के बच्चे हैं तो बाँध के रख घर में। काहे कुकुर सरीखे यहाँ-वहाँ भेज देती है? मेरा गोसइयाँ गया था क्या तेरे घर? तेरी टूरी पीछे आ लगती है, उसको बच्चा जानकर कुछ लेवा दिया तो आग मूतने लगी है, बरेठिन!"

ननकू के यहाँ से खींचती हुई कौसिल्या को ला पटका था घर में— "खबरदार, जो कल से घर से बाहर पाँव निकाली तो, चीर के रख दूँगी।"

लालटेन की रोशनी में कौसिल्या के गालों पर उसकी दृष्टि गई थी, दाँतों के काटने के लाल निशान थे उसपर।

"उतार-उतार-फराक उतार अपना।"

लक्षन ने बिलबिला के औंधी पड़ी कौसिल्या को मरे चूहे जैसा उठाकर हाथ में टाँग लिया था। सुबकते हुए कौसिल्या ने फ्रॉक उतारा था। वक्षों व सारे शरीर में नोचने-खसोटने-काटने के नीले दाग थे।

"राम रे···मर जाँव मैं···" लक्षन सिहर गई थी, उसका माथा ठनका था "निकाल पज्जी भी उतार।"

कौसिल्या से उसने कच्छा भी जबरन उतरवा लिया, खून से सन गया था कच्छा।

"राम रे, सलगू तोर देह में कीरा पड़े रे, मरे तो पानी भी नहीं मिलेगा।"

लक्षन हिलक-हिलककर बैन करने लगी। का होगा पुलिस-कचहरी से? मनबोधनी की पठौनी, कौसिल्या का ब्याह नहीं होगा कभी। मैं का पाप करे रहैं मोर दाई रे… ?

लक्षन जोर-जोर से हिलक-हिलककर रोने लगी।

"जा ओला असनान करा दे, मनबोधनी।"

मनबोधनी कौसिल्या को नल पर ले जाकर नहला लाई थी। मंदबुद्धि कौसिल्या अब भी कुछ समझी नहीं थी—"काबर रोथस दाई?"

मनबोधनी ने खाना बना लिया तो लक्षन को बुलाने आई थी। रोते-रोते लक्षन ओसारे में भुइयाँ पर ही पड़ गई थी। उसके शरीर में मानो प्राण ही शेष नहीं रहे थे—"घाव म माखुर पड़गे, ऐसे लागथै।"

"मेरा जी नहीं है, कौसिल्या ला खिला दे।"

लक्षन ने मनबोधनी को मना कर दिया था।

"थोड़कन खा ले दाई, बने लगही।" मनबोधनी ने मनुहार किया था।

"तोप दे, भूख लगही तो खा लेहौं।"

ओसारे में बोरा बिछाकर वह फिर से लेट गई थी। मनबोधनी कौसिल्या को उठाकर ले गई थी खिलाने। लक्षन निःशब्द चुपचाप पड़ी रही थी, आँसू जैसे इस आघात से सूख गए थे।

□

खेती-बाड़ी करते थे उसके घर के लोग, घर भर की लाड़ली। लड़की जात होकर भी उसने मायके में कोई क़ाम नहीं किया, सर आँखों पर रखते उसे। ब्याह के बाद रामजी के घर आई तो वह भी भरा-पूरा था। सास, ससुर, देवर, भौजाई, ननदें, चचिया ससुर-सार…खेती बाड़ी थी थोड़ी-बहुत। पाँचवीं पास रामजी सिर में तेल-फूलेल डाले सारा दिन बाहर डोलता रहता। ससुराल में कपड़े धोने का काम होता। रामजी को इस काम में कोई रुचि नहीं थी, सच पूछो तो उसे किसी काम, परिश्रम से कोई दिलचस्पी नहीं थी। सास-ससुर नहीं रहे, चचिया ससुर, सास ने अलग चूल्हा कर लिया। रामजी कोई काम न करता था। भाई-भाभियों ने भी चूल्हा अलग कर लिया। घर की जिम्मेदारी रामजी पर आई तो घर से भागने लगा, कहीं थोड़ी-बहुत बची-खुची खेती-किसानी के बहाने गाँव या किसी नई रेजा, मजदूरिनें प्रेमप्रिया के संग…जो उसे लाख अलाली कामचोरी के बावज़ूद जुट ही जाती थीं कहीं-न-कहीं। संभवतः इसलिए कि लक्षन जानती थी—यौन रूप से संपूर्ण पुरुष था या उससे भी कुछ ज्यादा…लक्षन के साथ सारी रात छिपकली सा लिपटे रहने के बाद भी दोपहर में किसी अमरैया, झाड़ी में वह जरूर रासलीला रचाता। इसी फाके

मस्ती में लक्षन ने एक-एक करके पूरे आठ बच्चे जने, छह गोद में ही नहीं रहे, नहीं तो बड़ा लड़का पूरे बीस वर्षों का गबरू जवान होता अभी।

लक्षन ने धीरे-धीरे काम सीखा भट्ठा लगाना, कपड़े में माँड चढ़ाना, प्रेस करना, नील डालना··नहीं करती, नहीं सीखती तो संभवतः सड़कों पर भीख माँगती। गर्भ के समय वह थोड़े से पतार, मिरचा, चटनी के लिए धनिया की एक जूड़ी के लिए तरस-तरस जाती। रामजी किसी नई प्रेमिका के साथ कहीं पड़ा होता। कभी-कभी तो खीझ जाती लक्षन—अच्छा है पड़ा रहता है कहीं, नहीं तो सारा दिन मरने-खटने हाड़ तोड़ने के बाद रात भर भूखे कुत्ते सा मुझे ही भँभोरा चूस डालता।

मनबोधनी के बाद कौसिल्या बची रह गई। एक ठन बाबू हो जातीस तो, बहुत झाड़-फूँक करवाया, तावीज बँधवाया लक्षन ने; पर फिर से कुछ ठहरा नहीं उसके पेट में। धानबाई ने कहा—धर्म अस्पताल जा, डाक्टरनी बाई ला दिखा।

धर्म अस्पताल की डाक्टरनी बोली—"बच्चेदानी उलट गई है, बच्चा क्या होगा अब?"

"एक ठन टूरा हो जातीस तो डाक्टरनी बाई मैं बाँच जातैं।"

लक्षन गिड़गिड़ाई थी डाक्टर के समक्ष। रामजी का ताना सुनते-सुनते वह तंग आ चुकी थी।

"लड़का? एनिमीक हो, अल्सर भी लगता है। तुझे बहुत खाँसती तो नही हो? स्नोफीलिया भी हुआ था न?"

बक् खाए लक्षन टुकुर-टुकुर डाक्टरनी बाई का मुँह ताकती रही—ये बीमारियँ उसके समझ के बाहर थीं।

"लड़के की बात भूल जा, नहीं तो जान चली जाएगी तेरी, समझी कि नहीं?"

रामजी को पता लगा तो वह और भी शेर हो गया उसपर, कामचोर नक-चढ़ा तो था ही, बात-बात पर मारने-पीटने लगा—

"दूसरा लाऊँगा, कुल चलाने के लिए लड़का चाहिए समझी?"

"कुल तो चलाएगा, पर उसे खिलाएगा क्या?"

मार खाती लक्षन भी चुप क्यों रहती? वह चोट खाई नागिन सी फुफकारती। परिणामस्वरूप फिर-फिर पिटती रामजी से।

एक दिन रामजी सज-धज के रानीगाँव गया, सियाराम और अपने दोस्तों के साथ। चिरौंजा को चूड़ी पहना के ले आया। चिरौंजा से उसका प्रेम भाला खेती-

किसानी करते समय हुआ था। चिरौंजा ने रामजी के घर आकर अपने पहले पति की चूड़ियाँ तोड़ ली थीं—रामजी ने उसे अपने हाथों से चूड़ी पहना दी और नया लुगरा चिरौंजा पर डाल दिया था। लान की कोठरी उसकी रसोई, उसके पति का हिस्से बँटवारा हो गया था। रामजी को 'बूँदा' देना पड़ा था—पाँच सौ रुपए लग गए थे। रामजी ने खेती का बचा टुकड़ा बेच दिया था। मिले रुपए कुछ 'बूँदा' में लगे, कुछ यार-दोस्तों के साथ पीने-खाने में खर्च हो गए थे।

अब लक्षन देखती रात-बिरात रामजी कभी-कभार गायब हो जाता—"चुचुहियापारा जा रहा हूँ दोस्त के घर, उसके यहाँ छठी है, बरही है।"

कह के जाता घर से। लौटता मुँह अँधेरे तो बोरे, थैले में कुछ लिये धरा होता। उसे अपने हिस्से की कोठरी में छिपा देता। एक-दो दिन बाद रात हो जाने पर चुपके से कहीं निकल जाता। झोला-बोरा लिये हुए लौटता तो दूसरे दिन जी खोलकर ऐश करता, मुरगा बनवाता, दारू मँगवाता, चिरौंजा की फरमाइशें पूरी करता। लगे हाथ मनबोधनी, कौसिल्या को भी दो-चार रुपए थमा देता। दो-चार दिनों बाद जब पैसे चुक जाते, अंटी ढीली हो जाती, दारू-चिलम का नशा उतरता तो लक्षन से उलझ पड़ता। लक्षन भी क्यों चुप रहती, वह कस्स के एक रख के दस सुनाती। सौतिया डाह ने उसकी जिह्वा को धारदार व पैना बना दिया था। चिरौंजा से कम ही उलझती वह, चिरौंजा यौवन पर चढ़ी कसी सान थी...वह आठ बच्चे जन चुकी परिश्रम-भूख से सूख गई ठठरी; पर एक बार भिड़ ही तो पड़ी थी लक्षन। रोजी में नहीं गई थी चिरौंजा कई दिनों से, गुड़ाखू तेल की फरमाइशें उसने रामजी से किया। रामजी ने उससे पैसे माँगे, बस्स लक्षन के सूखी ठठरीवाले देह में आग ही तो लग गई थी सिर से पाँव तक। चिरौंजा पर चढ़ ही तो दौड़ी, आँगन में गुत्थम-गुत्था हो गई। चिरौंजा भारी पड़ गई उसपर, सामने का एक दाँत टूट गया लक्षन का। चिरौंजा की चूड़ियाँ टूट गईं। दो-चार जगह लक्षन के दाँतों से काटने के नीले निशान पड़ गए देह में। रामजी ने लक्षन को एक-दो घूँसे जमाकर किसी तरह अलग किया था, सारा मुहल्ला जुड़ गया था उनके आँगन में। चिरौंजा इस लड़ाई के पश्चात् अपनी पोटली पेटी उठा के गाँव भाग गई—"नई रहऔं मैं यहाँ!"

रामजी उसे मनाने-पुचकारने पीछे-पीछे उसके गाँव दौड़ा था, फिर तो यह सिलसिला ही हो गया, जब मन करता चिरौंजा गाँव भाग जाती, रामजी पीछे-पीछे मनाने दौड़ा जाता।

"हे राम! उसकी रक्षा करना।"

लक्षन ने अँधेरे में सोए-सोए प्रार्थना की थी। इस कोख को भी आग लगे,

जहाँ आठ जनमे थे एक ठो टूरा का बीज पड़ जाता तो क्या बिगड़ता? अपना गोसइयाँ खूँट से तो बँध के रहता? काहे गोड़िन के पीछे ठाँव-ठाँव फिरता रहता? लड़की की पठौनी करना है, फिकर नहीं है, कौसिल्या यह कलंक लगा बैठी है—आग लगे ऐसी मस्ती को उसके!

लक्षन भूल गई थी सिर्फ वंश चलाने के लिए नहीं, रामजी को रिझाने के लिए अब उसके पास कुछ भी शेष नहीं रहा। वह दिन गए जब रात-दिन उसमे चिपका कोठरिया में पड़ा रहता था। भावजें ताना देतीं, ससुर अलग खाँसता-कुँखारता—आग लगे ऐसी जवानी को, पर क्या मजाल कि रामजी के कान में जुएँ रेंग जाएँ? यौवन गया, रूप गया, देह की गरमी गई, अब वह गरमी रही, न जवान देह। अब चिरौंजा का हरा-भरा यौवन उसे न भाता तो क्यों न भाता?

परिश्रम व अनाहार से लक्षन के दाँत बाहर निकल गए थे, सूखी काया हड्डियों पर झूलने लगी थी।

बड़ी रात गए लक्षन उठी तो बकरियाँ मिमिया रही थीं। बूँदाबाँदी हो रही थी। बकरियों को उसने ओसारे के एक कोने में लाकर बाँधा था। हँड़िया में पड़े भात को उसने पानी डाल के धर दिया—कल बोरे काम आएगा। खाने को उसका जी नहीं किया था। साग को हँड़िया के नीचे रखकर हँड़िया पर पीढ़ा रख दिया था—नहीं तो बिल्ली चट कर जाएगी। वह कोठरी में गोदड़ी बिछाकर पड़ गई थी—"राम हो! उठा ले मोला…"

उसके मुँह से पीड़ा-जनित पुकार निकली थी। यह पीड़ा शारीरिक कम, मन की ज्यादा थी। मन को चैन मिलता है, जब कोई काँधे से काँधा मिलाकर दु:ख-सुख सहे तो। तन की पीड़ा, अभाव भी कम पड़ जाते हैं इससे, सुख-दु:ख का साथ कोई न रहे तो मन-तन नहीं थकेगा क्या? सारी जिंदगी रामजी ने कभी नहीं पूछा पलट के—का दु:ख है, क्या सुख है तुझे? अपने सुख, अपनी इच्छापूर्ति ही उसके लिए सर्वोपरि रही है जीवन भर।

भीषण हमले से हुड़का द्वार टूट गया। इधर लहू में डूबा-सना राजा कराह रहा है और विनाश के नगाड़े बज रहे हैं। रमन्ना मनका दाई द्वार पर कलप रही है। बैरी को रोककर अंतर में रोती-कलपती रमन्ना सुहाग के मनौती मान रही है और धुकधुकी में दावानल धधक रहा है।

□

"हे राम…"

बिसाहिन मौसी की जिंदगी का एक सुखद सूरज पल मानो यूँ ही अनछुआ

गुजर गया था। डाक गाड़ी देखना बिसाहिन के मनोरंजन में शामिल है, अभी से नहीं तब से जब वह खदेरू राम से बियाह के बाद हियाँ चुचुहियापारा आई थी। पौन कौड़ी की भी नहीं थी तब तो वह। आश्चर्यचकित हो मुँह बाए वह गाड़ियों को गुजरते देखा करती थी। रंग-बिरंगे लुगरा-पोलका पहने ये सारे-के-सारे लोग जाने कहाँ जाते हैं रोज? कउन सा देश माँ? कउन सा राज माँ? वह समझ नहीं पाती थी।

कभी-कभी सिगनल न मिलने के कारण गाड़ी आउटर पर ही रुक जाती थी। खदेरू राम झुक-झुक के गार्ड-ड्राइवर को सलाम करता जाता था। बिसाहिन को गर्व होता अपने मनसेरवा पर—ये मोहल्ला में कौउन धरे हे ओखर मनसेरवा अइसन बाबू भैया? उमर कुछ जियादा है तो क्या? खदेरू आधी उम्र तक तो आवारा ढोर सा इधर-उधर के खेतों में मुँह मारता रहा था, फिर अपनी जिंदगी के आधे में खयाल आया था उसे घर बसाने के लिए। देह भी साथ नहीं देती थी, अब वह मरदानगी भी नहीं रही कि खुले साँड़-सा दनदनाता फिरे। पगहा में बँधना ही पड़ेगा खदेरू राम को।

चालीस साल की उम्र में पंद्रह की बिसाहिन को 'चूड़ी' पहना के ले आया वह। बिसाहिन का ददा भी परशन्न था—चलो दमाद रेलवई में गेट मैन है। चार कौड़ी तनखाह ऊपर से रोज अठन्नी-दू रुपया बख्शीश भी। रेलवई के लोगों ने नई टाँग भी लगवा ही दिया है।

बोकरा कटा, कुल्हड़ में भर-भरकर दारू पी गई। बियाह और पठौनी दूनो एक्के साथ करके बिसाहिन आ गई खदेरू राम की गुमटी में। छेना (कंडा) थाप-थाप के शहर में रुपया-दू रुपया सैकड़ा बेचनेवाली गरीबन बिसाहिन के लिए खेदरू राम की रेलवे की नौकरी, चमकती बटन लगी डरेस—लाल-हरी झंडी लिये बाबुओं जैसा ठाट—रेलवे की पक्की ईंटों की गुमटी—सरग से भी ज्यादा विस्मयकारी वस्तुएँ थीं—अहा, का भाग पाए हौं मैं भी। वह सोचती थी। पर बियाह के दूसरे ही दिन उसके भाग का कटोरा छन्न से गिरकर चूर-चूर हो गया था। रह गई थी टूटी किरचें, जो उसके तन-मन में शीशे से चुभ रही थीं।

खदेरू बियाह की रात्रि को देशी दारू गँधाता, गाली बकता, जबरन बिसाहिन के सीने पर सवार हो गया था। पर आवारा घूमते, इधर-उधर मुँह मारते हुए वह अंदर से खोखला और पोला हो गया था। काँखता-खँखारता-थूकता वह फिर थक-हार के एक ओर पड़ गया था। सारी रात जागती रही थी बिसाहिन, तन-मन पर बोझ लिये। तन के अनजाने ज्वार को थामने का असफल प्रयास करते हुए। लगा था उसकी देह पर खदेरू नहीं, कोई मरगिल्ला घिनौना स्पर्श, जो कोठरी के एक कोने

में दीवार से टिकी खदेरू की नकली दाँत की काली छाया-सी उसके तन पर डोल रही थी।

"औरत जात, माटी की हाँड़ी, एक बार चढ़ गई चूल्हे पर तो दोबारा घूरे में ही उसको जगह मिलती है।" उसकी डोकरी दाई ने सीख दी थी उसे।

बिसाहिन ने घूरे में जाने के भय से जाने कितने बरस यूँ ही खदेरू राम के संग काट दिए थे। सुबह चाय बनाकर खदेरू को ड्यूटी पर भेजना, दोपहर को खाना लेकर गेट पर पहुँचना, शाम को खाना राँधना, फिर रात को खदेरू के निष्फल पौरुष के आगे अपने आपको समर्पित कर देना।

देवारी के दिन, बियाह के तीसरे साल खदेरू एक दूसरी औरत घर ले आया था चूड़ी पहना के। उस वक्त खूब रोई-पीटी थी बिसाहिन। लगा था, भरे समुद्र में जीवन भर वह जिस टापू के सहारे थी, वह भी आज बहा जा रहा है। मरीमाई को उसने मनौती मानी थी—'हे देवी भवानी, मोर ऊपर तैं हर थोरकन दया-मया रखबे, मैं हर तोला लाल लुगरा अऊ नारियल के चढ़ावा देहूँ।'

पर वही हुआ था जो खदेरू राम चाहता था—"तू ससुरी बाँझ है तो क्या मैं भी मरद नहीं हूँ रे राँड़? ज्यादा चू-चपर किया तो धुनक के धर दूँगा मादल सा।"

खदेरू राम पिटपिटी साँप-सा बल खाके अपनी काले आबनूसी लकड़ी-सी सूखी जाँघ पर थाप देकर बिसाहिन को ललकारता। पर वह जाती भी कहाँ? न हियाँ मरद अपन, न मैके में ददा-दाई अपने।

चाहकर भी बिसाहिन की पटरी गुलाबो से नहीं बैठ सकी। वह आई तो अपने साथ अढ़ाई बच्चों का दहेज भी साथ लाई थी। दो उसकी उँगली पकड़े हुए थे, एक पेट में से निकलने को कुलबुला रहा था। बिसाहिन ने जब आश्चर्य से उसके तुंबे से बढ़े पेट को देखा तो वह ढिठाई से हँसी थी—"देखती क्या है? मैं क्या तेरी तरह बंजर हूँ? यह तो तेरे मरद का है।" वह अपने बढ़े पेट को थपथपाती बोली थी।

जचकी के बाद गुलाबो फिर से मालधक्का जाने लगी, पहले टेशन के पास ही पुराना मालधक्का था। अब तो तिफरा में नवा बन गया है। जाने से पहले खूब सजती थी वह। नवा पोलका-लुगरा, पैरों में पैरी, हाथों में मुँदरी, कानों में गेंदे का फूल खोंसे। मानो मालधक्के में बोझा ढोने नहीं बल्कि 'सुआ' नाचने जा रही हो और रात-रात भर छोटे कुएँ की झाड़ियों में गायब रहती, जहाँ बुधवारी बाजार के सिंधी तफरीह के लिए रात को आ निकलते थे। समारू और गेंदा तब नानकुन-नानकुन से थे। बिसाहिन उन्हें छाती से लगाए सोती-जागती रहती।

रात की पाली खत्म करके खदेरू राम थका-माँदा गुमटी में आता तो उसी वक्त गुलाबो भी सीना ताने घर में प्रवेश करती। विवश क्रोध से खदेरू चिल्लाता तो गुलाबो भी प्रत्युत्तर में प्रस्तुत रहती।

"येल्ला जी, तैं मरद नइअस त मैं औरत नोहौं? हवा-पानी के लिए भी न जाऊँ बाहर? हीयाँ तेरे में का धरा है? मैं क्या इकल्ली घूमती हूँ? तू नहीं मुँह मारता था रद्दा-रद्दा में?"

□

"धत्त तेरे की! जाने कित्ता समय हो गया होगा? ये मोर माथा है या रामायण की पोथी? बिन बाँचे ही उमड़ा चला जाता है सलीमा सा। बगल में लोहे के खंभे पर एक कौआ टाँग उठाए काँव-काँव कर रहा था। सामने रेल लाइनों की पाँतें धूप में चाँदी-सी चम-चम चमक रही थीं। जाने कहाँ जाती हैं ये पटरियाँ? एक तरफ तो टेसन है, फिर दूसरी तरफ बरमबाबा का मठ, फिर उसके आगे गतौरा···फेर उसके आगे सुना है कलकत्ता है। जब बियाह हुआ था तो बिसाहिन की चाची ने कहा था—फिरी पास मिले थे ओला। चारों धाम घूमे सकबे तैंहर।"

खदेरू राम उसे कलकत्ता तो दूर, गतौरा भी नहीं ले गया था कब्भी। तीस साल पहले जैसी अनजानी अजनबी थीं ये पटरियाँ, आज भी ये वैसी ही पराई हैं उसके लिए। बस्स गुमटी से खड़े होकर पटरी के पार का तालाब, मुसलमानों की सफेद मसजिद से सटे छोटे-छोटे जाफरीवाले मुसलमानों के घर, फिर उसके पास मरीमाई मंदिर के चूल पर फहरते भगवा झंडे को ताका है उसने। लाइन के इस तरफ बड़ा कुआँ है, जहाँ हर साल पीपल के पेड़ के नीचे शीतला माई का पूजन होता है। पहले यहाँ इत्ते घर भी कहाँ थे? सिर्फ सूखे बंजर खेत थे, जिसमें गाय-ढोर बगराए से मुँह मारते रहते। शंटिंग करते इंजनों का शोर पटरियों पर गूँजा करता।

फूल, हार, गजरे से सजा पहली बार जब डीजल इंजन इन पटरियों पर गुजरा था तो पूरे पारे के लोग मेला लगा गए थे पटरियों के किनारे। रेलवे के बड़े-बड़े साहब लोग ट्रॉली व मोटरों पर बैठकर आए थे। खदेरू राम के गेट में भी नया रंग-रोगन लगाया गया था। पटरियों पर नारियल फोड़ा गया था। आज रात 'कैश एवार्ड' से मिले पैसों से खदेरू ने बोकरा का मांस, दयालबंद के भट्ठे की दारू के साथ प्रसन्न मन से खाया था और नशे में इतना हल्ला-गुल्ला मचाया था कि किसी तरह घसीट के उसे गुमटी में ताला डाल के बंद किया गया था। दूसरी सुबह राउत बाजार भरा था, जिसमें से जीवन में पहली बार खदेरू उसके लिए नया लुगरा पोलका, मिठाई और चाँदी के गहने बिसाकर लाया था बिसाहिन के लिए। जिसे

पहनाकर गुमटी के एक कोने से दूसरे कोने तक परेड करवाया था बिसाहिन से उसने। गुलाबो से उसका मोह भंग हो चुका था। गुलाबो उसके हाथ से बाहर निकल गई थी।

कहाँ गए वो दिन? कौन सा काला कागा उसको मुँह में रखकर उड़ गया दूर देश? कहते हैं, बड़े-से-बड़ा दुःख का गड्ढा भी समय पाकर पुर जाता है। पर क्या करे वह भी? उसके दुःखों का पाट इतना चौड़ा है कि अब तक पूरा ही नहीं है, या फिर बिसाहिन ने चाहा ही नहीं है उन्हें पाटना। पाट देगी तो क्या रह जाएगा उनके पास जमा पूँजी के नाम पर?

बुढ़ापे में बड़ा जी करता है कहीं जाए, बैठे, गोठियाए मन भर के तो मन का दुःख हलका होता। लक्षन उसकी बहन की बेटी। लक्षन के घर कभी-कभी काँपते-कूँपते जाने की हिम्मत करती भी है तो उसको देखते ही लक्षन का टोका रामजी टेंगना मछरी-सा कूदने-फाँदने लगता है। कल पेंशन वह झोंक नहीं पाई थी। ट्रेजरर ने चेक ही नहीं तुड़वाया था बैंक से। सारा दिन ट्रेजरी ऑफिस के बरामदे में बैठे-बैठे भूखे-प्यासे किसी तरह घर पहुँची थी तो घर में घुसते ही समारू की औरत कहाँ चुप रहनेवाली थी, पेट की बात उससे कम ही पचती थी—

''आई रही तेरी सगी, मँगनी महारानी लक्षन।''

''ओ हे मँगनी (भिखारिन) नई हे।''

भूखी-क्लांत बिसाहिन पिनपिनाई थी।

□

कोठरी के अंदर आ जाती है बिसाहिन। हाँड़ी के ऊपर का ढकना उठाकर झाँकती है। कुछ बोरे (पानी में भीगा बासी भात) पड़ा है, चल जाएगा शाम तक, जब तक वह पेंशन लेकर आ जाएगी। कल नहीं मिली थी, आज फेर जाएगी पेंशन झोंकने, घर में चावल का एक दाना नई बाचे हे···इसी पेंशन के लिए कित्ता तो टार-टार मचा था। खदेरू राम बिसाहिन के नाम पर ही 'पी.एफ.' कर गया था, पेनशन कर गया था। पर गुलाबो अड़ गई कि वह असली घरवाली है। पेनशन उसे मिलना चाहिए, उसके खदेरू राम से बाल-बच्चे हैं, ये क्या राँड़-बाँझ है।

पर जीवन भर चुप-चुप रहनेवाली बिसाहिन बल खाके उठ गई थी। आर्पेटिंग रेलवई के बड़े साहबों के पास—सबके पास दौड़ गई थी वह। आखिर पेंशन अपने नाम बँधवा के ही रही। तीन कौड़ी रुपए कम नहीं होते एक अकेली जान के लिए। पर बिसाहिन अकेले खाए, गेंदा, समारू व डेरहिन—गुलाबो के बच्चे यूँ ही मुँह तके, सहा जाएगा बिसाहिन से? भले ही बाँझ-ठूँठ हो वह, पर

दया-परेम? उसकी देह में भी मया है। गुलाबो की तरह सुकसी मछरी नहीं है वह। इसलिए पहली तारीख को कोतरी मछरी पकाती है, गुड़ का हलवा भी बनाती है वह। सब जने एक साथ अघा के खाते हैं। फिर भी गुलाबो उसे क्षमा नहीं कर पाई है। देते रहो तो ठीक बनी रहती है, नहीं तो झींगा मछरी-सी कूदती-फाँदती है गोठरी की तलैया में!

□

"लक्षन...लक्षन रे!"

ओसारे के बारे पर मरी गिलहरी-सी पड़ी लक्षन चौंकी थी—"डोकरी दाई!"

आँगन तक निकल आई थी लक्षन—"आओ-आओ दाई।" लाठी पकड़कर बिसाहिन डोकरी को वह ओसारे तक थाम लाई थी।

"चाय पिबे न?"

उत्तर की प्रतीक्षा न कर लक्षन चूल्हा बार के चाय बनाने लगी। कौसिल्या को कल रात से ताप चढ़ा था, उसका मन खिन्न और तीता था। मनबोधनी म्यूनिसिपिलिटी के नल पर बरतन धोने, पानी लेने गई थी। सुबह पानी भी उससे भरा नहीं गया था नल से। मन बार-बार आक्रोश व दुःख से भर-भर आता था। चाय बन गया तो डेकची में मनबोधनी और कौसिल्या के लिए रखकर दूनों जनी पीने लगीं।

"रामजी नहीं हे?" बिसाहिन ने पूछा था।

रामजी उसको देखकर बर्रै से छूटे ततैया जैसा मँडराने लगता था आस-पास।

"राँड़ गोड़िन के पाछू गए हे। फेर भाग गए हे ओहर!"

कहकर लक्षन का मन रोने-रोने को हो आया, पर उसने जब्त कर लिया था। कौसिल्या की बात किस मुँह से कहा जाएगा उससे?

"जावथौं—पेनशन लेए बर कचहरी!" बिसाहिन डोकरी चाय पीकर उठ खड़ी हुई थी।

"सुन तो, लक्षन!" बिसाहिन ने इधर-उधर देखकर कमर में खुँसी काली पड़ गई चाँदी की पुरानी पिचकी एक हँसुली निकाली थी—"ऐला बेच देबे, का करहौं रखके? दू-चार रुपया होही तो मोला दे दे, चाय पी ले हूँ कचहरी में, कल आहूँ मैं।"

धर्मसंकट में पड़ गई थी लक्षन—उसकी अंटी व डिब्बों में बारह आने

अस्सी पैसों से ज्यादा नहीं होंगे। सुबह-सुबह कहाँ किसके पास माँगने जाएगी? धानबाई का सहसा खयाल आया था—धानबाई ज्यादा पैसे देगी नहीं, पर देगी तो।

"तैं बैठ दाई मैं देखथौं।"

लक्षन हँसुली आँचल में छिपाकर निकल गई थी गली में।

"ये ले दई," पाँच रुपए उसने बिसाहिन डोकरी की ओर बढ़ाया था। बड़ी ना-नुकर के बाद धानबाई ने हँसुली रखकर दस रुपए दिए थे। कुछ और मिन्नतें करने के बाद ऊपर से पाँच और दस रुपए लक्षन ने अपनी अंटी में खोंस लिये थे।

"अच्छा, मैं जावथौं न, कल आहों।"

बिसाहिन डोकरी लाठी टेकती आँगन से सड़क पर निकल गई थी।

"ताँगा कर लेबे न!"

पीछे से लक्षन ने बिसाहिन डोकरी को चेताया था। एक सवार का चार-आठ आना लेगा कचहरी के लिए। पर डोकरी ताँगा नहीं करेगी जानती थी लक्षन।

सुरुज नारायन दो बाँस ऊपर चढ़ आए थे, घर का सारा काम बगरा पड़ा था, मनबोधनी अब्र तक नल से पानी लेकर लौटी नहीं थी। "हे परभू?" लक्षन हाथ ऊपर उठाकर परनाम किया सुरुज भगवान् को।

□

"हे परभू!...हे राम..."

शाम को बिसाहिन थकी-माँदी भूखी-प्यासी कचहरी से खाली हाथ लौटी। गुलाबो उसे खाली हाथ देखकर भड़भड़ा के कोठरी में आ गई—लो, आ गई महारानी कौसिल्या, फूल-चंदन आसन करो। धेला-टीकरा भी नहीं है घर माँ। राँधों काला? तोर मूँ ला? ना मोर गोड़ ला? खाए बर तो पर्रा भर चाहिए।

दिन भर कचहरी के बरामदे में भूखी-प्यासी पेंशन का कागज लिये बैठी रही थी वह, पाँच रुपए उसने कचहरी के चपरासी को थमा दिए थे कि मोर नाँव ला जल्दी पुकारबे। पाँच रुपए की दक्षिणा सौंपने के बाद उसके कने पैसे कहाँ धरे थे? नहीं तो किसी ठेले पर एक हाफ कप चाय ही हलक में उड़ेल लेती, जलते प्रान में कुछ ठंडक पड़ती। बीस पैसे थे अंटी में—तमाखू खाए बर तो उससे सिटी बस से आ गई थी। सोचा था, लौटती बेरी पैसा तो मिल ही जाएँगे। रिक्शा से धनन-धनन बेगी-बेगी पहुँच जाएगी घर। बीमारी से उठने के बाद मुँह का स्वाद बथुए के साग-सा कड़वा हो गया था। जाँगर चलते, आँख दिखते गुलाबो ने नहीं देखा था तो क्या बीमारी में सेवा-टहल करती? बचा-खुचा चाँदी का तोड़ा बिक गया, पर वह उठकर जैसे-तैसे खड़ी हो गई थी। खदेरू राम पहली बार बिसा के लाया था उसके

लिए राउत बाजार से। गुलाबो से आँखें बचाकर पहनाया भी था, फिर उस रात के बाद कभी नहीं पहन पाई उस तोड़े को। गुलाबो की लोभी दृष्टि से कितना जतन-मया से बचा के रखा था उसने? वह भी बिक गया था। बहुत दिनों से जी कर रहा था सुकसी मछरी खाने के लिए, सोचा था पेंशन लेकर, बाद में वह शनिचरी पड़ाव से सुकसी मछरी व पतार ले लेगी। सुकसी मछरी पतार के साथ राँधेगी तो कड़ुआती जीभ को थोड़ा मीठा लगेगा। जाने कितने दिन हो गए गरम भात के संग मछरी-पतार का साग खाए? कचहरी में सुबह से गए-गए शाम को पारी आई तो पेंशन बाबू ने कहा—"डोकरी कहाँ रही दो महीना?"

"बीमार रहे, ददा!"

"बीमार रही तो हम का करें? जा अगली बार आएगी तो अपने जिंदा रहने का प्रमाण-पत्र व तूने नई शादी नहीं की है, उसका भी प्रमाण-पत्र लाना, समझीं।"

"पर मैं तो जिंदा हूँ, बाबू।"

"अरे चल बुढ़िया, तेरे कहने से का होता है? किसी साहब का परचा चाहिए कि तू जिंदा है, अब जा!"

पेंशन बाबू खड़ा होकर अपनी फाइलें व कागज-पत्तर सँभालने लगा। बाहर आकर बिसाहिन ने पाँच रुपएवाले चपरासी को ढूँढ़ा—"कल आना परचा लेके समझी, डोकरी? पहली ही पारी में दिला दूँगा पेंशन, अब तू जा घर।"

वह बिसाहिन को चलता करके दूसरे पेंशनभोगियों से बकाया बख्शीश वसूलने लगा।

थकी-हारी बिसाहिन ट्रेज़री से बाहर आई तो शाम हो गई थी। सामने के कचहरी में काले-काले कोट पहने वकील बतियाते, पान खाते घर लौट रहे थे। सड़क के दोनों ओर के पेड़ों पर चिड़िया चिचियाते हुए अपने-अपने घोंसले तलाश रही थीं। लाठी टेकती डोकरी को पूरे आठ-दस मील चल के घर लौटना था—"हे परभु!"

यूँ ही रात गुजर जाती है। बिसाहिन भूखी-प्यासी नीम के पेड़ तले बैठी रहती है। गुलाबो, समारू बूता से लौट के खा-पीकर सो गए हैं। भात न सही, पेज ही दे देते उसे, नमक डाल के पी लेती वह भी। भूख से दिन भर के परिश्रम से थकी आतें मरोड़े खा रही थीं। नींद कहाँ से आती? बादल छँट गए हैं, चाँद निकल आया है। चाँदनी में चमकती रेल की पटरियों को निर्निमेष देखती रहती है बिसाहिन। थोड़ी देर पहले एक इंजन शंटिंग करते हुए गुजरा है। ड्राइवर ने इंजन से राख झाड़ी है, राख के बीच में कोयला के कुछ अंगारे अभी भी दहक रहे हैं। हवा चलती है

तो टप-टप नीम की निबौरियाँ गिरती हैं जमीन पर। फिर भी बिसाहिन डोकरी देखती रहती है सामने की रेल पटरियों की ओर। जाने क्या? शायद रेल की पटरियों से फैले अपने अबूझ दुरूह अतीत के बारे में या फिर सोच रही हो कहाँ जाती हैं ये पटरियाँ? कउन सा देश माँ? कउन सा राज माँ?

मन कहीं स्थिर नहीं होता बिसाहिन का। वह अपनी टाँगों को पेट में सटाकर कुकुर-सी सोने का जबरन प्रयास करती है, पर सो नहीं पाती। भूखी पेट की अँतड़ियाँ कुलबुलाती हैं। मानो दाने के नाँद में राउत (ग्वाला) पैरों से सानी माख रहा हो। बीमार होने के बाद भूख से भी मानो नियंत्रण उठ गया है। एक-से-एक मिठाइयों की सूची उसकी आँखों के आगे तैरने लगती है। जलेबी, इमरती, लाडू, गुलाब जामुन···अहा···कभी अघा के, जी-भर के खा नहीं पाई है वह। अघा के तो अपनी जिंदगी में वह बोरे भी पतार की चटनी के साथ नहीं खा पाई है। आस पालती रही, कभी तो वह खा लेगी, पी लेगी—इत्ता पेट में समा लेगी कि फिर कभी जिया में न खा पाने की पीड़ा खटकेगी नहीं, पर जिंदगी? छलनी में छाने गए रेत-सी जाने कब झर गई? वह कल-कल की आस पर अपने को टालती रही—"का करे बर हे? चाँद का सुपना देख के? अभी एक सुपला भर के बोरे पा जातौं तो तर जातौं मैं।"

बिसाहिन कोठरी में जाती है। तेल नहीं है। दीया नहीं जलाया उसने। सारी कोठरी अमावस सी कारी पड़ी है, फिर भी अंदाज से वह भात की हाँड़ी में हाथ डाल के टटोलती है—

'धत्त रे बिसाहिन! तैं चील के घोंसले माँ मांस खोजथस रे!'

वह अपने आपको अँधेरे में प्रताड़ित करती है। वह तो सुबह ही भात की हाँड़ी को पानी से अच्छी तरह धो-खँगालकर रख गई थी, पेंशन लेने जाते समय।

निराश टूटी सी वह बाहर आती है, झबरी कंतरी कुतिया इधर-उधर घूम-घाम के उसके पास आकर खड़ी हो गई है। वह नेह से झबरी को अपने से लिपटा लेती है, कुतिया की देह से खट्टी बस्साती सी गंध आती है, फिर भी बिसाहिन उससे लिपटी रहती है। एक टूटे को दूसरा टूटा भी अगर मिल जाए तो जी को थोड़ा सा ठहराव मिल जाता है न!

"तैं घलो, आज खाए बर नहीं पाए हस रे? अकाल पड़े हे कौन तोला देही रे भात?"

बिसाहिन के इस नेह से झबरी कुतिया आनंदातिरेक से पूँछ हिलाने की गति तेज कर देती है, मानो कह रही हो—"हाँ···हाँ···। मैं का जानों सूखा, मैं का जानो

अकाल? मोला भात दे डोकरी।''

''जानथव मैं, रे जानथव मैं!''

बिसाहिन उसे आश्वासन के साथ थपकने लगती है। झबरी कुतिया उसकी बाँहों से खिसककर गुलाबो की कोठरी की ओर निकलकर ताक-झाँक करने लगती है। सिर्फ आश्वासन-प्यार से पेट कहीं भरता है, बिसाहिन डोकरी! तुम दो पाए बहुत भुलावा-सपना दिखाते हो जिंदगी भर···हम चौपाए? हमें क्या लेना-देना तुम्हारे आश्वासनों-सपनों से? झबरी कुतिया सोचती है।

गुलाबो की कोठरी का बाँस का टट्टा सड़ गया है। कोठरी में से छोटी सी मोरी इसी टूटे टट्टे से बाहर निकलती है। गुलाबो चावल धोकर पानी और कभी ज्यादा दिलदार बनकर भात पसा के पेज भी इसी मोरी से बहा देती है। इसलिए गुलाबो ने अपनी सुविधा के लिए टट्टे का मोरीवाला भाग थोड़ा सा तोड़ा था, पर झबरी कुतिया एक-दो बार इसी राह से अंदर बुलककर गुलाबो की कोठरी में जाकर भात की हाँड़ी में मुँह मार आई है। इस बार भी वह खामोशी से बदन सिकोड़कर अंदर बुलक गई है। झबरी बार-बार हाँड़ी में मुँह मार-मारकर चतुर हो गई है। बे-आवाज हाँड़ी के ऊपर धरा सिल्वर का ढकना एक ओर सरका के सुड़ूक···सुड़ूक हाँड़ी का भात खा रही है। चप्प···चप्प···बाहर बैठी बिसाहिन डोकरी की अँतड़ियाँ एक बार और भात के लिए अंतिम प्रयास में मरोड़े लेती हैं। 'भात ला डोकरी भात लान?'

''दुर-दुर, धुस्स रे!'' कोठरी में भात की हाँड़ी के पास सोया समारू नींद में ही सोए-सोए झबरी कुतिया को दुतकारता है। झबरी मुँह पर जीभ फेरती दोनों टाँगों के बीच दुम दबाए बाहर खिसक आती है।

बिसाहिन डोकरी से रहा नहीं जाता। वह सरककर टट्टे के मोरी के पास आ जाती है। इधर-उधर सहमी सी तकती है, कोई नहीं है। बरसात की जनशून्य रात्रि पूर्णतः निःस्तब्ध पड़ी है। ''इतनी रात को तो चुड़ैल भी बाहर नहीं निकलै।''

अधभूखी झबरी भी दुम हिलाती फिर खिसक के बिसाहिन के करीब आकर खड़ी हो गई है। देदे सही, डोकरी क्या जुगत कर रही है?

बिसाहिन टट्टे के टूटे हिस्से में से हाथ डाल के अँधेरे में इधर-उधर हाथ मारती है। आखिर में भात की हाँड़ी पर उसका हाथ पड़ता है। हाँ, यही तो है गुलाबो की भात की करिया हाँड़ी। गुलाबो के भात की हाँड़ी की शक्ल उसे अच्छी तरह मालूम है। हाँड़ी के ऊपर का ढकना झबरी ने मुँह घुसड़ते वक्त संभवतः एक और खिसका दिया है, बिसाहिन अंदर हाथ डालकर टटोलती है। गीला-गीला सा

लगता है—'बोरे हावै, बोरे हावै…'

वह हर्ष से सोचती है। एक मुट्ठी बोरे छान के लाती है, हाथ बाहर लाकर मुँह में गप्प से धर लेती है। दो-चार दाने बोरे के पानी के साथ उसके हाथों ने बहकर वक्षों तक बह आए। दो-तीन दिन का बासी खट्टाते बोरे का स्वाद उसे बहुत मीठा-मीठा लगा।

बिसाहिन टट्टे के अंदर फिर हाथ डालती है, झबरी कुतिया के शरीर की गरमी व खट्टाती गंध वह अपनी देह पर महसूस करती है। वह उससे सट आई है, मानो कह रही हो—'वाह…अकेले-अकेले खावथस बिसाहिन डोकरी? महू ल दे न।'

बिसाहिन अब के बोरे की मुट्ठी झबरी को भी बाएँ हाथ से खिला देती है। झबरी कुतिया प्रसन्नता से पूँछ हिलाने लगती है—'हाँ, अब हुई न दोस्तीवाली बात!'

अब ज्यादा नहीं है हँड़िया में बोरे। दो-एक मुट्ठी बाँचे हो ही। गुलाबो ने दो-चार दिन का बासी बोरे धरा है हँड़िया में, अब्बड़ खट्टा गई है, सड़े दही सी गंधा रही है, फिर से बोरे की हँड़िया में हाथ डालते समय बिसाहिन का काँपता हाथ हँड़िया के सिल्वरवाले ढक्कन पर पड़ता है, वह हाँड़ी से लगकर बज उठती है…ठन…

"समारू रे, देख तो रे लागथे कुकुर हा घुस गए हे रे!"

गुलाबो ढक्कन की आवाज से अलसाए स्वर में नींद में ही समारू को टेरती है। समारू नींद की बेहोशी में ही सिरहाने के पास रखा राउत नाचवाला डंडा उठाकर टट्टे के मोरी की ओर निशाना ताक के फेंकता है—दुर…दुर रे…

डंडा बिसाहिन की भात टटोलती कलाई पर आकर लगता है—सटाक!

"आह! मोर दाई रे, मर गएँव रे!"

बिसाहिन डोकरी के कंठ से हृदय-विदारक चीख अनचाहे ही निकल जाती है, पर वह झबरी कुतिया के भौंकने के स्वर तले दब जाती है। बिसाहिन डोकरी बिलबिला के टट्टे के अंदर से हाथ बाहर खींच लेती है, उसने मुट्ठी का बोरे भात नहीं फेंका था। मुँह तक हथेली ले जाना चाहती है बोरे का, पर कुहनी नहीं मुड़ती। वह दर्द से एक बार और दो टुकड़े हुए केंचुए-सी तड़फड़ाई—ओ दाई रे, मर गयेंव रें! हारकर उसने झबरी कुतिया के समक्ष मुट्ठी का भात फेंक दिया। लगभग चौपाए जानवर-सी घिसटती वह नीम तले आती है। चोट के कारण उसपर नीम-बेहोशी सी छाने लगी है। वह पाँव सिकोड़कर सोने का प्रयास करती है, पर सिर से

पाँव तक वह कँपकँपी के कारण जूड़ी ताप के रोगिणी-सी हिलने लगी थी—

"अरे कोई हावै का रे, ले जा मोला, कोठरी माँ सुता दे। का लाए हस? इमरती, मोतीचूर के लाडू? अऊ केराकंद? टार गा···मैं नहीं खाँह लैग जा तैं लेग जा—मोला बने कस सुते बर दे रे···ओ दाई रे···थोड़कन पानी पीला दे रे!"

किसी अदृश्य व्यक्ति के साथ बड़बड़ाती बिसाहिन की देह कँपकँपाकर एक ओर झूल गई थी। झबरी कुतिया जाने क्या समझी, कूँ-कूँ करती उसका पोपला मुँह चाँटने लगी।

भिनसार गुलाबो दिशा-मैदान जाने के लिए कोठरी से लोटा लेकर निकली तो नीम के तले एक गठरी-सी पड़ी दिखाई दी, वह उस गठरी को पैर से उलट देती है—

"ये···बिसाहिन डोकरी?"

बिसाहिन डोकरी की मृत देह रात भर में ठंड और वर्षा में सूखी काठ-सी अकड़ गई थी—पोपला मुँह पूरा-का-पूरा खुल गया था, जिसके चारों तरफ मक्खियाँ भिनक रही थीं, दो-चार बोरे भात के कण उसकी मृत देह के इधर-उधर अक्षत रोली से छिटके हुए थे।

गुलाबो लोटा एक ओर उछालकर, इधर-उधर संशक नेत्रों से देखती बिसाहिन डोकरी की कोठरी में घुस गई थी—पेंशन का कागज टीन के टूटे बक्से के ऊपर ही धरा था, उसे वह अपनी अंटी में खोंस बाहर आकर बिसाहिन की मृत देह से लिपटकर बैन करने लगती है—"ओ मोर बहनी दिदिया रे! तोला का हो गए रे···मोला कुछु कह बता के तो जातैं रे!"

तभी कलकत्ता से आनेवाली डाक गाड़ी पटरियों से धड़धड़ाती गुजर गई थी। ये मनखे मन रोज-रोज कहाँ जात हैं? कउन देश···कउन राज माँ···?

□

"कउन राज माँ चले जाओं मैं? अब जी नइ सकऊँ मैं?" उसका मन भरा-भरा सा था। दाई, ददा नहीं रहे, बिसाहिन मौसी घलौ चले गए···लक्षन का मन अनचाहे ही वैराग्य से भर उठा था।

रमोला बता रही थी, सारी रात बरसात, ठंड में डोकरी नीम तले पड़े रही। अकड़ के मर गई। लक्षन जब बिसाहिन मौसी के घर पहुँची तब तक गुलाबो ने उसकी कोठरी पूरी तरह खँगालकर फिर गोबर से लीप दिया था। पुरानी चूड़िया, दीमक लगा वर्षों पुराना लुगरा, पोलका, खदेरू राम का लाल-नीला झंडा, पुराने पचके गुड़ाखू के डिब्बे, कौड़ियाँ धेला-अधेला के सिक्के, जाने क्या-क्या अटरम-

शटरम टीन के पिचके ट्रंक में भरकर जतन से सँजो रखा था डोकरी ने। गुलाबो सोच रही थी, कुछ गहने-पैसे होंगे उसमें, पर उसे निराशा हाथ लगी थी—उसका मन तीता हो गया था।

समारू के दो-चार दोस्त उसे वैसे ही पुरानी दीमक लगी साड़ी में लपेटकर मधुबन ले गए थे। लक्षन ने मौत-मिट्टी के लिए दस रुपए समारू को दे दिए थे, कल धानबाई ने डोकरी की हँसुली रखकर दिए थे उसे—वही।

"टार गा···क्या जिन्नगी है? पानी का बुदबुदा।"

लक्षन लाश उठने के बाद रेंगते-रेंगते घर आ गई थी। मनबोधनी से सूखा लुगरा माँग के वह सड़क के किनारेवाले म्यूनिसिपिलिटी के नल पर नहा आई थी। नल पर अकेला ही खड़ा जेम्स जयराम पानी भर रहा था, लक्षन को देखकर अलग हट गया था—किस्तान है सारे मुहल्लेवालों ने उसको अघोषित जात बाहर कर रखा था। दोपहर हो रही थी, लक्षन को नदिया जाने का मन नहीं किया था।

"सुन, मनबोधनी, थोड़कन चाय बना देबे का रे!" लक्षन नहा आई तो आँगन में गीला लुगरा सुखाकर बोधनी को टेरा था।

"हा हो दाई," मनबोधनी चूल्हे में लकड़ी जलाने लगी तो लक्षन ओसारे के बोरे पर पल भर को लुढ़क गई थी।

"कौसिल्या का ताप कैसा है?" लक्षन दर्द से भारी शरीर को सँभालती उठ खड़ी हुई थी।

"बने हावै।" मनबोधनी ने चूल्हे के पास बैठे-बैठे कहा था। लक्षन कोठरी में गई तो कौसिल्या ने आँखें खोलकर उसकी ओर देखा। लक्षन ने उसका बदन छुवा, ताप से जल रहा थ।

"कौसिल्या बेटा, कुछ खाए रे?"

"नई दाई।"

आज पहली बार कौसिल्या ने उससे कुछ खाने को नहीं माँगा था।

"अब्बड पीरा होवथे देह माँ, दाई।" कौसिल्या की आँखें बहने लगी थीं।

"चुप हो जा, चुप हो जा रे!"

मौत-मिट्टी से लौटी, सुबह से जब्त किए लक्षन के आँसू भरभरा के बहने लगे थे। वह कौसिल्या को बाँहों में भरकर हिलक-हिलककर रोने लगी—

"हरामी, सलगू तोर देह माँ कीरा पड़े रे, कुकुर घसीटैं रे तोला।"

"कौसिल्या-बोधनी, ले बेटा धर तो!" जानी-पहचानी आवाज थी। कौसिल्या चिहुँककर उसकी गोद से उठ बैठी—

"दाई, ददा आए हे।"

सच में, रामजी था। कल लौटने को कह पाँच दिन बाद लौटा था। हाथ का झोला उसने मनबोधनी से धरा दिया था। रामजी के पीछे चिरौंजा थी। लक्षन ने मुँह फेर लिया था। चिरौंजा कोठरी में आ गई थी, रामजी आँगन में पानी की बालटी के पास हाथ-पाँव धोने चला गया था। हाथ-पैर धोकर लौटा तो ओसारे में लक्षन के पास बैठ गया था।

"सुन, पठौनी का दिन ठीक कर आया हूँ। इस इतवार को छोड़ दूसरे इतवार को।"

चौंककर लक्षन का अबोलापन टूट गया था—

"दूसरे इतवार को? पैसा न कौड़ी, पठौनी ठीक कर आया? कइसे होही मनबोधनी के ददा?"

रामजी ने पल्ला झाड़ दिया था—"अब तू जान खा रही थी, पठौनी की बात कर, बात कर। अब ठीक कर आया हूँ तो··· ? अब तू जान तेरा काम जाने भाई।"

रामजी अपने लाए झोले में से बोतल निकालकर पीने बैठ गया—"ला बेटा, मनबोधनी एक ठन गिलास तो दे।"

कल का कहकर पाँच दिनों बाद लौटा था, फिर दारू लेकर बैठ गया। जान ही तो जल गई थी लक्षन की—

"तू कुछ नहीं करेगा, पैसा क्या अकेले मेरे से हुई है?"

"पैदा की रही तो मेरे से पूछ के की रही? अरे, बीज तेरे खोह में नहीं डालता कहीं और डालता तो क्या उन सबों की जिम्मेदारी मेरी? हुँह···"

रामजी को शराब चढ़ने लगी थी। शराब चढ़ने पर ऐसे ही अश्लील और अनर्गल प्रलाप करता था।

"निपूते! रोगहा रे, ऐसे कुबोल झन बोल रे, भगवान् है ऊपर!"

सीधे दिल पर चोट लगी थी लक्षन के, वह शाप देने लगी उसे।

"फेर? श्रापती है राँड़? फेर श्रापती है छिनार?"

रामजी क्रोध में उठ खड़ा हुआ था। लात-घूसों से उसने लक्षन को धराशायी कर दिया—"सारी जिन्नगानी चौपट करके रख दी निपूती ने?"

रामजी हाथ झाड़ता हुआ बची हुई बोतल बगल में दबाकर बाहर निकल गया था। चिरौंजा लक्षन के प्रलाप सुनकर कोठरी के दरवाजे पर कमर पर हाथ रखकर खड़ी हो गई थी—"रोज-रोज बस्स टंटा!"

"अरे राँड़ बेशवा रे, मेरे घर में आंग लगाई, तेरे कीड़े पड़ेंगे रे!"

मार तो सह लेती, पर कमर पर हाथ रखकर विजय दर्प से दपदपाती चिरौंजा का व्यंग्य उससे सहा नहीं गया था। हर वक्त इसका ही पलड़ा क्यों भारी होता है? हाड़-गोड़ गलाकर काम वह करती है, कमा के वह लाती है—हाड़-गोड़ तुड़ा के पोसती है इन लोगों को और मार भी खाती है—क्यों? क्यों? मार से ज्यादा अपना दु:ख न कह पाने, बाँट पाने की पीड़ा-व्यथा उसे ज्यादा साल रही थी। क्या नहीं सहा, क्या नहीं भोगा, पर कभी मुँह खोल के नहीं पूछा निर्दयी जाँगर चोर ने···देखना पानी पिलानेवाला नहीं मिलेगा तुझे। लक्षन ओसारे में लोट-लोटकर विलाप करने लगी।

"चुप हो ज, चुप हो जा, दाई।"

मनबोधनी लक्षन का आँचल उसके मुँह में घुसा उसका प्रलाप रोकने का प्रयास करने लगी। कोठरी में लौट गई चिरौंजा को लक्षन की गाली फिर सालने लगी। चोट खाए ततैया-सी वह फिर कोठरी के दरवाजे पर आ खड़ी हुई थी— "आने दे ओला आने दे···और न पिटवाई तो मेरा नाम चिरौंजा गोड़िन नहीं।"

विलाप करती लक्षन को सहसा विराम लग गया था—बिलबिला के उठ खड़ी हुई थी वह—"चुप राँड़-छिनार, जोबन दिखा के मोहती है बेशवा। क्या देखेगा वह मुझे?"

लक्षन अपने दोनों पंजों को भाले की तरह तानकर चिरौंजा की ओर दौड़ ही तो पड़ी थी। लक्षन को लपकते देख चिरौंजा ने झटपट कोठरी में घुसकर फइक्क लगा लिया था। राम्जी नहीं है घर में, उसका पलड़ा कम पड़ जाएगा।

उस रात रामजी सारी रात घर नहीं लौटा था। न लक्षन ने राँधा, न किसी ने खाया था। शाम को कौसिल्या का ताप बढ़ा जानकर लक्षन डब्बा-डिबिया टटोल-टटोलकर क्रोसिन की एक टिकिया दवाई की दुकान से पूछकर खरीद लाई थी और गरम पानी के साथ उसे जबरन खिला दिया था। रात को उठकर देखा था लक्षन ने कौसिल्या का ताप उतर रहा था।

रामजी को बता के भी क्या होगा। अव्वल तो वह सलगू पर विश्वास नहीं करेगा, उसका चचेरा भाई जो ठहरा, विश्वास कर भी लेगा तो शराब-गाँजा चढ़ा के खून-खान कर डालेगा सलगू का—जेल जाएगा सो अलग। रामजी के दुर्वासावाले क्रोध को झेलती ही तो आई थी अब तक।

सरसों तेल की शीशी में उँगली डाल-डालकर वह अपने चोटों पर मलने लगी।

भिनसार रामजी लौटा था घर, लक्षन आँगन में राखड़ से दाँत माँज रही थी,

उसने उसे लौटा देख के भी मुँह फेर लिया था।

□

"राम रे!"

लक्षन ने कपड़ों का गट्ठर सर पर से उतारकर ओसारे में पटका था। रात को भट्ठा चढ़ा देगी। उसकी तकदीर···पाँच छह दिनों से पानी बंद था। इन महीनों में उसने भूत सरीखा हाड़ तोड़ परिश्रम किया था। पिछले वर्ष सूखा पड़ा था। 'इस साल भी लागथै सूखा पड़ही।' अभी तक न ही किसानों ने रोपा लगाया था 'न बियासी की थी। राम रे! मोर मनबोधनी पठौनी कर देहूँ पाछू कुछ भी हो जाए।'

इन दिनों न उसे खाने-पीने का होश था, न सोने का। पेट की अँतड़ियों को वह गिलास-दू गिलास काली चाय से बरगलाए रखती। रात को पेट भर अन्न इस डर से नहीं खाती कि नींद आएगी, रात को घाट पर जानें को अलाल आएगा। घर के खर्चों में भी उसने हाथ तंग कर लिया था—पेज भात और बथुआ की भाजी या फिर मनबोधनी-कौसिल्या धानबाई से मुनगे का साग माँग लातीं या कभी-कभार अरपा के किनारे से चरौटा भाजी तोड़ लातीं। लक्षन का अगर अपने पर बस चलता तो वह चाय-खैनी से भी हाथ खींच लेती। पर चाय-खैनी के बिना उसकी देह रूपी गाड़ी को ईंधन नहीं मिलता। ले-दे के मनबोधनी के ससुरालवालों से उसने एक महीने की मुहलत चिरौरी करके माँगी थी। वे लोग खेती-किसानी करनेवाले लोग थे, पठौनी के बाद बहू आएगी तो खेतों में काम करने के लिए एक और जनखा जुड़ेगा, निराई-बुआई का समय था, लगभग पच्चीस कौड़ी रुपया उसने ले-दे के जोड़ लिया था और आशा थी कि बीस-बाईस कौड़ी रुपए वह और यहाँ-वहाँ से माँग-मूँग के बतौर कर्ज ले लेगी। सिर्फ दस-बीस कौड़ी का और सवाल था और उसके लिए न दिन दिन था, न रात रात। जैसे ही कुछ पैसे जुटते, छोटी-मोटी चीजें बाजार से चुपके से खरीद लाती—नेल पॉलिश, चूड़ियाँ, रिबन, आलता, सिंदूर, कंघी, खुशबू वाला तेल···"

"ओ कालू रे···"

सड़क पर इधर-उधर भटकनेवाली भूरी कुतिया उसके आँगन का बाँस का टूटा फइका धकेलकर अंदर आ गई है, ऐसा ही होता है। घर में सन्नाटा देखती है तो अंदर आ जाती है, फिर चूल्हे के पास मौका देखकर खोज-खाज के चल देती है। कभी मनबोधनी या कौसिल्या दो मुट्ठी उसके आगे भी डाल देते, पर लक्षन की जानी दुश्मन है वह। उसको देखते ही लक्षन दुतकारने लगती थी। पर आज जाने क्या हुआ, घर के निपट सन्नाटे में उसे किसी साथ की, दुलार की आवश्यकता थी

शायद। मनबोधनी-कौसिल्या धानबाई के साथ शनिचरी बाजार गई थी। चिरौंजा बड़े दिनों बाद रोजी पर निकली थी, रामजी मटरगश्ती करता कहीं घूम रहा था।

"पोच्च···पोच्च रे कालू···"

लक्षन ने सहमकर वापस लौटती कुतिया को पुचकारा था, कुतिया वापस लौट आई थी और लक्षन के पाँव के पास उलटी लेटकर अजीब सा क्रंदन का स्वर निकालने लगी···कों···कूँ। उसे आज तक दुतकार ही मिली थी चारों ओर से, लक्षन का इतना सारा नेह पाकर वह अजीब स्वर में रो उठी थी···कूँ···कूँ···

लक्षन उठी, चूल्हे के पास की भात की हँड़िया में से एक मुट्ठी भात लाकर उसके सामने धर दिया था, कुतिया कृतज्ञता से उसकी ओर देखती पूरा भात एक मिनट में चट कर गई थी।

"अब जा रे रोगही!"

कुतिया को लक्षन ने खा चुकने के बाद भी फिर से तृषित दृष्टि से देखती पाकर भगाया था।

□

एक बार दोपहर को रेलवे कॉलोनी से लक्षन मैले कपड़ों का गट्ठर लिये लौटी थी, धूप व निराहार ने उसकी आँखों के समक्ष अँधेरा कर दिया था। गठरी को सर से फेंक हरहराकर लक्षन आँगन की गीली जमीन पर गिर ही तो पड़ी थी।

"दाई, दाई का होईश तोला?" मनबोधनी व्याकुलता से उसकी तरफ दौड़ी थी। चिरौंजा भी दौड़ी थी। सबने उसे उठाकर कोठरी में लिटाया था। कौसिल्या दौड़कर चार आने का नीबू खरीद लाई थी। नीबू का पानी पीकर लक्षन का जी कुछ ठिकाने आया था···"हे परभू···'

उसके बाद तीन दिनों तक ताप चढ़ा रहा उसे। रामजी कब आता कब निकल जाता घर से, वह जान नहीं पाई थी। जिन ग्राहकों के रोज पहननेवाले कपड़े एक दिन के वायदे पर वह लाई थी, उनकी गालियाँ सुननी ही थीं। एक तो घर पूछ-पाछकर कोस गया था उसे। बिजली की इस्त्री और पेट्रोल की धुलाईवाली दुकानों के आगे वह कब तक कोयले की लकड़ीवाली इस्त्री पेटी के साथ घिसट पाएगी? धीरे-धीरे उसके पंद्रह-सोलह वर्षों के ग्राहक टूट रहे थे। कब तक मिन्नतें-चिरौरी करके उनके कपड़े लाया करेगी वह?

"हे परभू, शक्ति दे मुझे···"

बुखार के तीसरे दिन कोठरी से घुटनों के बल रेंगती-रेंगती वह ओसारे में किसी तरह आ बैठी थी। कितना बूता पड़ा था करने के लिए? पूरा घर लीपना-

पोतना, मिठाइयाँ बनाना, आज से पूरे पंद्रह दिन भी नहीं बचे थे पठौनी के लिए। कैसे क्या होगा? बिरादरी में भद्द उड़ेगी अलग—

"मनबोधनी, जा बेटा रामखिलावन चाचा को बुला लाना।"

मनबोधनी के साथ लाठी टेकता रामखिलावन आया तो हड्डियाँ निकली लक्षन को देखकर हाय खा गया था—"ताप रहा तो मोला बताई तक नहीं? तुलसी का काढ़ा बना के पिला देता, दौड़ने लगती।"

"क्या करूँ कका, किस्मत मेरी खोटे पैसे सी है, दू हफ्ता बाद मनबोधनी के पठौनी हावे—कुछु नई होए हे, सोच-सोच के मरथौं मैं।"

"सब ठीक हो जाही, लक्षन, संसो झन कर।"

"मनबोधनी, कका बर चाय बना रे!"

लक्षन ने मनबोधनी को आदेश दिया, कई दिनों बाद कोई सांत्वना देनेवाला, सुननेवाला उसको मिला था। लक्षन बहुत देर तक रामखिलावन से बतियाती-गोठियाती रही। चाय पीने के बाद ददा ने धानबाई के पास से तुलसी पत्ता मँगवाकर काढ़ा बनाया और लक्षन को पिलाया था। शाम होते-होते लक्षन को पसीना देकर ताप उतर गया था।

शाम ढले रामजी लौटा तो लक्षन को ओसारे में बैठा देखकर एक पल को ठिठका था, फिर कंधों पर रखा बोरा लेकर वह कोठरी में चला गया था। कुछ ही क्षणों में बाहर निकला और आँगन से फावड़ा उठाकर कोठरी में दोबारा घुस गया था। बड़ी देर तक कोठरी में वह खटर-पटर करता रहा, बाहर बैठी लक्षन की हिम्मत नहीं हुई थी कि वह पूछे कोठरी में वह छिपा क्या रहा है? बड़ी देर बाद पसीने से तर-ब-तर कोठरी में से निकला आँगन से बालटी उठाकर रोड के किनारे वाले म्यूनिसिपिलिटी के नल पर नहाने चला गया। नहाकर लौटा तो आँगन में बालटी रखकर कपड़े बदलने के बाद बाहर निकल गया था। उसने एक बार भी लक्षन के ताप के बारे में पूछा नहीं था। कैसा निर्दयी है।

लक्षन ने सोचा, जरूर चिरौंजा ने आग लगाई होगी। बूता में जाने लगी है न तो नखरे करेगा ही रामजी।

जब से लक्षन खाने-पीने की चीजें लाने में कंजूसी बरतने लगी थी, चिटिक-मिटिक खाने का शौकीन रामजी बाहर ही खा लेता या होटल से गोश्त की सब्जी-रोटियाँ खरीद लाता, चिरौंजा के साथ कोठरी में पीता-खाता और सो जाता। मनबोधनी के पठौनी के लिए वह एक सूत भी खरीदकर घर नहीं लाया था। लक्षन ने भी उससे बोलना, फरमाइश करना मार के बाद छोड़ दिया था।

रामखिलावन के काढ़े से उसे आराम मिला था। मुँह अँधेरे ही मनबोधनी और कौसिल्या को लेकर उसने घाट पर ही भट्ठा लगाया था, कुछ लकड़ियाँ वह ले गई थी, आस-पास की सूखी झाड़ियाँ उसने तोड़-ताड़कर किसी तरह इकट्ठी कर भट्ठे के चूल्हे में डाला था। आठ-दस दिनों से मेह का नामोनिशान नहीं था।

''ये बरस सूखा पड़ही का रे?''

दहली थी लक्षन, पर लक्षन को खुशी भी थी कि पानी नहीं गिर रहा था। उसके पास धोने के लिए कपड़े खूब इकट्ठे होंगे। दूसरी तरफ भय भी था—सूखा पिछले साल पड़ा था···चावल-दाल कुछ भी तो नहीं मिलता रहा···जितना चावल-दाल मिला थ, उन लोगों ने चावल दबा लिये थे। कनकी तक का अकाल पड़ गया था। सूखे की भयावहता को भोगा था लक्षन ने। पठौनी के पहले उसके ददा-दई भी कमाने-खाने बिहार-पंजाब भाग जाते थे। गाँव-का-गाँव पलायन से उजड़ जाया करता था।

''महामाई! पानी ला गिराबै रे?''

आधी रात से सुबह होने तक तीनों माँ-बेटियों ने सारे कपड़े धो-धाके सुखाए थे। काम खत्म हुआ तो सुरुज नारायन अमरैया के पेड़ों के ऊपर तक पहुँच गया था। लक्षन की आँखों के आगे लाल-नीले तारे फिर नाचने लगे थे। आखिर में लतत होकर वह घाट के पत्थर पर पड़ गई थी—फिर जोरों का ताप चढ़ गया था उसे—''हे परभु! पठौनी तक मोला जिला दे रे!''

मनबोधनी व कौसिल्या ने सूखे-अधसूखे कपड़ों को समेटा था। लक्षन को किसी तरह सहारा देकर घर लाई थीं। लक्षन को फिर जाड़ा देकर ताप चढ़ आया था।

''मनबोधनी बेटा, तू खिचरी राँध ले रे, दूनो जने खा लेना।''

कहते-कहते लक्षन फिर ज्ञानशून्य हो गई थी। उसके चारों तरफ लाल-नीले-पीले तारों का जाल फैल रहा था। उनके बीच वह रुई की फाहे-सी हलकी होकर मानो उड़ी जा रही थी।

कब धानबाई को कौसिल्या बुला लाई, कब उसने अपने घर से सरसों का तेल लाकर लक्षन के ठंडे माथे और तलुए पर मला—लक्षन को कुछ होश नहीं था।

□

''काम पर कब से नहीं जा रही है, राँड़···''

''ठेकेदर का काम बंद है करके नहीं जा रही है।''

शहर के सारे ठेकेदारों का काम बंद है? हड़ताल है—भूकंप आया है? राँड़

को हरामखोरी करने का चस्का लग गया है, यह क्यों नहीं कहता?''

चिरौंजा का पक्ष लेते देख लक्षन चिढ़ गई।

''अभी तेल-फुलेल, सिंगार-पटार करके कहाँ गई है?''

''ठेकेदार से पूछने कि काम कब शुरू कर रहा है?''

''काम कब शुरू करेगा? कर चुका वह काम शुरू। तुझे ही नहीं दिखता। मत मारी गई है तेरी न।''

''चोप्प ज्यादा न बोल, नहीं तो दूँगा एक रख के।''

रामजी आज की दोपहरी भी मछली पकड़ने की जुगत में था या फिर पता कर आएगा कि दरशन सिंह का ट्रक कब आ रहा है। आजकल में आने को था। टर्रा गया था वह लक्षन के खुले आरोप पर।

''भोगेगा रे—कोढ़ फूटेगा तेरे में। कोढ़ क्या एड्स होगा तुझे वो राँड़ टरकवालों के पास जाती है, ठेकेदारों के पास जाती है। जाने कहाँ से लगा जाएगी रोग। पता भी नहीं चलेगा—जाँगर चोर करम जले।''

''चोप्प...चोप्प, ज्यादा चीं-चपड़ की तो मादल (ढोल) सा पीट के धर दूँगा, समझी? अपना रंग-रूप देखा है? थूकता नहीं मैं—दूसरा क्या थूकेगा तुझ पर? जलती है तू उसपर। उसके जोबन, रूप-रंग पर, इसलिए गलत इलजाम धरती है उसपर।''

''वही मूतेगी-थूकेगी तुझ पर, पोंछना तब बैठ के। तब न कहना कि समय पर खबर न दी। जा देख जाके—कहाँ किसकी देह गरमा रही है वह।''

''ठहर तो रे राँड़...''

रामजी आँगन में पड़ा बाँस उठा के दौड़ा था लक्षन के पीछे। लक्षन ने कोठरी में जा के फइक्का (दरवाजा) लगा लिया था।

''सारी कुतिया...छिनार...सूर्पनखा खोल दरवाजा।''

रामजी कोठरी के बाहर खड़ा-खड़ा विवश क्रोध से गालियाँ बकता रहा। दरवाजे पर लात मारता रहा।

''ऐसे ही गुणवंती खपसूरत रही तो पहला मरद क्यों छोड़ता तुझे? सबमें कीड़े निकालते रहती है निपूती!''

यही दुःखती रग है लक्षन की। रामजी जानता है कहाँ कमजोर पड़ती है वह। कहाँ दबाना चाहिए कि टें भी न बोल सके। रोजी-रोटी का आसरा नहीं देती तो कब का छोड़ चुका होता ससुरी को।

मुफ्त दारू मुरगे का रसिया रामजी आजकल दरशन सिंह के पास चला

जाता है। जब भी ट्रक लेकर वह आता, पहुँच जाता वह जरहाभाटा।

चिरौंजा के ठेकेदार से, चिरौंजा से, रामजी से उसकी यारी-दोस्ती हो गई थी। मुफ्तखोरी का आदी रामजी के पास वक्त-ही-वक्त था, पर टेंट में पैसा नहीं था। दरशन सिंह के टेंट में पैसा था, पर वक्त नहीं होता था।

जब भी माल लोडिंग-अनलोडिंग से वक्त बचता, अपनी पसंदीदा ढाबे की खाट पर पसर जाता दरशन सिंह। तीतर-बटेर बनवाता या मसालेदार मुग्गा, विदेशी दारू।

रामजी के नसीब में विदेशी दारू सपने में आती थी। रामजी को उसके आने की खबर मिलती तो अकसर ट्रांसपोर्ट ऑफिस सूँघते-सूँघते वह पहुँच जाता। मछली बनवाकर ले जाता उसके लिए। बाँबी या फिर रोहू कतला। बदले में दरशन सिंह उसे विदेशी पिलाता, तीतर के शोरबा के साथ, जो दर्री के उस ढाबे की खासियत थी।

जब पैसे ज्यादा होते या जब दरशन सिंह की हड्डियाँ दर्द करती होतीं तो वह ऐश करने के लिए भी औरतों के पास चला जाता। यहाँ की औरतें पसंद थीं दरशन सिंह को। साँवली, मजबूत, एक बारगी ही हड्डियों के दर्द को उतार देती थीं। कभी-कभी रामजी उसे नई धंधे में उतरी औरतों के पास ले जाता था। वह इस शहर का पुराना खिलाड़ी था, औरतों व दारू का जानकार।

एक बार दरशन सिंह घर आया था तो चिरौंजा के लिए आईना-महावर लाया था। रामजी के लिए-खुशबूदार तमाखू। ट्रक में घुमाने भी ले गया था उन्हें रात को चिरौंजा तो कुमुदिनी-सी खिल-खिल महक रही थी। रामजी धुत ट्रक के डाल में पड़ा था। लक्षन और दरशन सिंह ने किसी तरह उठाकर कोठरी में लिटाया था रामजी को।

दरशन सिंह फूटी आँख नहीं सुहाता था लक्षन को, तो दरशन सिंह को भी लक्षन एक आँख नहीं भाती थी।

''रामजी, फूलों के बीच यह काँटा काहे सजा रखा है रे? पूरी सूखी खोकसी है।''

''पड़ी है मालिक, तो पड़ी है। दाल-भात जुटा ही देती है अपने लिए, हमें भी वक्त पर जिमा ही देती है कहीं से भी लाकर।''

''हो-हो, यह क्यों नहीं कहता कि मलाई के साथ-साथ नमकीन भी चाहिए चाटने के लिए कभी-कभी।''

इस बार भी सूखा पड़ा है। भादों में बरसे मेह फिर पलट के नहीं आए थे।

जहाँ तक देखो सूखे खेत मुँह बाए पड़े हैं। लक्षन कपड़े धोने जाती तो धोना मुहाल हो जाता। नदी में पानी नहीं, एक-दो तलैया थे, वे भी सूख-साख गए थे—कीचड़ ही कीचड़।

सूखी नदी में बरसात के दिनों में पानी रहता था। बारह मास यह रेत से भरी सूखी पड़ी रहती थी। बरस-दो बरस में एक बार अकाल जरूर पड़ जाता था यहाँ। मजदूर भाग निकलते थे कमाने-खाने के लिए—बिहार, पंजाब, दिल्ली।

चिरौंजा ठेकेदार के यहाँ जा रही थी। लक्षन भी ठेकेदार के यहाँ मजूरी करने चली गई थी। एक तो ईंट-गारे ढोने की वह अभ्यस्त नहीं थी, दूसरे पेट का घाव। चक्कर खाकर एक दिन जो गिरी तो सामने के दो दाँत टूट गए थे। खून की उलटियाँ करने लगी थी अलग। रिक्शे में किसी तरह लदवाकर ठेकेदार ने घर पहुँचा दिया था, यह क्या कम था? छिपाकर रखी चाँदी की हँसुली बिक गई थी। पर उसकी जान बच गई थी। कौसिल्या, बोधनी कभी चाची का माँड़ पी लेतीं तो कभी नदी के किनारे से चरौटा तोड़ लातीं, मुर्रा डाल उबालकर खा जाते। लक्षन सूँघती उसे उठाकर धर देती एक ओर।

रामजी अब भी मस्त चिलम फूँकता पड़ा रहता। चिरौंजा बाहर ढाबे में खा-पी आती। रामजी या अपने लिए बँधवा लाती, कभी कौसिल्या व बोधनी को बची रोटी धरा देती, नहीं तो नहीं।

□

"सुनती है, कौसिल्या के दाई?"

"सुन रही हूँ।"

रामजी आज घर पर था। चिरौंजा काम पर निकली थी। कौसिल्या व बोधनी भाजी तोड़ने के लिए। बहुत दिनों बाद प्रेम से बतिया रहा था रामजी।

"सुन, कौसिल्या के लिए एक लड़का देखा हूँ।"

"..."

"पैसेवाला है, हट्टा-कट्टा मरद है।"

"खाने को घर में भूँजी भाँग भी नहीं—बियाह-गौना करेगा? कैसे, सुनूँ तो?"

"तू संसो मत कर, लड़का पैसेवाला है, राज करेगी वह। वह सब जुगाड़ कर देगा। साड़ी-टिकुली, बाजा-गाजा सबकुछ।"

लक्षन कुछ नहीं बोल पाई थी। टुकुर-टुकुर ताकती रही रामजी की ओर। बीमारी, भूख ने उसकी वाणी हर ली थी। क्या कहे वह?

"तू तो इस जनम में बियाह नहीं कर पाएगी उसका, घर बैठे अच्छा रिश्ता आया है, सोच क्या रही है? लगे तो कोठरी भी हमारी पक्की करवा देगा। गहने-गुहने से लाद देगा वह।"

"कौन है, कहाँ का है, नाम तो बता?"

"अरे वही अपना—दरशन सिंह।"

चिहुँक उठी थी लक्षन, जैसे साँप के फन पर हाथ पड़ा हो—

"क्या कहता है? वह जनम भर का शराबी रंडीबाज एक नंबर का टरकवाला, कुएँ में न ढकेल दूँ कौशल्या को।"

फनफना उठा था रामजी—"तेरी बेटी को बियाहने क्या कोई नवाब आएगा? सूखी-खोकसी—दंतरी ऊपर से।"

"होगी खोकसी, तेरे को क्या? बेच दूँगी क्या उसे टरकवाले को? थू है तुझ पर! हराम का खाता-पीता रहा सारी जिंदगी, अब क्या बेटी को भी बेच खाएगा?"

"तो मर, चाट उसको बँदरिया-सी लगा के, मैं तो कौल दे आया हूँ दरशन सिंह को। अब तू जान तेरा काम जाने, समझी कि नहीं?"

गुस्से में रामजी आँय-बाँय बकता कोठरी में चला गया था और भड़भड़ा के दरवाजा बंद कर लिया था। थोड़ी देर बाद विदेशी दारू, महकदार बीड़ी की गंध ओसारे में फैल गई थी।

कोठरी के एकांत में रामजी ने कुछ निश्चय कर डाला था। आधे पैसे वह दरशन सिंह से पेशगी ले चुका है। शादी नहीं होगी तो बड़ी फजीहत हो जाएगी। जो पैसे वह दारू-शारू में खर्च कर चुका है कहाँ से लौटाएगा दरशन सिंह को? ऐसे में सलगू चाचा की उसे याद आई थी।

दिमागवाला है, उसका दूर का चाचा है, साँप भी मर जाए लाठी भी न टूटे—ऐसा कुछ करना होगा, नहीं तो बेमौत मारा जाएगा वह।

□

अब रामजी के घर में नए बरतन आ गए हैं। टीन के डिब्बों में चावल और भरपूर दाल भी। कोठरी में खाट और दीवार पर आईना भी लग गया है। मेज और काँच का ग्लास, चाय के लिए कप-प्लेट भी।

"जा मछरी दे आ ददा को।"

बोधनी को मछली की प्लेट चिरौंजा ने धराया था। बोधनी मछली की रकाबी धरने अई तो अंग्रेजी शराब की पूरी बोतल मेज पर धरी थी।

दरशन सिंह ने मनबोधनी को भरपूर नजरों से घूरा। उसका बस चलता तो

रानों-जाँघों के मटन भी तौल तुला के परखता, जाँचता।

सूखी-साखी है, खाएगी-पिएगी तो हरिया जाएगी। साँवली है, पर नमक है चेहरे पर, अठारह की भी नहीं है, फिर कुँवारी है; सौदा बुरा नहीं है दस हजार में।

रामजी टेंट के रुपयों की गरमी में गरमाता बैठा था। सामने विदेशी दारू की बोतल पूरी-की-पूरी धरी है—टेंट में हजारों रुपए हैं और क्या चाहिए आदमी को?

"मुरगा-सुरगा खाओगे क्या मालिक? मछरी न पसंद हो तो कहो—मुरगा भी कटवा देता हूँ।"

दरशन सिंह ने आँखें खोलीं। बोधनी रकाबी रख के कब की जा चुकी थी। सूखा-चीमड़ रामजी सामने बैठा था।

"हाँ, देशी हो भाई, बायलर में स्वाद नहीं आता अब।"

"अभी लो।"

गिलास की बची शराब एक ही झटके में हलक में उड़ेल रामजी उठ खड़ा हुआ था।

"मालिक, आता हूँ अभी।" लड़खड़ाता वह निकल गया था।

"थोड़ा पानी भिजवाना अंदर।"

"हाहो…"

चिरौंजा पानी देने आई तो दरशन सिंह को अच्छा लगा। सोचा था—बोधनी आएगी। कली नहीं तो पका फर ही सही। दरशन सिंह ने चिरौंजा की जाँघ में जोर से चिकोटी काटी—"कहो समधिन!"

"समधिन काहे की? वह डोकरी लक्षन है तेरी समधन।"

"पीएगी?"

"दे ना।"

"ले, जल्दी से गटक जा।"

चिरौंजा इधर-उधर चोर दृष्टि से देखती हुई पूरी गिलास गटक गई थी।

"ले-ले, मछरी भी खा।" दरशन सिंह ने उसे गोद में गिरा लिया था।

"मोला मछरी बने नहीं लागे, मैं तो मुरगा खाऊँगी, मुरगा।"

"वह भी खिलाऊँगा मेरी रानी वह भी। तू बस्स खुश कर दे मुझे।"

"ला, दारू दे थोड़ा और।"

चिरौंजा गिलास में दारू लेकर दोबारा गटक गई थी। झाँककर बाहर देखा तो रामजी आ रहा था। दोनों हाथों में देशी मुरगा लटकाए। उलटे लटके मुरगे कें-कें किकिया रहे थे।

''ले, चिरौंजा, मुरगा धर रे···''

कौसिल्या और मनबोधनी ने हर्ष से देखा—वर्षों बाद मुरगा उनके घर कट रहा था। रामजी दाँत निकालकर हँस रहा था। प्रसन्न था।

चिरौंजा दरशन सिंह की गोद से उतर आँगन की ओर लपकी थी—

''देशी है न रे, कौसिल्या के बाबू?''

''हाँ, खालिश देशी, अभिच्चे कासिम पारा से ला रहा हूँ मोल के।''

□

ज्यों-ज्यों रात हो रही थी, शराब चढ़ रही थी रामजी और दरशन सिंह को।

''साली जिंदगानी में क्या धरा है? जो है आज है। सामने रखी बोतल···मुरगा···नशीली रात···कल किसने देखा है, रामजी।''

''हा हो मालिक।''

''तू चिंता मत कर, अच्छे से रखूँगा तेरी बेटी को। गहने भी बनवा दूँगा। साल-दो साल हड्डियों का दर्द जब उतर जाएगा तो बच्चे भी दो-चार जनवा दूँगा। जानता हूँ—खुश रहेगी, मगन रहेगी मेरे पीछे, टरक लेकर बाहर जाऊँगा तो भी।''

''...''

''दो-चार साल तक खूब खाद-पानी देकर हृष्ट-पुष्ट करूँगा। तब कहीं बीज डालूँगा, समझे न···तब अच्छे बच्चे जनेगी वह।''

''...''

''अब घर-बार चाहता हूँ, घाट-घाट की औरतें अब नहीं पोसातीं। रोग-बीमारी का डर अलग सताता रहता है। तीन घर में बैठी हैं, पर किसी काम की नहीं, बुढ़ा गई हैं सुसरी।''

''औरत क्या है साहब। एक गड्ढा ही तो होती है। कोई स्टील की, कोई रेत की, कोई मिट्टी की—ओमा क्या धरा है साहब।''

''चुप्प बे। औरत भोगा होता तो जानता औरत क्या चीज है। अपनी औरत में चार बीज डाल के बच्चे जनवा दिए तो क्या मरद हो गया रे तू!''

प्रत्युत्तर में रामजी चुप रहता है।

''मैं जानता हूँ औरत क्या होती है। दस साल से टरक पेल रहा हूँ। खलासी रहा, क्लीनर रहा। अब पुट्ठे के नीचे चार लाख की गाड़ी रखता हूँ। कोई शहर की औरत नहीं छोड़ी है मैंने।''

''...''

''औरत औरत में फरक होता है। कोई अशोक लेलेंड की चकाचक चमकती

तो कोई सेकेंड हैंड खड़-खड़ करती। खटारा···गाड़ी गाड़ी में जैसे फरक होता है न—उसी तरह औरत औरत में फरक होता है बेवकूप।''

''मालिक, कौसिल्या हजारों में एक है, खुश रखेगी, सेवा करेगी।''

''थोड़ी हड़ियल है—खाना, घी पीएगी तो भर जाएगी साल भर में।''

''आदमी का रस पड़ेगा न, तो देखना कैसे लहलहा उठेगी मालिक! साल भर बाद कहना क्या माल दिया था।''

''हूँ''

दरशन सिंह हुंकारता है। बोतल की बची शराब मुँह में लगा लेता है।

''गरीब है जरूर रामजी, पर दगा नहीं करेगा मालिक। ये तो सूखा पड़ा करके खाने-दाने के मोहताज हो गए हैं हम। बोलके बेटी को इतनी दूर दे रहे हैं। नहीं तो पड़ी रहती घर के कोने में, दो मुट्ठी पेज भात खाकर।''

रामजी की आँखें पनिया गई थीं—

''सो ले जाओ, जो भी दिया है रखे ले रहा हूँ अपना के, क्या है कि इसकी दाई बीमार है, जनम की रोगही है वह। दारू पैसे की जरूरत है। शादी-बियाह में जाति-बिरादरीवालों को भात-बकरा खिलाना होगा, डाँड़ हजार रुपयों का भरना होगा सो अलग।''

प्रत्युत्तर में दरशन सिंह चुप रहता है। रामजी को आशा थी—वह उसकी गुहार से जरूर पिघलेगा, कुछ नोट-पानी और ढीली करेगा अंटी से। पर दरशन सिंह निर्विकार बैठा रहा।

सहजन के पेड़ पर कौए काँव-काँव करने लगे थे। रामजी नशे में धुत जमीन पर बेसुध लुढ़क गया था। दरशन सिंह माचिस की तीली जला के खाली बोतल में फेंकता है—भक्क से आग की लपट उठी और बुझ गई।

□

भरी दोपहरी में सूरज पैदल-पैदल घर लौट रहा था। छाँव की कहीं आस नहीं थी। गली, नाले-कूचे के आवारा कुत्ते तक छाँव की आस में इधर-उधर दुबक गए थे। जमीन तप रही थी। पेड़ सन्नाटे में झुलसे, स्तब्ध खड़े थे।

खेदा का हलक प्यास से सूखकर बबूल हो रहा था। देह सूखी मिट्टी की ढीह। जब भी टोना-टोटका करके आती है खेदा, देह की सारी शक्ति जैसे निचुड़ सी जाती है। हलक में साही के काँटे उग आते हैं, रक्त माथे तक चढ़ दौड़ता है। सुन्न हो जाती है देह। लाख सोचती है—छोड़ देगी यह सब, पेट में बच्चा है, उसके अहित से डर उठती है।

"उसका क्या बनेगा?"

क्या खिलाएगी-खवाएगी छोड़ देगी टोना-टोटका तो। हाथ का झोला भुइयाँ में धर लस्त पड़ गई थी खेदा—"हे परभू···हे मरी माई···"

बच्चे को नजर-टोना से बचाना हो या कुकुर-सूअर का दाँत बाँधना हो, भूत-प्रेत बाधा से बचने के लिए देहरी पर खीला नाल ठुकवाना हो या छट्ठी के दिन बच्चे को डेरी हाथ, डेरी गोड़ में धागे का लाचना बाँधना हो, खेदा के बिना काम नहीं चलता बस्ती का।

मंडरना* करना हो या संठुआ देवी को बेसन का सोंठ (छड़ी) चढ़ाना हो, बुला ले जाते लोग खेदा को।

दूर-दूर तक खेदा का नाम है, यश है, टोटका करने में उसका जवाब नहीं। लोग रात के अँधेरे में आते, भिनसार के धुँधलके में आते, खेदा को बुलावा दे जाते, पेशगी दे जाते, निकल पड़ती खेदा झोला लेकर, गली, मुहल्लों, बस्ती में···अमंगल दूर करने, ठुआँ-टोटका दूर करने।

"कुछ नोट-पानी मिला भी?"

झाडूराम बेचैनी से आँगन में टहलता, खेदा को ओसारे में लस्त टाँगें फैलाए पड़ी देख लपका थ।

"सबर कर, साँस लेने दे जरा!"

अपनी फैली टाँगों को सँभाल खेदा ने झोले में से चार-पाँच ठोंगे-पोटली नीचे धरी थी—चाय पत्ती, गुड़ दार, नून, मिरचा, तमाखू, बोकरे का मांस···

ढेर सारे ठोंगे देख बिदका था झाडूराम।

"इत्ता क्या उठा लाई है? कुछ बाचा भी है तेरे कने?"

"जीमेगा नहीं? काहे को बिसाई का?"

"..."

"ला एक ठो थारी दे बेटा!"

फगनी लपक के थारी उठा लाई थी। खेदा ने ठोंगे का मांस थारी में धरा था

"जा धर दे चूल्हे कने। सम्हल के न, राँड़ बिल्ली यहीं कहीं घूम रही होगी।"

"कुकरी नहीं चढ़ाया रहा क्या?"

"का कुकरी चढ़ाएँगे?"

---

* मंडरना—राक्षस के समान दाँत लेकर पैदा होने पर हंडी-भांड में भरकर शिशु को दफनाना।

"अरे छट्ठी लगाने गई थी न!"

"का छट्ठी लगाना? ओला धुँकी दाई खाए। सैतनास हो…"

"कैसे कुछ दिया नहीं क्या? अरे मालगुजार रहा।"

"का छट्ठी लगाना? अब दरियादिली नहीं रही मालगुजारों में। टोना-टोटका हम करते हैं। मिरचुन-परेतिन हम भगाते हैं। रक्सा-बरम रक्सा में भी हम बचाते हैं। पर नई, गाँठ ढीली नहीं होता। ऐसे में परेत-परेतिन नहीं धरेगा तो क्या धरेगा? पूजा-पाठ अधूरा करोगे तो व्याधि कैसे हरेगी?"

"अरे, मैं सोचता था—बहुत माल पानी देगा। कुकरी काला बोकरा चढ़ाएगा। अरे, मालगुजार रहा वह।"

"अरे कहाँ का मालगुजार? ओकर मुँह माँ कुकुर मूतै।"

"…नियत ही नहीं रही अब लोगों में तो…"

खिन्न झाडूराम बीड़ी सुलगाने लगा, खेदा चूल्हा के पास आ बैठी थी।

"हुआ का रहा बच्चे को?"

"होता का? सूख रहा है लड़का। पढ़ आई हूँ मंतर। मरीमाई चाहेगी तो हो जाएगा ठीक।"

"अरे! दस मील जाना, दस मील पैदल आना। भरी दोपहरी में डाइन भी बाहर नहीं निकल रही हैं। पातर-घास सब जल गए हैं। तालाब-नाले सूख गए हैं। वैसे में छट्ठी लगाने जाना क्या मजाक था?"

"वही तो, वही तो मैं कहती हूँ—रोगहे लोगों में अब नियत ही नहीं रही। क्या देंगे वे और क्या लेंगे हम?"

"ठीक कहती है तू।"

"…"

मालगुजारिन को भी किसी ने कुछ कर दिया है। दूध सूख रहा है उसका। सो छेबरिहा परेतिन* को भी पूज आई हूँ मैं।

"संखा देवी को भी बेसन-सोंठ (छड़ी) चढ़ा आना था ना…"

"कर आयी हूँ वह भी—चरफोरा घुँघरू भी पहना आई हूँ लड़के को।"

"अच्छा किया, अच्छा किया!"

हरदी के मालगुजार के बच्चे को 'छट्ठी' लग गया था। ऐसे में दो घरों में

---

* छेबरिहा परेतिन—प्रसूति की प्रेतात्मा।

छह दिनों के अंदर बच्चे के जनम लेने पर, यदि एक माता एकंगू जोहार* कर लेती है तो दूसरी माँ का बच्चा सूखने लगता था। इसी 'छट्ठी' का टोटका करने गई थी खेदा—तोर दूध-पूत लँग रहय, मोर दूध-पूत मोर लँग रहय—जोहार-जोहार…

सारे दिन का पूज -पाठ, मिला क्या पचास ठो रुपया। न नया लुगरा, न नया पोलका, न कुकरी।

"इसलिए तो कहती हूँ—नियत ही नहीं रही अब बड़े लोगों में। देने-लेने का चलन ही उठ गया है।"

गोबर का पोतड़ा निकाल खिन्न खेदा चूल्हा लीपने लगी। सारा दिन का उपवास हो गया अलग। "चलूँ, राँधूँ तो खाऊँ-खवाऊँ।"

चूल्हा लीपते-लीपते खेदा सहसा हाथ रोककर उठी थी—"ले तो बेटा!"

बीस रुपए की एक पत्ती खेदा ने कमर से निकाल फगनी की ओर बढ़ाया—

"जा तो बेटा, फटाफट जा फटाफट आ, सोड़ा एक किरो तेर एक पाव ले आना।"

"मोर बर बीड़ी घलो।" झाडूराम ने बीच में टोका था।

"अच्छा दाई।"

फगनी तेर की शीशी चूल्हे के पास से उठा बाहर लपक गई थी। बीस के नोट में बरफ के ठंडे गोले के लिए भी पैसा बच जाएगा। चुसनी भी ले लेगी वह। सौदा-सुलुफ लाने के लिए खेदा झाडूराम पर कम ही विश्वास करती थी। पैसा लेगा बैठ जाएगा पीने-पाने कहीं। शराबी आदमी का का भरोसा?

"ले गा…"

खेदा ने बीस रुपए का नोट झाडूराम की ओर फेंका। बीस का नोट सामने साक्षात् देख झाडूराम के लोभ का पारा कुछ और ऊपर जा चढ़ा था—

"दस की पत्ती और फेंक न राम करेगा तो राज करेगी रे!"

"कर रही हूँ राज तेरे राज में। देख नहीं रहा क्या?"

"सुन 'देवरीखुरुद' से खिलावन आया रहा बुलव्वा देने।"

"खिलावन? वो मसर मोटिहा घुचपुचहा?" ठिठकी थी खेदा।

"उसके बेटों को 'अइंठन' हो गया है। कहता रहा—सौ रुपया देगा।"

"सौ रुपए से का होगा? तू उससे पैसा तो नहीं धरा लिया पेशगी?"

---

* एकंगू जोहार—एक तरफा प्रणाम करना।

"गौ से, कसम ले ले जो चाहे। देता रहा खिलावन, मैं जनम ही नहीं रखा विश्वास कर तो···"

"हूँ, पैसा···पैसा देगा कोई और तू लेगा नहीं? यह दूसरे जनम में होगा रे फगनी के ददा।"

"विश्वास कर तैं!"

"कर चुकी मैं विसवास!"

बड़बड़ाती खेदा चूल्हा जलाने की जुगत करने लगी। झाड़ूराम दिहाड़ी पर जाता था। महीने भर से वह भी बंद है। अब खेदा से पहले सा टोना-टोटका का काम नहीं होता। नहीं होता दूर-दूर गाँव-कस्बों में जाना। दूसरे परानी को पेट में ढो-ढोकर गाँव, नाली, खेत-खलिहान फाँदना।

"अइंठन की बीमारी। पेट में बामी मछरी धरना होगा। एक बार मछरी बिसाने से कहाँ काम चलेगा?"

मछरी ऐंठकर मर गई तो समझो अइंठन दूर हो गई। एक बार में तो नहीं हो जाएगा काम? हूँ, सौ रुपए का करार कर बैठा, हाड़-गोड़ तुड़ा के काम करे तो जाने।

झींकती-झाँकती खेदा चूल्हा जला का जुगत करने लगी। लकड़ियाँ कम पड़ेंगी—"क्या राँधेगी इससे?"

"जा तो लकड़ी ले लेना और बाँबी पाव भर।"

"ले लानूँगा, अब इस धूप में जाऊँगा शनिचरी जिंदा बाँबी लेने। चल, दस की एक पत्ती और धरा दे मुझे।"

"दूर कहाँ जाएगा तू? बँधवा तालाब में बैठे होंगे लड़के मछरी धर के, ले लाना।"

"अरे, शनिचरी जाना पड़ेगा। यहाँ दोपहरी में कौन बैठा होगा धर के मछरी? सब शनिचरी हाट निकल गए होंगे।"

"यह क्यों नहीं कहता कि शनिचरी जाते-जाते दारू की भट्ठी भी जाएगा।"

बड़बड़ाती खेदा टीन के डिब्बे में से रेजगारी टटोलने लगी। कुछ रेजगारी और दस का नोट खेदा ने झाड़ूराम की ओर बढ़ाया तो लपक लिया था उसने।

"ला, एक शीशी दे मछरी बर!"

"बाँबी मछरी एक ठन—पाव भर।"

"ले लानूँगा, ले लानूँगा, तू संसो मत कर। पैसा मिलते ही सब लौटा दूँगा।"

"लौटा चुका, काम पे जा रहा है तू? कहाँ से लौटाएगा, जरा सुनूँ तो?"

"कहीं से भी लानूँगा—दूँगा तेरे को बोला न।"

"ले धर शीशी!"

खेदा ने चूल्हे के पास से उठाकर शीशी धराई...

"जल्दी आना रामखिलावन लिवाने आता ही होगा शाम को, समझे कि नहीं?"

"हुँह, इस जमाने में राज कर ली, रेशम पीतांबर पहन ली, अगले जनम में क्या लिखा है इस फूटे भाग में कौन जाने!"

रोज कुआँ खोदना, रोज पानी पीना। मजदूरों-दिहाड़ी पर जानेवालों की बस्ती, कहाँ से माँग-ताँग के पेट पोसेगी? और कब तक? प्रेत-राक्षस बाधा हो तो खेदा, टोना-टोटका हो तो खेदा, शादी-ब्याह, गौना-पठौनी हो तो कौन बुलाता है खेदा को? तब तो अछूत हो जाती है वह, दूर रहो उससे। जाने टोना-टोटका कब कर दे किसी को। अमंगल डाल दे मंगल में। दूर, सब-के-सब मतलबपरस्त। अरे! खेदा का भी घर है, बच्चा है, गृहस्थी है। वह भी औरत है। उसका भी तो दिल हुलसता है—ढोल-ढमाके-गीत गानों से। उसका भी तो दिल करता है थिरकने-नाचने को। कभी सोचा, यह पापी पेट साथ न लगा होता तो कब का छोड़ चुकी होती यह टोना-टोटका का धंधा, मजदूरी कर लेती कहीं। अरे, भीख भी माँग लेती, वह तो कंबली छोड़ने को तैयार है, पर कंबली उसे छोड़े तब न।

बाँबी मछरी धरने से 'अइंठन' बंद नहीं होगी तो शनिवार को 'अइंउन' लकरी धरने जाओ अलग, चक्कर दस से क्या कम लगेगा खिलावन के घर का गुंडा-मवाली की जात है ससुरे की। कहीं ऊँच-नीच हो गई तो परान ही ले लेग ससुरा। पाँच लड़के खा चुकी है उसकी औरत। खेदा ने ही सारा कारज-करम किया है।

पिसान की पुतरी को नवा लुगरा पहना हँड़िया में धर 'दुबट्टा' (दो-राहा) में फेंकना मिरचुक गर्भ में रक्तपात रहा उसके, अरे खरोंचता-नोचता रहा नाखूनों से गर्भ में। खेदा ने ही टोना-टोटका से मिरचुक को निकाला था उसके गर्भ से यह छठा लड़का है। उसे भी 'अइंठन' लग गया। राम-राम! जल्दी अच्छा हो जाए वह।

झींकती-बड़बड़ाती खेदा ओसारे के किनारे धरी लकड़ियाँ बटोरने लगी। जल चुका चूल्हा, राँड़ फगनी भी मर गई जाके सुगना सिंधी के कने।

सूरज पैदल चलते-चलते अपने घर पहुँच गया था। शाम ने अपने झोंपड़े से धीरे से मुँह निकालकर झाँका। चिड़िया पेड़ों पर चहचहाती लौटने लगीं। स्तब्ध

खड़े तरुवर थोड़ा सुस्ताए थे। हवा चली थी। मुनगे नीम के फूल खेदा के आँगन में झर उठे थे।

☐

आस-पास के झोंपड़ों से धुआँ उठने लगा था। काम पर से लौट रहे मजदूरों का शोर भी। तोरवा की सड़क रोज की तरह गुलजार थी। सड़क पर नंग-धड़ंग बस्तियों के बच्चे आते-जाते वाहनों से बचते-बचाते हुए डुडुआ-खुडुआ खेल रहे थे—

खडुआ-डुडुआ नागर की पाती
मेलवा गोदों तोर चेथी···चेथी···

"तू यहाँ खेल रही है राँड़—सामान तेर कहाँ धरी है?"

"भीड़ है सुगना के यहाँ—बोला रुक के आना, एक पाव एक छटाँक तेर के लिए।"

"जैसा बाप वैसी बेटी—जाँगर चोर। ला पैसा दे कहाँ धरी है? चल मोर संग।"

फिर से खेलने के लिए भागी जा रही फगनी को खेदा ने चोटी से पकड़कर खींचा तो वह पैर पटकती हुई उसके पीछे हो ली थी। शाम के समय सुगना सिंधी के यहाँ बड़ी भीड़ हो जाती थी। फुटकर सामानों की बस्ती में यही एक दुकान थी। बस्ती के रोज कमाने, रोज खानेवाले मजदूरों की भीड़ हो जाती थी शाम को। सौदा-सुलफ के लिए।

फगनी के संग खेदा तेर, लकड़ी बिसाकर लौटी तो—झाडूराम लौट आया था, खेदा को देख उसने खीस निपोर दी थी—

"आज घर ले आया हूँ मसाला, यहीं घर में पीएँगें-खाएँगे क्या?"

"बाँबी कहाँ धरा है?"

"अरे, ले आया हूँ बाँबी भी। सारी शनिचरी भटका हूँ तेरी बाँबी मछरी के लिए, तब कहीं जाके एक औरत के कने मिला।"

"धरा कहाँ है?"

"ओ क्या ताक में है?"

"पानी है न बोतल में, नहीं तो मर-मुरा गई तो आफत!"

"है, है पानी, इधर देख तो मेरी रानी!"

झाडूराम ने कमीज के नीचे की बोतल थपथपाकर दिखाई—

"मसालेवाली है। तू भी ले लेना थोड़ा सा। बदन का सारा दरद निकल जाएगा।"

"तेरे से बाँच जएगा तो दे देना।"

"बाचेगा क्यों नहीं, पूरी बोतल है—फूल···"

झाडूराम उसके पीछे चूल्हे तक आ गया—

"देख क्या लाया हूँ तेरे लिए—महावर लाया हूँ बड़ी शीशी।"

"···अरे लाया होगा अपनी मिसरी बाई के लिए और क्या?"

मिसरी बाई झाडूराम की रखैल थी। बस्ती के किनारे चना-मुर्रा की दुकान लगाती थी। खेदा भात पसाने लगी। इसके लल्लो-चप्पो में आ गई तो हो गया उसका काम। सुबह फिर पैसों की फरमाइश कर बैठेगा या अभी ही क्या भरोसा शराबी-गँजेड़ी आदमी का?

"देख तो सही मेरी रानी—दो हैं, एक उसके लिए, एक तेरे लिए, बिसवास कर!"

झाडूराम ने महावर की शीशी खेदा की गोद में जबरन डाल दिया था, "ले लगा ले मोर रानी।"

खेदा भात पसाती रही। फगनी मसाला पीस चुकी थी। उसने कड़ाही चूल्हे पर चढ़ा दी—इस शराबी के नखरे सहूँगी तो आधी रात हो जाएगी साग राँधते-राँधते। रामखिलावन आता होगा लिवाने।

"दो कटोरा देना, फगनी बेटी"

कटोरा लेकर झाडूराम ओसारे के अँधेरे में जम गया था। मूँगफली की पुड़िया उसने सामने धर ली थी—"आह हा! जा तो फगनी बेटा, मिसरी चाची को बोलना हमारे यहाँ खाएगी करके। कहना बोकरा राँधी है दाई।"

फगनी के जाते ही उसने दो कटोरी में मसाला उड़ेला—

"ले, ले न फगनी के दाई।"

"अभी धरो, नांस जल जाएगा नहीं तो।"

"दो घूँट मार ले न, ताकत आ जाएगी देह में, बहुत खटी है सारा दिन।"

यह झाडूराम की मया नहीं, शराब बोल रही थी। खेदा जानती है। उसने मसाला की कटोरी पीढ़े के नीचे धर दी थी। कुछ सोच के चौंकी थी वह—

"क्यों रे, तूने खिलावन से पेशगी तो नहीं रखा लिया था? पूरी बोतल कहाँ से लाया तू?"

"···देख, नाराज मत होना, मैं ले नहीं रहा था—जबरिया धरा गया खिलावन! गौं से···"

"जभी इतना मनुहार कर रहा था—महावर की शीशी लाया हूँ करके।"

"लौटा दूँगा—संसो झन कर तू।"

"कहाँ से लौटाएगा तू? रामखिलावन के बेटे की 'अइंठन' जो न ठीक हुई तो पेशगी तो लौटाना ही होगा उसका।"

"अरे कैसे नहीं होगा ठीक—तेरे हाथ में जस है। मैं क्या जानता नहीं? सारी बस्ती जानती है। दूर-दूर तक है कोई तेरे सी हुनर गुणवाली, बोल?"

झाडूराम प्रसन्न था। दाँत निकालते हुए वह हँस रहा था।

□

"कहो झाडू, क्या हो रहा है?"

शिवराम डोकरा लाठी टेकता टहलता-टहलता आ निकला था। वह भी बैगा था बस्ती का, पर उसका अब पहलेवाला प्रताप-यश नहीं रहा था। बूढ़ा हो चला था। आँख से दिखने भी कम लगा था। जाँगर भी नहीं चलता था, दूर गाँव-गली जाने के लिए। खेदा को बुला ले जाता था काम पड़ने पर। बदले में चायपानी का पैसा खेदा धरा देती थी उसे।

"आओ कका, बैठो।"

"खिलावन ने लिवाने भेजा है खेदा को।"

शिवराम डोकरा ओसारे की दीवार से लाठी टिका जम गया था। उसे मसाले की चिन्ही गंध मिली थी—गरम मसाले में मांस राँधने की खुशबू। शिवराम डोकरे की अभ्यस्त जिह्वा चिर-परिचित गंध पा लार टपकाने लगी।

"लगता है बेटा, आज तर माल रसोई में है, है कि नहीं?"

"ले कका, तू भी आज खुस हो जा। खेदा एक कटोरा और ला दे।"

झाडूराम को शिवराम का राँधने-खाने के समय आ टपकना पसंद नहीं था। पर क्या करता? पचास रुपया पेशगी ले चुका है रामखिलावन से। कहीं बता ही न दे रामखिलावन उससे। पचास रुपया खेदा और वसूल ही लेगी। काम पड़ता रहता है शिवराम डोकरे से, सगा है उसका।

शिवराम डोकरा और झाडूराम बैठकर पीते रहे। गपियाते रहे। झाडूराम बीड़ी लेने, सुलगाने के बहाने कोठरी में जाता-आता रहा। मिसरी के लिए भी कटोरी में धर आया है वह मसाला। रात उसकी है। खेदा खिलावन के यहाँ से आधी रात के पहले क्या लौट-लुट पाएगी?

"कका, भात खाके जाना।"

खेदा ने शिवराम को खाने का नेवता दिया तो शिवराम पसर गया था ओसारे में। महीनों-महीनों बाद शिवराम डोकरे की जिह्वा तर माल पा रही थी—मसाला अलग।

"जरा जल्दी करन, खेदा बेटी, खिलावन रास्ता देखता बैठा होगा।"

"हाहौ कका।"

□

खिलावन के यहाँ से खेदा लौटी तो आधी रात हो चली थी। सुरुज देवता थका-माँदा गहरी नींद में था। पेड़-पत्ते कान झुकाए ऊँघ रहे थे। हवा नहीं चल रही थी। गरमी से बौराए कुत्ते गली-चौराहे में एक-दूसरे का पीछा करते घूम रहे थे। बिजली के खंभों पर पेशाब कर रहे थे।

बच्चे के 'मुसरिया' में अइंठन लकरी भी धर आई थी खेदा। बहुत ऐंठ रहा था लड़का। उसकी ऐंठन देख के खेदा के पेट का बच्चा भी चौंक-चौंक उठा था। खेदा के प्राण हलक तक आ गए हैं। बाँबी मछरी भी मर गई थी, कल फिर जाना होगा...

तेल के अभाव में ढिबरी बुझ चुकी थी। देह की पोर-पोर थकान, दिन भर के परिश्रम से पके आम-सी दुख रही है। मसाला दो कटोरी पीने के बाद भी।

"सुन, कल शनिचरी से तेरे लिए पाजेब ला दूँगा, चलना मेरे संग चुनके से।"

"पाजेब ला देगा तो रख लूँगी मैं। क्या कर रहा था तू उसके संग दोपहर को?"

"अरे कुछ नहीं, मसाला के लिए पैसा माँग रहा था।"

"पैसा माँग रहा था कुछ और..."

"अरी, देखती नहीं, सात माह का बच्चा है उसके पेट में—क्या करूँगा मैं उससे?"

"कान खोल के सुन ले झाड़ूराम, तू दो-दो औरतों का बस का नहीं है, समझे ना! छोड़ दूँगी तेरे को, अलग कहीं बैठ जाऊँगी।"

"अरे-अरे, गजब मत करना—बोला न, तेरे को खुस रखूँगा, मान मेरी बात।"

"चली है टोना-टोटका करने दुनिया-जहान में, निपूती कहीं की—एक बेटा तो खुद नहीं जन सकी, दूसरों से क्या जनवाएगी?"

"अरे धीरे बोल, और फिर टोना-टोटका अपने ऊपर कहीं चलता जो उसका चलेगा?"

"चलता है, चलत है, सिर्फ तुझे ही नहीं दिखता।"

मिसरी बाई हार-अपमान के रोष से फनफना रही थी।

"सुन झाड़ूराम, मुझे प्यासा तरसाएगा ना, चना-मुर्रा के संग भट्ठी में तुझे भी भून के खा जाऊँगी, नरक में भी नहीं छोड़ूँगी तुझे।" नशे में मिसरी बड़बड़ा रही थी।

बड़बड़ाती खेदा कुंडरी मारे केंचुए-सी फगनी से चिपककर सोने का प्रयास करने लगी। ओसरे में थोड़ी ठंड थी। आँगन में नीम मुनगे के फूल झर रहे थे झरझर। थका सूरज अँगड़ाई लेता उठने ही जा रहा था कि खेदा की पलकें आँखों से आ लगी थीं।

□

सूरज ने खर्राटे से अपना आँगन बुहारा तो दो-चार रोशनी की किरणें खेदा के बोरे तक भी छिटक आई थीं। खेदा बोरे पर पड़ी रही। पहली बार रोशनी आई—किसी केंचुए-सी। बोरे से उतर सूरज की किरणें कोठरी की दीवार पर चढ़ने लगीं तो—तब तक खेदा थोड़ी गरमा चुकी थी। बोरे पर उठ बैठी थी वह काँखती-कूँखती।

"हो···हिक्क···दाई ओ···"

कमर पर हाथ रख के किसी तरह खेदा उठी। सुबह सोकर उठने के बाद भी उसकी देह यूँ दर्द कर रही थी जैसे रात भर खल-बट्टे में खूब कस-कस के कूटा हो किसी ने।

"ओहर सोय नई सकै। जना मना पनचक्की माँ कोनो पिसान अइसन पिसत हावैय।"

पेट में बच्चा है। उतरती अधेड़ देह। अब क्या पहले सा जाँगर चलता है? एक समय था जब खेदा लट्टू सी गली-मुहल्ला, बस्ती में घूमा करती थी। उँगलियों पर गिनती है खेदा—आषाढ़···चैत···सावन अऊ फेर···

गिन नहीं पाती खेदा। पेट का बच्चा कितने महीने का हो गया?

झाड़ूराम आँगन में बैठा गुड़ाखू कर रहा था। फगनी आँगन झाड़ रही थी। मिसरी बाई अपनी चने की दुकान पर जा चुकी थी।

□

"कौन है, कौन है वहाँ?"

"मैं रामखिलावन!"

"इत्ती रात को—खैर तो है न बेटा तेरा?"

अँधेरे में खेदा पहचान नहीं पाई खिलावन को। ढिबरी उठा लाई थी ताक से। ढिबरी ऊँची की उसने। खिलावन की आँखें लाल गुड़हल हो रही थीं। रतजगे

से चेहरा तना हुआ था।

"बच्चा रो-री के जान दिए दे रहा है, तू जरा चल के देख ले, खेदा बाई। तू चलेगी न तो वह जरूर अच्छा हो जाएगा।"

"अच्छा-अच्छा, चल, देख ही लेती हूँ।"

खेदा ने झोंपड़े का दरवाजा भेड़ दिया। फगनी झोंपड़े में अकेली थी। झाडूराम मिसरी बाई के घर से लौटा नहीं था रात। झोला उठा के खेदा रामखिलावन के संग चल पड़ी थी। लौट आएगी जल्द।

"शाम से गणेशी बाई का बेटा ऐंठ रहा है, उसे भी देख लेती जरा।"

गणेशी खिलावन की भौजी थी। पास के झोंपड़े में रहती थी।

"बाँबी कहाँ मिलेगी इत्ती रात को?"

"अरे, मैं नदी-नाला फाँद जाऊँगा बाँबी के लिए, तू चल तो सही।"

"कल ही तो मुसरिया में 'अइंठन लकरी' धरी है, कल ही निकालूँगी उसे। इतवार जो है, टाइम तो लगेगा ठीक होने में।"

"मैं कुछ नहीं जानता, खेदा बाई। तू चल के सम्हाल ले बच्चे को। उसकी दाई रो-रोकर जान दिए दे रही है।"

खिलावन के स्वर में दबा हुआ विवश क्रोध है।

"लगता है, बच्चे को किसी ने 'देनाही' (टोना करना) कर दिया है।"

"मैं क्या जानूँ, खेदा बाई। तू जानती होगी का हुआ है—लड़के की नेरी बोड़री (नाभी) भी उलट गई है। दूध नहीं पी रहा है कल से।"

"सबर कर, सबर कर, रामखिलावन। देनाही फूँक दूँगी, इतवार है कल।"

"तू देख ले, खेदा बाई, बच जाएगा वह।"

"गणेशी बाई का भी बेटा बच जाएगा। जो भी देनाही किया होगा न तू नाम-पता भर बता देना, जिंदा न गाड़ दिया तो रामखिलावन मरद का बच्चा नहीं, समझी, खेदा बाई?"

अँधेरे में खिलावन ने खेदा बाई की बाँह कस के थाम ली थी। शराब-गँजे का भभका फूटा था उसके मुँह से।

□

खिलावन के झोंपड़े में नीम अँधेरा था। खाट पर उसका बेटा बुरी तरह ऐंठता पड़ा था। गणेशी बाई का बेटा नीचे बोरे में अलग चीख रहा था। उसके साथ गणेशी रामखिलावन की डौकी का रुदन भी। झोंपड़े में लोबान का धुआँ भरा था। झोंपड़े के बाहर बैठे पुरुषों का चेहरा विवश क्रोध से लाल हो रहा था। औरतों का

चेहरा रो-रोकर विकृत।

''लाओ, पिसान का एक गोला बना के लाओ।''

खेदा ने बच्चे को पालथी मार जाँघ में लिटा लिया था—

'देनाही' फूँकना होगा, किसी ने खाने के साथ टोना कर दिया है, ऐसा लगता है। बोड़री (नाभि) उलट गई है।

''कल से तेरे जाने के बाद से इसने दूध पीना भी बंद कर दिया है। तू क्या टोटका करके गई थी, खेदा बाई? जस-का-तस है मेरा बच्चा।''

खिलावन की डौकी चूँदी बगरा के बौराई सी रो-कलप के चीख रही थी, सिर पीट रही थी। यह उसका छठा बेटा था, जो जीवित था। पाँच मर चुके थे अब तक।

पिसान (आटे) का गोला आ गया था। खेदा खिलावन के बेटे के पेट पर से गोला घुमाने लगी—

सात समुंदर सोरा धार, तेकर ऊपर दियना बार
बोकर उप्पर बाँस के बुटा, अहो महया कहाँ जात,
होवे बाँस के पोरे-पोर, तरी गिरे बाल कदारी
जा रे लचके लचकाय, चमके चमकाय, हलचल होके
ठी हो जा, मोर फूँके, मोर गुरु महादेव-पारबती
के फूँके, हलचल होके ठीक हो जा…फूँ…फूँ…

''लो इसमें मांस पिंड आ गया है परेतिन का, जला दो बाहर ले जाकर।''

खेदा ने पिसान (आटे) का गोला जलाने को बढ़ाया था। पूजा-पाठ, टोटका खत्म करते-करते पौ फटने लगी थी। खेदा की आँखें रतजगे-परिश्रम से लाल-भभूत हो रही थीं। खिलावन के बेटे की चीखें अलबत्ता मंद होते-होते बंद हो गई थीं। गणेशी के बेटे की ऐंठन भी।

खिलावन अपने नवजात बेटे की ओर बढ़ा था—धुकधुकी बंद थी बच्चे की।

''मेरे बेटे को खा गई डाइन।''

खिलावन ने एक ही छलाँग में खाट से कूदकर खेदा के बाल मुट्ठी में धर लिये थे—''मेरे बेटे को जिंदा करना ही होगा। खेदा बाई, तू डाइन है, खा गई मेरे लाड़ले को।''

''हाय रे, डाइन खा गई रे फिर से!''

खिलावन की डौकी आर्त स्वर में चीख उठी थी। उसके आर्तनाद से रतजगी

भीड़ हिंसक हो उठी थी। औरतें प्रतिशोध के लिए बेताब।

"तू बस थूक दे मेरे बेटे पर। कहते हैं, डाइन थूक दे तो बच्चा जीवित हो जाता है।"

गणेशी का पति खाट से खिलावन के मृत नवजात बेटे को उठा लाया था। खेदा बाई घबराकर उठने लगी।

"ठहर राँड़ डाइन, जाती कहाँ है? मेरे बेटे को खाकर तू ऐसे ही चली जाएगी?"

खिलावन की बीवी चोंदी बगरा के प्रलाप करते हुए खेदा की ओर झपटी थी। खेदा आतंकित होकर झोंपड़े के दरवाजे की ओर बढ़ी ही थी कि रामखिलावन उसे बालों से घसीटकर बाहर खींच लाया था।

"यह डाइन है—चुड़ैल! बच्चों पर टोना-टोटका करके उनको बीमार कर देती है, फिर उनको खा जाती है। मेरे पाँचों बेटों को खा गई यह। आज छठे को भी ग्रास बना लिया। क्या करें इसका?"

"मारो डाइन को।"

"मारो-मारो, पिसाचिनी को।" भीड़ चिल्लाई थी।

"रहम करो रे, छोड़ दो मुझे, मेरे पेट में बच्चा है।"

"जरूर तेरे पेट में मिरचुक होगा—मिरचुक।"

"हमारे बच्चे को मारकर खा गई डाइन। तुझे छोड़ दें हम, हरगिज नहीं।"

गणेशी का डौका चीखा था। कुछ दिन पहले खेदा गणेशी से छाछ माँगकर ले गई थी, तभी गणेशी की बेटी मनटोरा बोरे खाते बैठी थी। बाद में मनटोर को उलटी-दस्त होने लगी थी। इस घटना को भी गणेशी के पति ने खेदा से जोड़ लिया था।

"जरूर इसी डाइन की नजर लगी होगी।"

"उस दिन मेरी बेटी बच गई थी, पर नहीं छोड़ूँगा डाइन तुझे।"

गणेशी के पति ने एक लात खेदा को जहाँ मारा तो भीड़ का अंधविश्वास खुलकर सामने आ गया था। लात-घूँसे-थप्पड़ों से बस्ती के लोग पिल पड़े थे खेदा पर।

"अरे, मेरे पाँचों लड़कों को खा गई यह। एक बचा था, उसे भी आज लील ली रे राँड़, डाइन।"

खिलावन की डौकी भीड़ के बीच में चोंदी बगरा के बावरी बनी झूम रही थी।

"देवी आ गई है इसपर, यह जो आदेश देगी, वही होगा।"

खिलावन की डौकी पर देवी आ गई थी, भीड़ रामखिलावन की डौकी को घेरा बनाकर खड़ी हो गई थी। गणेशी ने लोबान-धूप झोंपड़े से लाकर जला दिया था।

"हर बार ये पिसान की पूतरी नवा कपड़ा पहनाकर लुगरा के साथ 'दुबट्टा' (दोराहा) में फिकवाती थी—कहती थी टोना उतार रही हूँ। यह खिलावन के लड़कों को खा गई।"

"हाँ देवी माँ, हाँ।"

"यह पूजा-पाठ टोना-टोटका के बहाने बच्चों को खा जाती है—पिसाचिनी है यह।"

"हाँ देवी माँ, हाँ।"

भीड़ ने हुंकार किया था। खिलावन की डौकी चूँदी बगरा के जोर-जोर से झूमती जा रही थी। ढोल-ताशे भी गणेशी का मर्द उठा लाया था।

"देवी माँ, हुकुम करो, हुकुम करो, क्या करें इस डाइन टोनही का हम?"

भीड़ चिल्लाई थी।

"दागो-दागो, गरम लोहे से इसके पेट में दागो। इसके पेट में चिरगुन है, नहीं तो बाहर आकर उत्पात करेगा, खा जाएगा हमारे बाल बच्चों को।"

देवी ने जोर-जोर से झूमते हुए आदेश सुनाया था।

"अरे नहीं रे दाई, मेरे पेट में बच्चा है, बच्चा!"

"पेट में चिरगुन है, चिरगुन, बच्चा नहीं है।"

भीड़ चिल्लाई थी। बस्ती के कुछ उत्साही लोग लोहे की छड़ गरम करने चले गए थे।

खिलावन आगे बढ़ा था। उसने खेदा बाई को पेड़ से बाँध दिया था।

"दागो चिरगुन को—दागो।"

उत्साही भीड़ चिल्लाई थी। तब तक लोहे की छड़ गणेशी का पति गरम करके ला चुका था। खिलावन आगे बढ़ा था। उसने खेदा के पेट में लोहे की छड़ से क्रॉस बना दिया था। मांस जलने की चिरायँध के साथ-साथ खेदा की हृदय-विदारक मर्मांतक चीख भी भीड़ के ढोल मजीरे के शोर में डूब गई थी। खेदा का सिर पेड़ के एक ओर झूल गया था।

देवी अब भी चौंदी बगरा-बगरा के झूम रही थी—हें...हं...हं...माँ...हं...माँ...

दूसरे दिन थका-हारा सूरज किसी तरह घर से बाहर निकला था। तब भी

देवी झूमती बैठी थी। बस्ती के लोग कीर्तन कर रहे थे। फूल-फलों का ढेर लग गया था देवी के चारों तरफ। लोग मनौतियाँ, आदेश सुनने के लिए बस्तियों से भागे चले आ रहे थे।

"जय हो, जय हो देवी माँ!"

सूरज को बहुत काम था। सारे जग में प्रकाश फैलाना था। वह बेहद थका-माँदा भी था। रुक कहाँ सकता था एक जगह वह? अपने सफर पर आगे निकल गया था। पेड़-पातर मूकदर्शक बने खड़े थे। जैसा कि वे होते हैं। उनकी जबान, हाथ नहीं हैं न, हवा डोलती रही स्तब्ध, जैसा कि मूकदर्शक हवा अकसर करती है।

झाडूराम सुबह मिसरी बाई के यहाँ से लौटा तो वह बस्ती में घर-घर जाकर खेदा को छुड़वाने की गुहार लगाता रहा। गिड़गिड़ाता रहा, कोई नहीं निकला था।

"देवी का आदेश है।"

लोग देवी-देवता के कामों में खलल नहीं डालते। नहीं डाला था उन्होंने। वे अपने कामों पर निकल गए थे मजदूरी करने, जैसा कि वे रोज किया करते थे।

पुलिस शाम तक पहुँची थी। वे धरती के सूरज थे। आसमान के सूरज से ज्यादा उनके पास काम था। वारदातें तो होती रहती थीं। उनका थका जिस्म अकसर वारदातों की जगह देर से पहुँचता। आसमान का सूरज नहीं थे वे।

गाँव से सरपंच गायब था। नेता के यहाँ था वह। जब तक पुलिस पंचनमा तैयार करती, पेड़ के ऊपर गिद्ध मँडराने लगे थे। खेदा के साथ-साथ उसके पेट का 'मिरचुक' भी मर चुका था।

देवी झूम रही थी।

सूरज लौट रहा था घर। दिन भर की फेरी के बाद। वह थका हुआ और क्लांत था सारे दिन के सफर से। वह जल्दी सोने चला गया था। उसे कल फिर दोबारा अपने सफर पर निकलना था। रोशनी बाँटनी थी। ऐसा तो अकसर वह देखता ही रहता था। एक अकेला वह कर भी क्या सकता था?

☐

"दाई हो, पुलिस!"

कौसिल्या की चीख से लक्षन ताप में भी चिहुँककर गोदड़ी से उठ बैठी थी, रामजी को हथकड़ी लगाए दो सिपाही खड़े थे। सामने सड़क पर पुलिस वैन खड़ी थी।

"हे परभू, ये का हो गै रे?"

लक्षन बिस्तर पर से लुढ़कते-पड़ते बाहर आँगन की ओर लपकी थी।

पुलिसवाले वैन से कूदकर कोठरी में घुस गए थे, कोठरी का सारा सामान तहस-नहस कर बाहर आँगन में फेंक मारा था उन लोगों ने। कपड़ों की पोटलियाँ, चावल का डिब्बा, टीन के बक्शे तक उन लोगों ने खँगाल-खँगालकर आँगन में डाल दिया था। फिर रामजी की कोठरी का फर्श खोदकर उन लोगों ने गरम कपड़ों का ढेर बाहर निकाला था, नए स्वेटर, पुलोवर, ब्लेजर, गरम ब्लाउज।

सारा मुहल्ला जुड़ गया था लक्षन के घर के आगे। "हे राम, ये दिन देखना भी बदा था रे!"

लक्षन हिलक-हिलककर बैन करने लगी। दाई ओ, का हो गए रे ये? ताप व कमजोरी के कारण उससे रोया भी नहीं जा रहा था। मनबोधनी उससे मरी बँदरिया-सी चिपट गई थी। कौसिल्या ने पुलिस के भय से ओसारे में ही खड़े-खड़े पेशाब कर दिया था।

बड़ी रात गए तक जब्ती के सामानें का पंचनामा होता रहा, अंत में सामान सहित रामजी को हथकड़ी लगाए ले गए थे पुलिसवाले। रोती-चिल्लाती बैन करती लक्षन, मनबोधनी पुलिस वैन के पीछे-पीछे दौड़ी थीं। पीछे बैठे एक सिपाही ने अपने रूल से कोंचकर दोनों माँ-बेटियों को पीछे की ओर धकेल दिया था। वैन सर्राटे भरती हुई धूल उड़ाती चली गई थी। जाते-जाते रामजी ने एक बार भी सर उठाकर लक्षन, मनबोधनी की ओर ताका नहीं था।

सारे आँगन में ग्राहकों के धुले-मैले कपड़े, चावल, दाल, मनबोधनी के पठौनी के लिए थोड़ा-थोड़ा कर जुटाया गया—नेल पॉलिश, रिबन, तेल की शीशी, चूड़ियाँ, सिंदूर की पुड़िया बिखरी पड़ी थीं। लक्षन हिलक-हिलककर रोते हुए एक-एक चीज धूल-कीचड़ से पोंछ-पोंछकर बीनने लगी। सड़क, आँगन में भीड़ किए खड़े लोग छँट चुके थे। आँगन में धीरें-धीरे मौत का सन्नाटा खिंच गया था।

रामजी के बीच-बीच में किए गए शाही खर्च का राज आज जाके लक्षन पर खुला था—"मैं क्या जानती थी पंचो, वह चोरी-डाका भी डालने लगा है? थाली लाया था तो समझी थी—उठाईगीरी करने लगा होगा। पर पुलिसवाले बताते थे रेलवे यार्ड में जब मालगाड़ी खड़ी रहती थी, रात को रामजी और उसके साथी सब्बल-तब्बल से वैगन तोड़ डालते, गेहूँ, चाँवल, दाल, तेल, कपड़े, बरतन जो भी हाथ लगता, निकाल लेते। फिर दो-चार दिनों बाद रात-बिरात कहीं जाकर औने-पौने दाम में बेच डालते। फिर ऐश करते—मुरगा, दारू जरहाभाटा की सुंदरियाँ..."

"सारी इज्जत धूल में मिल गई रे! हे राम, मोला उठा ले रे अब!"

लक्षन फिर से हिलक-हिलककर बैन करने लगी।

□

''मनबोधनी, जरा पानी पिला दे बेटा!''

कोठरी में से लगभग चौपाए की तरह घिसटती हुई लक्षन दरवाजे तक आई थी। रामजी को पुलिस ले जाने के बाद सारी रात सारा दिन वह ताप की नीम बेहोशी में पड़ी रही थी। मन का ताप तन के ताप से कहीं ज्यादा था। टूटे तन को कब तक मन के सहारे बचाए रखे वह भी? मन भी कल टूट ही गया था।

मनबोधनी एक कटोरी में उसके लिए पानी ले आई थी, कुछ लक्षन के हलक में गया कुछ काँपते हाथों से लक्षन के वक्ष पर ढलक गया था।

''कुछ राँधे रही रे?''

''हाँ, एक बार चाची दे गई रही भात, एक बार पेज-भात नमक डाल के खा लिया था।''

''कौसिल्या कहाँ है? कहाँ है कौसिल्या?'' लक्षन चिहुँकी थी।

''यहीं, धानबाई चाची के यहाँ! चाची बुखार की गोली दे गई रही—चाय के साथ खा ले दाई, ताप उतर जाएगा।''

लक्षन की आँखें मनबोधनी के इस मया से भर आई थीं। अभाव व जीवन के कटु सत्यों ने सोलह-सत्रह वर्षों में ही मनबोधनी को असमय ही प्रौढ़ व सहनशील बना दिया था। माँ होकर कुछ भी तो सुख नहीं दिया इसे। तीन-चार वर्ष की भी नहीं रही होगी तब से उसके पीछे-पीछे कपड़े की पोटली लिये-लिये फिरती रही है—तीज-त्योहार आते, चले जाते, क्या दे पाती इनको? ग्राहकों के पुरानी उतरन फटे कपड़े, बासी बचा खाना, यही न? रामजी के कोप ने उसे कभी चैन से बैठ के इन लोगों को जी भर कर मया भी जताने नहीं दिया। छह बच्चे नहीं रहे, महीने-दस दिन, साल-डेढ़ साल रहकर। उसकी पीड़ा व गुस्सा वह इन अबोधों पर उतारती रही। उसकी खुशी, उसका दिन, उसकी रातें रामजी के सुखों से शुरू होकर रामजी के दुःखों तक खत्म होती रही हैं। इनके लिए कब कौन सा दिन जिया है उसने, उसे आज तक याद नहीं।

लक्षन जी कड़ा करके ओसारे की दीवार से पीठ टिकाकर बैठ गई थी—

''ला बेटा, चाय बना दे, बुखार के गोली खा लेहूँ।''

मनबोधनी क्रोसिन की दो टिकिया उसकी हथेली पर रखकर चाय बनाने चली गई थी। चाय के साथ गोली खाने के बाद लक्षन ताजा दम हुई थी।

''जरा वह पेटी तो निकाल, बेटा!'' कोठरी के किनारे के गड्ढे को खुदवाया था लक्षन ने। एक जंग लगी बदरंग टीन का बक्सा निकाला था मनबोधनी ने। बक्से

के ऊपर लाल-नीले गुलाब के फूल कभी छपे रहे होंगे, अब फूलों के काले रेखाचित्र भर गए थे। बाहर एक जंग लगा ताला झूल रहा था, पर पीछे तरफ से बक्से का कब्जा टूटा हुआ था, लक्षन पीछे की ओर से ढक्कन हटाकर उसका उपयोग करती। यह उसकी सास का बक्सा था। मनबोधनी बक्सा उठा लाई तो, पुराने रूमाल की पोटली खोली थी लक्षन ने। चाँदी का तोड़ा और एक सुतली थी। रामजी की लोभी-दृष्टि से वह पिछले सोलह वर्षों से सेंत-सेंतकर बचा के रखा था उसने। सोचा था तोड़ा मनबोधनी को देगी, सुतली कौसिल्या को। रैया, ककनी, करधनी, चापो, नांगमुरी, ततकी क्या नहीं दिया था उसकी दाई ने? कुछ उसकी सास ने और सब रामजी के ऐश के आगे बिक गए थे।

वर्षों-वर्षों में कई बार निराहार रही। एक-एक पैसों के लिए रात में, धूप में अपना खून जलाती रही; पर इसे बेचने, गिरवी रखने का खयाल सपने में भी नहीं आया था। पर अब बगैर बाप के पठौनी कैसे होगी? थूकेंगे मनबोधनी के ससुरालवाले। रूमाल में बँधा तोड़ा और सुतली को अलग रख लिया था उसने और बक्से को यथास्थान रख देने के लिए कहा था—

"सुन मनबोधनी, मैं आवथौं न, फइक्का ला लगा के बैठबे न।"

गहने कमर में खोंसकर, एक पुरानी चादर में अपने को लपेटकर लक्षन सड़क पर निकल आई थी। पाँव डगमगा रहे थे, मुँह ताप के बाद कसैला हो रहा था, आँखें चौंधियाई सी लग रही थीं—

"जाए बर, चले बर तो होही न?"

□

"मनबोधिनी, पानी पिला दे रे!"

दिन भर की मशक्कत लक्षन के पाँव व चेहरे से दिख रही थी। धूल-धूसरित और बिवाई फटे पाँव, ओसरे की दीवार के सहारे उठँग बैठी मुँह खोले हाँफ रही थी लक्षन।

"ले दाई!"

मनबोधनी पानी का लोटा उसके समक्ष रख गई। जैसे-तैसे लक्षन आँगन में गई थी, मुँह-हाथ धोया था।

"थोड़कन चाय बना दे, मेरी रानी।"

मनबोधनी को आदेश देकर लक्षन कोठरी की गुदड़ी पर जाकर लुढ़क गई थी—'कोई जीव ल मोर मसलथे।'

गहनों को बेचकर उसे चार सौ रुपए से ज्यादा नहीं मिले थे। रुपयों को

अंटी में बाँधे-बाँधे पता पूछते-पूछते वह जी.आर.पी. थाने गई थी, वहाँ से पता चला कि धारा तीन सौ अस्सी ता.रा.हि. के अंतर्गत रामजी को जेल भेज दिया गया है—चोरी करने व चोरी का सामान छिपाने के जुर्म में। परसों-नरसों शायद कोर्ट में चालान पेश किया जाएगा—लक्षन की अंटी से दस रुपए सिपाही की भेंट चढ़ गए थे, जानकारी पाने के लिए। जी.आर.पी. थाने से आठ मील दूर जेल ताँगे में बैठकर पहुँची भी तो सिपाही को पाँच रुपए थमाने-गिड़गिड़ाने के बाद भी उसकी मुलाकात रामजी से नहीं हो पाई थी।

''कल सुबह १० बजे आना, मिला दूँगा।'' सिपाही ने आश्वासन दिया था।

''हे राम रे!''

गिनकर जतन से लक्षन ने टूटे बक्से में शेष रुपयों को रखा था। ऊपर एक ईंट जमा दिया था—चूहे मरे पैसे की पोटली न ले भागें। लालटेन बुझने के पूर्व अंतिम बार जोरों से भभक रही थी।

''जा कौसिल्या, दू रुपए के मिट्टी तेल लानबे।''

कौसिल्या लालटेन लेकर दुकान की ओर निकल गई तो ओसरे, रसोई, कोठरी में घुप्प अँधेरा छा गया था। अँधेरे में डरकर मनबोधनी उसके पास सिमट आई थी—

''ददा से भेंट करे बर गए रहै का, दाई?''

''हाहो।''

''भेंट होए रहिसे?''

''ना, टाइम नहीं रहिसे, कल आए बर बोले हे।''

''दाई, शिवराम कका आए रहै।''

''अच्छा, क्या कहता रहा?''

''कहता रहा, कोरट से जमानत कराना हो तो जमानतदार लाना होगा, वकील करना होगा।''

''हाँ, ये तो है। लक्षन ने एक आह भरी थी—घर मा मनखे जात के रहे ले घर के मरजादा तोपाय रहिथय, मनखे बिगर डौकी जात के कोनों पूछ नई होवय।''

दिन भर थाने, जेल, सुनार सबके पास दुरदुराए जाने की पीड़ा लक्षन के स्वर में उभर आई थी।

''दाई, का राँधबो?'' मनबोधनी उसके सिरहाने चिंतित खड़ी थी।

''कुछ कानी राँध ले।'' लक्षन दिन भर के परिश्रम व थकान के कारण नीम बेहोश सी हो चली थी। ताप की कमजोरी तो थी ही देह में।

"हाहो।"

मनबोधनी ने क्या राँधा क्या खाया, लक्षन कमजोरी से फिर आँखें खोल नहीं पाई थी। बड़ी देर तक मनबोधनी का बरतनों के साथ खटर-पटर करने की आवाजें आती रहीं। कौसिल्या खा-पीकर लक्षन के बगल में आ सोई थी। आजकल लक्षन उसे पहले की तरह गाली नहीं देती, डाँटती नहीं, फिर भी कौसिल्या का दिल अब इधर-उधर कहीं भाग जाने को नहीं करता। उसकी दिन भर आग सी जलती रहनेवाली भूख भी जाने कहाँ उड़ गई थी। जीवन के आकस्मिक घटना के कटु सत्य ने एकदम खामोश व पीड़ित कर दिया था उसे।

"कुछ खाए हस रे, कौसिल्या?" लक्षन ने उसे टटोलकर उसके चेहरे पर हाथ फेरा था।

"हाहो, दाई।" कौसिल्या उसके वक्ष से लग गई थी।

"दाई, तोला अब्बड़ ताप हावै।" कौसिल्या चिहुँकी थी।

"हाहो रे!"

लक्षन ने कौसिल्या को अपने वक्ष में भींच लिया, दोनों रोने लगी थीं। बरतन माँज-मूँज के मनबोधनी लक्षन को उठाने आई थी—

"दाई उठ, रामखिलावन ददा आए हैं, कुछ मुँह में डार ले।"

मनबोधनी ने लक्षन की देह से चिहुँककर हाथ उठा लिया था—

"तवा सरीखा तोर देह जलथै ओ।"

रामखिलावन ने आदेश देकर मनबोधनी से गुड़-सोंठ डलवाकर काढ़ा बनवाया। मनबोधनी धानबाई से एक पाव दूध लाई थी, उसमें हलदी डालकर गरम कर दिया था उसने। काढ़ा बन गया तो रामखिलावन उसे उठाने आया—"उठ बेटी, लक्षन! काढ़ा बनाए हं, पी ले।"

"नहीं।" लक्षन ने एकदम मना कर दिया था।

"थोड़कन असली घी होतीस तो?"

रामखिलावन कका चुप हो गया था, धानबाई के पास होगा, पर वह देगी नहीं। बारहों महीने दूध लगता था उसके घर। दूध बेचने के बाद जो बचता उसे शिवराम को पीने को देती, बचे दूध को चुरा-चुराकर घी बनाती। पर क्या मजाल जो रामखिलावन डोकरा की थाली में कभी एक बूँद टपकाई हो! टार, वह नहीं देगी।

"ले उठ, लक्षन, पी ले दूध।"

रामखिलावन को अब रात होने पर नहीं दिखता, उसने अंदाजन लक्षन के

होने का जानकर टेरा था। लक्षन के ना-नुकुर के बाद भी उन लोगों ने उसे उठाया, काढ़ा चटवाया और हलदी-दूध पिलवाया था। कुछ हलदी-दूध लक्षन ने उलीच दिया—"टार नई पीयंव मैं।"

लक्षन के शरीर में कुछ गरमी आई थी, वह दोबारा गोदड़ी में लुढ़क गई थी। लक्षन का बचा भात-दाल मनबोधनी ने रामखिलावन डोकरे को खिलाया, चाय पिलाया और घर तक लाठी पकड़कर छोड़ आई थी।

□

"दाई, तैं हस का रे?"

"हाहो!"

सवेरे उठते ही आँगन लीपती लक्षन को देखकर मनबोधनी चौंकी थी।

"ला मैं लीप देथौं।" मनबोधनी को उसपर बड़ी मया-दया उपजी थी।

"मैं कर लेहौं।"

लक्षन ने गोबर की हँड़िया पोतड़ा अपनी ओर खींचकर फिर आँगन लीपने लगी। दिन निकलने तक उसने ओसारे, कोठरी लीप-पोत के चमका दिया था। अब सिर्फ कोठरी की भीतर-बाहर की दीवारें लीपने को रह गई थीं—"इसे छुई मिट्टी से लिपहौं कल, ला बेटा चाय पिला दे रे!"

गोबर का पोतड़ा गोबर की हँड़िया के साथ एक ओर रख वह हाथ-पैर धोने लगी—"सुन बेटा कौसिल्या, चार आना लेग जा तमाखू के पुड़िया लेन लान बे।"

दस पैसे उसने और बढ़ाए थे—"ले करी के लाडू ले लेबे।"

चाय पीकर लक्षन ने तमाखू की खैनी तैयार की और कल्ले में दबा लिया। ताप उतर गया था, बस थोड़ी कमजोरी थी। तमाखू का रस अंदर गया तो उसकी सुस्त-कमजोर शिराएँ माने धीरे-धीरे जाग्रत् होने लगीं। उसने दीवार से टेक लगा लिया था—"हे परभू!"

जेल जाना था, रामजी से मिलने। चौंककर लक्षन उठी, कोठरी में घुस गई, निकली तो रुपयों का रूमाल उसकी अंटी में मजबूती के साथ बँधा था।

"मैं जेहल जावथौं, कौसिल्या ला राँध के खिला पिला देबे, तैं खा लेबे न।"

पाँच रुपए का नोट उसने मनबोधनी की ओर बढ़ाया—"कुछु कानी खनही तो ले लानबे, छुई मिट्टी लिपे बर लान लेबे।"

तोरवा नाका से लक्षन ने बीड़ी का कट्टा, माचिस खरीदकर वह मोटू देवांगन की पान-बीड़ी की दुकान पहुँची थी। मोटू देवांगन दिखाने के लिए तो

पान-बीड़ी की दुकान करता था, पर असल धंधा उसका नेपाल का गाँजा बेचना था। नाके पर गुजरनेवाले रिक्शे, ताँगेवालों, बैलगाड़ीवालों को चुपके से पुड़िया बना-बना के बेचा करता था। नाके का काँजीहाउस उसने अपने कब्जे में कर लिया था। पाँच बीवी-बच्चों के साथ वह उसमें ठाट से रहता। काँजीहाउस के आवारा ढोर सड़कों पर आराम से घूमते-विचरते रहते। लक्षन जानती थी, रामजी उसका नियमित ग्राहक था। उसका खाता मोटू के यहाँ चलता था। लक्षन को दुकान पर देखकर चौंका था मोटू देवांगन—

"च्…च्…रामजी का सुनके दुःख हुआ मुझे। कुछ मेरी तरफ से काम निकले तो कहना जरूर।"

पर उसने यह बात छिपा ली कि चार पीतल की थालियाँ, आठ-दस पुलोवर उसके यहाँ रामजी बेचने के लिए छोड़ गया है। हुँह, जाने कब निकले वह जेल से, तब तक बेच-बाच के वह टंटा ही खतम कर चुका होगा।

"दो पुड़िया दे दो।" लक्षन ने अंटी से दस रुपए निकाले थे।

"अच्छा देख," मोटू देवांगन इधर-उधर सतर्क दृष्टि से तकता हुआ बोला, "जा, दस नंबर के ईंट के नीचे से दो पुड़िया उठा ले।"

मोटू देवांगन दुकान के पीछे के मैदान में ईंटों को ऊपर लगाकर उसके नीचे गाँजे की पुड़िया पॉलीथिन की थैलियों में छिपाकर रखता था। ग्राहक पैसे देते और जिस नंबर के ईंटों के नीचे से कहता—पुड़िया घूमते-टहलते उठा लेते। रुपयों के हिसाब से ईंटों का नंबर था—एक रुपएवाला ईंट, दो रुपएवाला ईंट, लक्षन ने चोर नजरों से इधर-उधर तकते हुए दो पुड़िया उठाकर अंटी में खोंच लिया था। नलकी तो रामजी हर समय अपनी टेंट में दबाए रखता था। चार दिन हो गए बिना गाँजे के कश के, कौसिल्या ददा की जीभ लकड़ी जैसी कड़ी हो गई होगी। रास्ते में ढाबे से लक्षन ने गोश्त की सब्जी खरीदी और रोटियाँ भी। आठ आना फी सवारी में ताँगे में बैठकर गोल बाजार पहुँची और वहाँ से रेंगते-रेंगते जेहल।

जेल के मैदान पेड़ों के नीचे पेटी, बोगचा, गठरी धरे मुलाकातियों, रिश्तेदारों की भीड़ थी। बरामदे के लोहे के सरियों के पार बंदी आने लगे तो भीड़ चील की तरह बरामदे की ओर झपटी थी। कलवाले सिपाही को खोज-खाजकर लक्षन ने पूरे दस रुपए टिकाए थे—"भेंट करा देबैं दया करके।"

"क्या नाम उसका?"

"राम के नाव हे।" लक्षन रामजी का नाम लेते झिझकी थी।

"अरे फूट भी।" सिपाही खीझा था।

"रामजी!" झिझकते-झिझकते लक्षन ने बताया था।

"अच्छा खाना-पीना लाई है देने के लिए?" सिपाही ने उसके हाथ के झोले की ओर ताका था।

"हाहो···" लक्षन ने सहमकर मुंडी हिलाई थी।

"उसके और पाँच रुपए लगेंगे।"

लक्षन ने सिपाही की ओर पीठ फेरकर अंटी में से विवशता से पाँच रुपए और निकाले थे। सिपाई पाँच रुपए लेकर आगे निकल गया था—"जा मिल ले।"

उसने गेट के बंदूकधारी से कुछ कहा, बंदूकधारी ने अंदरवाले को। आधे घंटे में रामजी सरिया के पार आ खड़ा हुआ था। बढ़ी दाढ़ी, दुबला निंदाया।

"तोहर पाँव पड़थौं मोला, यहाँ से लेग जा रे, मनबोधनी के दाई, मैं मर जाहौं रे नहीं तो।" रामजी उसे देखते ही दहाड़ें मारकर रोने लगा। लक्षन भी सुबकियाँ लेने लगी।

"ले खा ले पहले।"

नाक सुड़ककर लक्षन ने झोले में से रोटी और साग उसको थमाया था। रामजी पॉलिथीन की पुड़िया खोलकर वहीं बैठे-बैठे हबर-हबर खाने लगा।

"थोड़कन पानी ला दे।" रामजी ने लक्षन को हुकुम दिया।

गिलास नहीं था, एक मुलाकाती से गिलास माँगकर नल से पानी भर लाई लक्षन—"ले पी ले।"

"चलो-चलो, मुलाकात का टाइम खत्म हो गया।"

सिपाही ने ऐलान किया तो मुलाकातियों में अफरा-तफरी मच गई। इसी का लाभ उठाकर लक्षन ने चुपके से गाँजे की पुड़िया और बीड़ी का कट्टा रामजी को थमा दिया था—"ले बीड़ी ले···" रामजी इधर-उधर देखता हुआ बीड़ी और पुड़िया जेब में धर ली थी।

"परसों कोरट में पेशी होगी, जमानतदार लाना, वकील भी कर लेना चे बाई?"

लक्षन के दस रुपएवाले सिपाही ने लौटकर जाते समय लक्षन की ओर जानकारी फेंकी थी। वकील? जमानतदार? लक्षन के हाथ-पाँव ढीले हो गए थे, जीवन में जिसका मुँह नहीं देखा कभी, उससे काम पड़ेगा उसको। कभी सोचा भी नहीं था लक्षन ने, पर वे लोग उसकी तरह चार-दस रुपए में गंदे कपड़े धोनेवाले बरेठिन नहीं हैं—यह वह जानती थी। उसका काम पाँच-दस रुपए में नहीं चल पाएगा, यह वह समझ गई थी। सिपाही-चपरासी पाँच-दस के नीचे बात नहीं

करते, तो फिर वे लोग तो हाकिम वकील हैं। आज सुबह से अब तक उसकी कसी अंटी काफी ढीली हो गई थी। पठौनी सर पर है, मनबोधनी के ससुरालवालों, बिरादरीवालों को क्या कहकर टालेगी कि उसका ददा चोर था, उसे माफ कर दो। क्या मुँह दिखा पाएगी वह? वे सारे लोग पूरी तैयारी के साथ गाँव से आ जुटेंगे। बिरादरीवाले जीमने के लिए अलग से जुड़ेंगे। हे परभू···

धानबाई के पास होड़-तोड़ परिश्रम के बाद जोड़े गए पच्चीस-तीस कौड़ी रुपए पठौनी के लिए उसने अलग धरवा रखा था, पर उसको कैसे हाथ लगाएगी वह? खर्च भी कर दे तो जुडेंगे कहाँ से फिर? मनबोधनी के बाबू कैसी विपदा में डाल दिया रे? फेर पूछता भी था—चिरौंजा गाँव से लौटी रही का, पूछती रही क्या मेरे को? अरे, उस कुलक्षणी के कारण तो यह विपदा आई है आए घर? मारे खर्राटे से मार-मारकर न भगाया तो मैं भी लक्षन नहीं! इसी मया प्रेम भाला ने तुझे कहीं का नहीं रखा रे जाँगर चोर! फेर वही मया?

लक्षन गिरती-पड़ती जेल से घर की ओर लौट चली। सर पर बरसते सूरज की तड़कती गरमी थी। सड़कों पर मोटरों, रिक्शों, स्कूटरों की रेल-पेल। भागते-दौड़ते जन-समुद्र के आपाधापी के बीच क्षणांश को सही, उसका दर्द उसकी व्यथा सुनने को कौन खड़ा था? कोई नहीं रे लक्षन! घर लौट चल तू!

□

''कौसिल्या, छुई मिट्टी लान!''

मँझनिया कोर्ट से लौटकर लक्षन ने लहसुन-मिरचे की चटनी के साथ भात के आठ-दस कौर जैसे-तैसे निगले थे। पेट जैसे भट्ठे पर चढ़ा भद्-भद् भदक रहा था। अन्न की दो मुट्ठी अंदर पड़ा तो कुछ भदकना बंद हुआ था।

''ले दाई।'' कौसिल्या ने छुई मिट्टी की बालटी उसको लाकर थमाया था। लक्षन ने फटे कपड़े का चिथड़ा एक लकड़ी में लपेटा, उसकी कूँची तैयार हो गई थी—

''जा कौसिल्या, धानबाई से सिढ़िया माँग लाबे।''

कौसिल्या धानबाई के घर से सीढ़ी घसीटती हुई ले आई तो लक्षन लुगरा जाँघों तक समेट, सीढ़ी कोठरी की दीवार से टिका उसपर चढ़ गई थी—''ला, बालटी ल धरा मोला।''

कौसिल्या ने बालटी थमा दी थी उसे, लक्षन सीढ़ी के ऊपर उसे टाँगकर दीवार लीपने लगी। उसकी सास होती, मनबोधनी का भाई होता, रामजी की मति ठीक होती तो क्या मनबोधनी की पठौनी ऐसे ही सूनी होती? गेरू से दीवारों पर

अल्पना बनाती, रंग-बिरंगे रंगों से दीवार लीपती वह। पर आज, लक्षन की आँखों में पानी भर आया था—टार, रे लक्षन रोवथस काहे रे!

आँखें पोंछकर दीवार पर कूँची जल्दी-जल्दी फेरने लगी वह, उसके होठों पर ब्याह का एक भूला-बिसरा गीत अनजाने ही भटक गया था—

"गोतिया तो आवत हैं घोड़न सवारे

गोतिन पालकी फँदाय।"

शाम घिरने तक एक-तिहाई हिस्सा दीवारों का लक्षन लीप चुकी थी। मनबोधनी नीचे का बचा हिस्सा साथ-साथ लीपती गई थी।

"अब बस्स···" बालटी रखकर लक्षन हाँफने लगी। अंटी से तमाखू की पुड़िया निकालकर खैनी बनाई, खाई तो कुछ जान देह में लौटी थी। आँगन में जाकर उसने हाथ-पैर धोए।

"मैं आवथौं न···" लक्षन कुछ सोचकर दोबारा घर से बाहर निकल गई थी—"चूल्हा बार लेबे, मनबोधनी।" जाते-जाते उसने मनबोधनी को आदेश दिया था।

जिंदाबाद-जिंदाबाद, सड़क पर मजदूरों का जुलूस गुजरा था। सहमकर मनबोधनी झट से अंदर हो ली थी।

□

"का करथैं ये मनखे मन?"

लक्षन निर्निमेष तहसीलदार के आदमियों को उसके घर व उसके आस-पास के घरों-जमीन का नाप-जोख लेते देखती रही। उन लोगों के हाथ में नीले रंग का नक्शा था। वे उसे कोट-पैंट पहने साहब को दिखाते, फिर कुछ पूछ के उँगलियों के इशारे से बातें करने लगते। आस-पास के घरों से लोग बाहर निकल आए थे। उसके जैसे ही लोग, घरों में चौका-बरतन करनेवालीं, ठेकेदारों के यहाँ रेजा में जाने-वालीं, बरेठिन···सबों ने जाने कितने वर्षों से झोंपड़ियाँ डाल ली थीं···उन्होंने नहीं डाली थीं तो उनके बाप-दादाओं ने डाल ली थीं। धीरे-धीरे उनके जैसे अनेक लोगों के कच्चे-अधपक्के घरों का सिलसिला दूर-दूर तक फैला गया था। बाबू-भैया लोग आते नाप-जोख करते, चिल्ल-पों मचता फिर, अगले चुनाव तक बात स्थगित हो जाती। अब सुना है, स्कूल बनेगा—सेंट्रल स्कूल, सरकार अपनी जमीन नाप-जोखकर निकलवा रही थी। पहले तो यह इलाका मैला गड्ढा कहलाता था, रेलवे कॉलोनियों का कचरा-मैला यहाँ फेंका जाता था। पीछे मिशनरीवालों का ग्रेव यार्ड, मिशनरियों की जमीन थी। धीरे-धीरे मैले गड्ढे के

किनारे कौन बसा, पता नहीं, पर लक्षन ब्याह के बाद रामजी के साथ गाँव से शहर आई तो पूरे मैदान में मिट्टी, पत्थरों, ईंटों के झोंपड़ियों की लंबी कतारें थीं यहाँ। सास-ससुर के जमाने में मिट्टी की दीवारों से घिरा लंबा-चौड़ा आँगन था घर के आगे। बेर और मुनगा के पेड़ बारहों माह फल देते आँगन में खड़े थे। पानी बरसात के दिन आँगन में उसका ससुर भट्ठा सुलगाता, आँगन में बँधे तारों, रस्सियों पर अरारोट नील और कलफ लगे धुले कपड़े सूखने के लिए फैला दिए जाते। सारे घर के ढेर सारे नंग-धड़ंग बच्चे शोर करते दौड़ते-खेलते रहते आँगन में। लक्षन के ससुर का रोब था बिरादरीवालों पर, पूरे परिवार पर। बिरादरी का मुखिया था उसका ससुर। उस समय के हाकिम तहसीलदारों के कपड़े कोट-पैंट उसका ससुर धोता-प्रेस करता था। ससुर खुद कलफ चढ़ाता, अपने हाथों नजाकत के साथ प्रेस करता। फिर कानों में इतर का फाहा खोंसकर, झकाझक सफेद धोती-कमीज डालकर ग्राहकों, हाकिम तहसीलदार के यहाँ स्वयं कपड़े पहुँचाने जाता। क्या मजाल जो चचिया ससुर, देवर, भावजें उसके समक्ष मुँह खोलने की हिम्मत करते? गाँव में खेत थे, आधे साल का अनाज घर आ ही जाता था खाने को। अनाज का कोठार, गहने, कपड़े, बिस्तर, खाट, बक्से क्या नहीं था उसके घर? दशहरे को पूरा-का-पूरा बोकरा उसका ससुर आँगन में अपनी देख-रेख में कटवाता, सारी जाति-बिरादरीवालों को मांस बँटवाता। आँगन में एक बड़े से हंडे में गोश्त पकता, दारू की नदियाँ बहतीं, सारे परिवार के मर्द-औरत जी भर के पीते-खाते, झूमते।

पर उसके ससुर ने कभी अपने काम में, परिश्रम करने में कोताही नहीं की थी। सारे घर के खर्च-आमदनी का हिसाब-किताब वही रखता।

ससुर एक बार कपड़ों में कलफ चढ़ाता हुआ गिर पड़ा तो फिर उठ नहीं पाया था। मुँह-नाक से खून बहने लगा था। ओझा आया झाड़-फूँक की, कुछ नहीं सुधरा, फिर डॉक्टर बुलाया उसका चचिया ससुर; पर दवा-दारू के बाद भी उसका ससुर बचा नहीं था।

सास का अच्छा खासा खाया-पीया शरीर था, काम उसने जीवन भर कभी नहीं किया था। गहनों से लदी, पान खाती पति-देवरों पर रोब जमाती बैठी रहती थी। ससुर मरा आमदनी कम हुई, चचिया ससुर-सास का टंटा बहुत दिनों तक सहा नहीं गया उससे, वह भी एक दिन बैठे-बैठे लुढ़क गई थी आँगन में।

बाप के रहते भी रामजी कुछ करता नहीं था, पेट भर के चिटिक-मिटिक जीमना, गली-दुकानों में बालों में तेल-फुलेल डालकर कौड़ी-ताश खेलता सारा दिन गुजार देता। रेलवेवाले साहबों के यहाँ भी ससुर कपड़े धोता था, रेलवेवाले

साहब लोग लगा भी देते उसे रेलवे में, पर वह गया ही नहीं नौकरी पर।

चचिया सास-ससुर और देवर भी रामजी को कब तक सहते-झेलते? एक-एक करके उन लोगों ने अपना चूल्हा-चौका रामजी से अलग कर लिया। कब तक निखट्टू रानजी का साथ देते वह भी। रामजी को फिर भी चेत नहीं आया था। अच्छा साग लक्षन नहीं राँधती तो थाली उठाकर आँगन की नाली में फेंक मारता। लक्षन पर हाथ छोड़ता, घर से बाहर निकल जाता था हफ्तों के लिए, गाँव भाग जाता। मनबोधनी का ब्याह उसका ससुर कर गया था, अच्छा हुआ—गहने बिके, बरतन-भांडे गिरवी हुए, फिर बिक गए। लक्षन ने एक-एक करके पास-पड़ोस के रिश्तेदारों की मदद से मनबोधनी के बाद पूरे सात बच्चों को जना था।

आँगन की दीवारें गिर गईं, नया नहीं बन पाया। रसोई और दो कोटरियाँ बरसाती पानी की मार झेलते बगैर रख-रखाव के गिर गईं, नया नहीं बन पाया रामजी से। आँगन का मुनगा बेर के झाड़ आवारा लड़के होली में लक्षन की अनुपस्थिति में काट ले गए, लक्षन आह भर के रह गई। पर आज, वह इस जमीन से उखड़कर जाएगी कहाँ? कहाँ जाकर सिर छुपाएगी वह? सर पर छत का आसरा था तो दो जून पेट-आधा पेट खाकर, निराहार रहकर भी दिन काटे थे उन लोगों ने—जी तो लेते थे? अब बिजली का तार चोरी-छिपे पोल से घरों में लोगों ने खींच लिया था। उसके यहाँ आज तक ससुर के जमाने की जंग लगी लालटेन जल रही थी। मुहल्ले में टी.वी., रेडियो आ गया था, वह एक ट्रांजिस्टर के लिए तरसती रही। कुछ नहीं तो तीजन की पंडवानी ही सुन लेती। अब सरकारी जमीन पर उसके ससुर ने, बिरादरीवालों ने गाँव से आकर घर बनाया तो वह क्या करे? कहाँ जाए उम्र की इस दोपहरी में? सास सुनाती थी, सारा इलाका जंगली झाड़ियों से भरा उजाड़ पड़ा था, शाम होते ही सियार बोलने लगते थे। सामने की सड़क से मुरदे जलाने-गाड़ने के लिए ले जाए जाते थे, इसलिए आगे के नाके का नाम कब्रिस्तान नाका पड़ गया था।

बड़ी देर तक लक्षन आँगन लीपना छोड़कर आँगन में उकड़ूँ बैठी सोचती रही। सुरुज नारायन सर पर चार बाँस ऊपर चढ़ आए तो उसे होश आया था। उसका माथा टन्ना उठा था इस नई मुसीबत से।

इस घर की दीवारों, आँगन में उसके छोटे-छोटे से सुखों का बड़े-बड़े दुःखों का इतिहास रचा-बसा था। इनसे बिछड़कर-उखड़कर नए सिरे से नए मनखों के बीच कैसे जीने का दौर जमाएगी वह? उसके हर दुःख में हर कोई हर समय माना शामिल नहीं हुआ था, उसके छोटे-छोटे सुख के क्षण माना उसके

आँगन को पार कर कभी पड़ोसियों को हरषाया नहीं था, पर लक्षन को इतमीनान तो था कि उसकी कोठरी के दीवार के पार आँगन के अहाते के बाहर उसकी पीड़ा, उसके दुःखों, संघर्षों को महसूस करते कई लोग तो थे।

अब नितांत अपरिचित नए लोगों के बीच अपनी विपन्नता, दुःखों को नए सिरे से नंगा करके जीना…कैसे होगा? कैसे झेल पाएगी फिर से नए सिरे से बेपरदा होना?

अभी एक किलो चावल, आधी कटोरी तेल माँगने, थोड़ा नून, दो मिरचा माँग लेने में उसे किसी से संकोच नहीं होता था। अच्छे दिन खाते-पीते दिन थे तो हाथ खोलकर दिया भी था कइयों को। अब नए सिरे से किसके सामने वह हाथ फैलाएगी?

"हे परभू रे!"

लक्षन माथा झटककर आँगन लीपने लगी। बिहनिया तक पटवारी-तहसीलदार का नाप-जोख चलता रहा था।

दूसरे दिन रात को इस नई मुसीबत के संबंध में मुहल्ले के मुखिया जुगनू के घर बैठक जमी। लक्षन को अब रात में रोज ताप चढ़ जाता था, सुबह होते ही उतर जाता था। उस दिन भी हो गया था, रामजी के अलावा उसके घर कोई मनखा-मानुष था नहीं, कौन जाता बैठक में? लक्षन के घर से कोई नहीं गया था करके दूसरे दिन लक्षन को मुखिया ने 'दांड' भरने को कहा था—पाँच रुपए। दो-चार दिनों तक मुहल्ले के वार्ड मेंबर ने दौड़-भाग की, स्थानीय नेताओं के गोड़ पकड़े गए और बड़ी दौड़-भाग के पश्चात् उन लोगों को यहाँ से हटाने का अभियान आगामी चुनाव तक स्थगित हो गया था। लक्षन जानती थी हर बार की तरह इस बार भी अपनी पसंदीदा जगह पर टिप्प लगाने को कहेगा—"मैं जहाँ कहहूँ वहाँ ठप्पा लगाबे न!" वर्षों से रामजी-लक्षन यही तो करते आ रहे थे। हर बार चुनाव के पहले यही रार मचता, पर इस बार कुछ ज्यादा ही हो-हल्ला-तमाशा हुआ था जमीन के लिए।

"हे परभू…दया-मया रखे रहिबे रे!"

लक्षन की छाती से कई दिनों से लोढ़े-सा धरा बोझ उतर गया था। कुछ दिनों बाद सेंट्रल स्कूल का नाप-जोख रुक गया था, मुखिया कहता था—शाइत इस बार चुनाव के पहले जमीन का पट्टा ही सबको मिल जाएगा, पर वोट देना होगा।

□

दरशन सिंह शराब के नशे में कई बार गाली-गुफ्ता करके जा चुका है अपने

दस हजार रुपयों के लिए, जो उसने रामजी को दिए थे कौसिल्या के एवज में, नहीं तो पुलिस में रिपोर्ट करेगा, कह चुका है।

□

लक्षन का आँगन-ओसारा आज पाहुन लोगों से अटा पड़ा था। मनबोधनी के ससुरालवाले, सगे-संबंधी। आँगन में नई चादर डली खाट बिछी थी, ओसारे में दरियाँ, रामखिलावन कका के मुनगे के पेड़ पर माइक भी बज रहा था—राम तेरी गंगा मैली हो गई।

चकचक सुघर लिपे-पुते आँगन में मनबोधनी की ससुराल से आई पीतर की थारी में सिंदूर, चूड़ी, टिकुली, महावर, नया लुगरा, पोलका सजा धरा था।

"लकर-लकर कर थोरकी जल्दी कर धानबाई।"

लक्षन धानबाई को आदेश देकर मनबोधनी के साथ जानेवाला समान सहेजने-बाँधने लगी—नया लुगरा, पोलका, थाली, गिलास, चूड़ी, सिंदूर, टिकुली और भी छोटी-मोटी चीजें। बिस्तर, नई झाँपी में कलेवा, खुरमी, ठेठरी, छछवा मिठाइयाँ।

मनबोधनी नए लुगरे-पोलके में चटक चाँदनी बिखेर रही थी—"धुकधुकी छिनो नई माढ़य, हाय चल देही मोर हीरा।"

लक्षन की सुबकी फूट पड़ी थी।

"झन संसो कर—झन रो, काकी।"

धानबाई ने लक्षन को सुबकते देख बरजा था। आँगन में एक ओर ईंट के चूल्हे पर बकरे का मांस पक रहा था। आलू-भाँटा और पताल का मिंझरा साग पहले ही से बना धरा था। बस सोहारी (पूड़ी) तली जानी बाकी थी। लक्षन का आँगन क्या ससुर के जाने के बाद इस तरह महमहाया था कभी? पाहुन लोगों के लिए 'मसाला' रामजी गिलासों-कटोरियों में ढालने लगा, पाहुन खाने से उठती सुगंध से पहले ही मदमस्त हो चुके थे। आते साथ ही सबको 'दूधफरा' परोसा गया था, लक्षन घूँघट काढ़े फिर कोठरी में अमाने लगी।

"लकर-लकर कर मनबोधनी के दाई? ४ बजे के टाइम हे, नहीं तो बस छूट जाही।" रामजी लक्षन को आदेश देता कोठरी में चला आया था। नई धोती और कमीज में वह एक व्यस्त और जिम्मेदार बाप लग रहा था, मानो पठौनी की चिंता उसके सिर पर भाले-सी लटक रही हो।

"हाहो, हाहो।" लक्षन ने मुंडी हिलाई थी, मरदों में जाना अच्छा नहीं समझा जाता था, इसलिए वह कोठरी से ही आँगन की हलचल पर दृष्टि रखे हुए

थी। रामजी मुड़ के आँगन में चला गया था—रामजी को छुड़ाने के लिए वह कहाँ-कहाँ नहीं दौड़ी? कहाँ-कहाँ? कोई बाबू-भैया का घर नहीं छूटा था चिरौरी करने, सहायता माँगने के लिए। रात-दिन, दोपहर-शाम, कोर्ट-कचहरी, पैसा, वकील-हाकिम तब कहीं जाकर रामजी कल शाम को ही जमानत पर रिहा हुआ था। अब कोर्ट में केस चलेगा अलग। लक्षन की हँसुली बिक गई, तोड़ा औने-पौने दाम में बिक गया। गाँठ की एक-एक टिकुली-अधेला खर्च हो गया, घर की गाभिन बकरियाँ तक शनिचरी हाट में बिक गईं। बकरियों को याद करके लक्षन फिर उदास हो उठी। डाँटती, उन्हें पत्तियाँ गुस्से से नहीं डालती तो भी मिमियातीं आँगन के दरवाजे पर करुणा-दृष्टि से तकती खड़ी रहतीं, क्या मजाल जो यहाँ-वहाँ भाग जाएँ? शाम होते ही घर··· बच्चे से पाला था। सोचा था, आध-एक पाव दूध का आसरा बनेगा चाय के लिए। कसाई के हाथ चली गईं। लक्षन की सुबकी फिर फूट पड़ी थी।

"टार···लक्षन!"

लक्षन की आँखें गीली हो उठी थीं, मुंडी झटककर उसने बकरियों की स्मृतियों को झटक फेंका था। "दया राखबे परभू!"

पर राम ने बेड़ा पार लगाया था उसका। कर्ज चढ़ गया रोम-रोम तक तो क्या? जल्दी-जल्दी लक्षन टीन के फूल छाप बक्से में मनबोधनी का सामान धरने-सजाने लगी। धानबाई मनबोधनी को आलता लगा रही थी—

"लकर-लकर कर धानबाई।"

धानबाई को टोककर—दो नई झाँपियों में लक्षन कलेवा मिठाइयाँ सहेजने-धरने लगी। फिर नाक सुड़कती हुई आँसू रोकने के प्रयास में बाहर निकल आई थी। जब तक ब्याह के बाद मनबोधनी उसके पास रही, पली-बढ़ी, उसके एक दिन विदा होके ससुराल चले जाने, बिछड़ जाने की चिंता कभी साली नहीं थी; पर आज? आज जब वह सदा-सदा के लिए इस घर से जा रही है, लक्षन को लग रहा है उसका कलेजा तेज नाखूनों से कोई भँभोड़ रहा हो।

लक्षन की सुबकी न चाहते हुए भी निकल गई थी—इन्हीं बच्चों के सहारे ही तो उसने अपने बड़े दुःखों और नन्हे-नन्हे सुखों को जिया-भोगा था। जिंदगी ने कभी चावल-दाल, चूल्हे-चक्की, भट्ठे-घटौंधा से इतनी भी मुहलत नहीं दी थी कि वह क्षण भर आराम से ठहरकर बेटियों को मन भरकर दुलार सके। पर उसके मन-गृह गुफा में मनबोधनी के लिए नेह-ममता की इतनी लंबी-चौड़ी नदी बहती है यह तो कभी नहीं सोचा था उसने?

"हे परभू..." लक्षन व्याकुलता के साथ फिर से सिर पर पल्ला डाले कोठरी में आ गई थी।

जाति-बिरादरीवालों ने मांस-भात, सोहारी, मिठाइयाँ अघा-अघा के खाया था।

"रामजी रे! खूब करे हस तैं हर!"

उन लोगों के मुख से अंत में 'चौंगी-माखुर' खाने के बाद आशीर्वाद फूटा था। रामजी सकपकाकर सिर खुजाने लगा, लक्षन ओसारे से उठकर फिर कोठरी में घुस गई थी। खा-पीकर मनबोधनी के ससुरालवाले मनबोधनी को साथ लेकर विदा होने लगे—उनके मुख पर संतुष्टि और तृप्ति थी। लक्षन भी अन्य औरतों के साथ बहुत दूर तक पीछे-पीछे अमराने गई थी, फिर लौट आई थी। धानबाई व अन्य औरतें गाते हुए पलटी थीं—

बिटिया के संचरत जान पाइतेवँ,
अंडी के पान ल खा लेतेवँ

गीत सुनकर लक्षन फिर अपने सूने आँगन की खाट पर लोट-लोटकर हिलक-हिलककर बैन करने लगी—

"जीव ल मोर कोनो मसलथे।"

"चुप हो जा, चुप हो जा रे!"

बची-खुची मसाला लेकर रामजी फिर ओसारे में बैठ गया था, वहीं से वह चिल्लाया लक्षन पर। उसे भी कुछ खालीपन बींध रहा था, पर अपने को झटककर फिर पीने बैठ गया था। चिरौंजा का कुछ पता नहीं चला था, न वह पठौनी में आई थी।

गँड़वा बाजा बज रहा है गुदरुम-गुदरुम। मोहरिया की पिपहरी व षडज में गा रही है...टिहि-टिही, टें-टें, टिहि-टिही, टें-टें, रमन्ना धुरवा का गँठ जोराव है। नृत्य हुआ मांदल की थाप, कोरी के कंगन-नूपुरों की झनक के साथ गीत भरे तन-मन झूम उठे।

□

"ले, चाहा ले।"

लक्षन ने रामजी की ओर चाय का गिलास बढ़ाया। रामजी की आँखें शून्य में टँगी थीं। जेल से आने और चिरौंजा के भाग जाने के बाद रामजी बेहत चुप-चुप रहने लगा था। पहले की तरह गाली-गुफ्तार नहीं करता, न चिटिक-मिटिक खाने के लिए रार मचाता वह। सारा दिन आँगन की खाट पर पड़ा-पड़ा गाँजा

पीता खाँसता रहता।

"मत धौंक रे इतना!"

लक्षन टोकती, पर एक कान से सुनता दूसरे से निकाल देता। चिरौंजा भागकर अपने गाँव इस बार नहीं लौटी थी, जाने कहाँ निकल गई थी? रामजी हर आहट पे अपनी पथराई दृष्टि आँगन की ओर व्याकुलता से फेर लेता, चिरौंजा तो नहीं कहीं?

कुछ दिनों से रामजी को बलगम के साथ-साथ खून भी गिरने लगा था। लक्षन घबराकर बैगा के पास दौड़ी। अगरबत्ती-लोबान लेकर बैगा ने झाड़-फूँक की, तावीज दिया बाँधने को; पर रामजी के खाँसने-थूकने में कोई अंतर नहीं आया था। कोर्ट-कचहरी के काम से लक्षन स्वयं भी बेदम हो चली थी। ज्यादा भाग-दौड़ भी उससे नहीं होता, हाँफ-हाँफ जाती है। कुछ भी खाया-पिया पेट में नहीं ठहरता, उलटियाँ हो जाती हैं। किसी तरह रामजी को वह मना-मुनूकर धर्म अस्पताल ले गई थी।

डॉक्टर ने टी.बी. बताया। अच्छा खाने-पीने की ताईद की। लक्षन कर्जे के बोझ से पेज भात, चरौटा-भाजी का भी मुश्किल से जुगाड़ कर पाती थी। कहाँ से अच्छा खिलाए-पिलाए वह? उसके कई ग्राहकों ने दूसरी बरेठिन पकड़ लिये थे, ज्यादातर उसके ग्राहक नौकरी-पेशा मध्यमवर्गीय थे। चार कपड़ों में अपनी सफेदपोशी कायम रखे हुए। अब उनसे यह तो नहीं होगा कि अपने कपड़े लक्षन को सौंप दें, फिर उसके घर के चक्कर मारते फिरें? लक्षन वायदे पर, कभी समय पर कपड़े नहीं पहुँचा पाती। रामजी मनुहार के बाद कपड़े प्रेस करने बैठता भी तो उससे आठ-दस कपड़े से ज्यादा प्रेस नहीं हो पाता। खाँसने लगता, लक्षन के पैसे डिब्बों से चोरी करने लगा था वह। सारा-सारा दिन मोटू देवांगन की दुकान पर चिलम फूँकता बैठा रहता। कौसिल्या लक्षन ढूँढ़-ढाँढ़कर लातीं। एक-दो दिन ठीक रहता, फिर कहीं और निकल जाता, नदिया के किनारे या चुचुहियापारा, जहाँ से लक्षन उसे आसानी से ढूँढ़ न पाए।

मनबोधनी के पठौनी के बाद लक्षन का रोम-रोम कर्जे में डूब गया था— भट्ठा लगाती तो आग देखते ही उसका माथा भँवरा-सा नाचने लगता। पानी उस साल भी ज्यादा नहीं गिरा था, चावल के दाम फिर से बढ़ गए थे, उसको चावल तो चावल दो किलो कनकी भी खरीदना भारी पड़ता, फिर रामजी को दो कट्टा बीड़ी माचिस, गाँजा भी रोज चाहिए। किसी रोज नहीं मिलता तो घर की एक आध कटोरी, लोटा ही गिरवी रख देता, बेच देता। मोटू देवांगन ने भी उसका उधार का

खाता बंद कर दिया था—उधार दिया हूँ तो वसूलूँगा भी। वह सीना ठोककर ऐलान करता था। अब फिर रामजी अशक्त और बूढ़ा हो चला था, उसके किसी काम का नहीं रहा था।

गाँजा पीने के बाद कभी-कभी रामजी सुबकने भी लगता, उसकी चटोरी जीभ मछरी-मांस खाने के लिए ललचती—ला रे, का राँधे हस?

अस्सी पैसे में लक्षन बड़े यत्न से जुटाया अंडा-भात परोसती कि कुछ तो देह में लगेगा, रामजी पैरों से थाली-हाँड़ी उछाल देता। उसके हाथ-पैर अब साथ नहीं देते, लॉकअप में पड़ी मार ने हाड़-हाड़ में पीड़ा भर दी है, नहीं तो लक्षन का हाड़-गोड़ तोड़ के ओसरे की छत पर टाँग देता चील-कौओं को जीमने के लिए। अब सिर्फ उसका मुँह ही चलता।

"निपूती, करमजली, राँड़।" खाट पर पड़े-पड़े वह लक्षन को श्रापता। अपने ददा-दाई के रहने के समय—अपने खाए-पीए दिनों को ललक-ललककर याद करता। दही-मही, आम-इमली के स्वाद को याद करती उसकी जिह्वा रोती-कलपती। उस दिन को कोसता जिस दिन निपूती लक्षन को ब्याहकर लाया था।

□

"डेरी आँखी फरकत हे, डेरी फरकते हे बाँही,
हे महामाई उनआहीं, तब जोड़ा फरहरी चढ़ाही।"

लक्षन ने हाथ उठा-उठाकर रामजी के लिए प्रार्थना की। पिछले महीने भर से रामजी घर से गायब था। जाने के पहले चूल्हा खोदकर पीतल की थाली, घर का तवा और लोहे का सब्बल भी कबाड़ी के हाथों बेच गया था।

"हाय राम, बुढ़ापे में अब ये का-का करम करेगा?"

खुदे चूल्हे को शाम के बाद लक्षन ने देखा तो लक्षन का माथा ठनका था, फिर दूसरी सुबह तक रामजी नहीं लौटा तो लक्षन रोने-कलपने लगी। महीने भर बाद जब रामजी नहीं लौटा था घर, तो उसके धैर्य का बाँध टूट गया था—"बीमार, टी.बी. वाला आदमी कहाँ गए होही, का करत होही?" रहा नहीं गया था तो शिवराम के पास दौड़ी-दौड़ी गई थी—"तोला कुछु कही के गए हे का रे शिवराम?"

"हाँ, मेरे से एक बार पूछा रहा—राजिम के मेले में चिरौंजा चाची दिखी रही न तेरे को? मैं बोला हाँ, मैं साहब के साथ दौरे पर गया था तब मेले में दिखी तो थी, पूछती रही—कैसे हैं घर के लोग। मनबोधनी के पठौनी हो गए हैं या नहीं।"

"और मोर बारे में?" कका पूछा था—" तो मैं बताया रहा कि तुम जेहल

से बाहर आ गए हो—बस्स। फिर तो कुछ बोली नहीं—चली गई थी मुँह फेरकर। मेरे से बीस रुपया उधारी ले गया रहा कि आकर लौटा देगा।''

सुन के लक्षन के हाथ-पैर फूल गए थे। राजिम कोई उसके घर के पास धरा था? एक रात एक दिन का सफर? शिवराम दफ्तर के लिए तैयार हो रहा था, वह जल्दी-जल्दी लक्षन को सूचना दे ड्यूटी पर रेंग गया था।

''आ चाची, चाय पी के जाबे। बैठ न!''

धानबाई ने उसे पीढ़ा दिया था बैठने को। पर लक्षन बैठी नहीं थी।

''नहीं रे, मन नई हे, फेर आहौं चाय पीए बर!''

घर लौटकर बड़ी देर तक निःशब्द चुपचाप सन्नाटे में बैठी रही थी लक्षन।

उस छिनार के लिए इतनी मया? मैं अपने हाड़-गोड़ तक उसके लिए गला दी, गिरवी रख दी, वह कुछ भी नहीं? लक्षन चुपचाप बहुत देर तक बैठी रही, सोचती रही। आँगन में एक कौआ आकर बैठ गया था—काँव-काँव···लक्षन का ध्यान भंग हुआ था—''उड़ जा रे कागा उड़ जा रे, कहाँ होही कौसिल्या के ददा, बता जा रे?''

''दाई, ओ दाई! भूख लगे हे।''

कौसिल्या स्कूल से आ गई थी, अब उसका दिल करता तो स्कूल चली जाती—बोरा-स्लेट लेकर। पर अ आ से आगे वह बढ़ नहीं पाई थी।

''दाई, भूख लगे हे।''

कौसिल्या हाथ का बोरा-बस्ता ओसारे में पटककर चूल्हे के पास ताक-झाँक करने लगी। लक्षन उठी, हँड़िया में से बोरे भात निकालकर काँसे के कटोरे में धर दिया था—''जा, एक-दो पताल हावय, चटनी पीस लेबे।''

कौसिल्या टोकनी से टमाटर लेकर भुनभुनाती हुई सिल पर चटनी पीसने बैठ गई थी।

''लक्षन, कुछ पता चला रामजी का?'' लाठी टेकता रास्ता टटोलता रामखिलावन कका आ खड़ा हुआ था।

''नहीं कका!''

रामखिलावन कका खाट पर लाठी टिकाकर बैठ गया था। सारा दिन घर से बाहर शिवराम के जाते ही भटकता रहता था, किसी से कुछ माँगने-ताँगने से भी उज्र नहीं करता अब वह। पैसे मिलते तो रास्ते में ही कहीं खड़ा होकर हबर-हबर खा-पी लेता—भजिया, चना, लाडू कुछ भी। पहले परिचितों से चार-आठ आने माँग-ताँग लेता था, अब अपरिचितों को भी राह-घाट में रोककर पैसे माँग बैठता।

"गरीब-भूखा हूँ, चाय के लिए दस पैसे दे दे बाबू।"

धानबाई को पता चला तो उसने आसमान सर पर उठा लिया था। शिवराम तो लाठी लेकर मारने दौड़ा था बाप को—"मार डालूँगा, मेरी इज्जत-लाज का खयाल नहीं? मँगनी शुरू कर दी। अरे, क्या खाओगे? मुझे ही खा लो।"

रामखिलावन दुबक के कोठरी में बैठ गया था, वहीं से पिनपिनाया था—"खाए बर नई देवै धानबाई मोला, वो कुच्छु नई?"

धानबाई औरों के लिए जितनी दयालु और सहायता करनेवाली थी रामखिलावन डोकरा के लिए उतनी ही क्रूर और हठी थी। रिटायरमेंट का पैसा जो कुछ थोड़ा-बहुत मिला था, रामखिलावन ने शिवराम को सौंपा नहीं था। पेंशन भी नहीं लिखाया था उसने, यही दर्द सालता था धानबाई को। जितने दिन पैसे रहे रामखिलावन धानबाई के हाथों चिटिक-मिटिक खाने मुरगा, बकरा मांस के लिए पैसा धराता रहा, खाता रहा। पर हाथ खींच लेने के बाद रामखिलावन की स्थिति दिवालिया लखपति जैसी हो गई थी। दो मुट्ठी भात-दाल के लिए घंटों कोठरी में पड़े-पड़े प्रतीक्षा करता।

"भीख नहीं माँगौं ता का करौं?" भुनभुनाता रामखिलावन शिवराम के घर से पाँव निकालते ही फिर भाग छूटता घर से।

"चाचा, चाय पीबे?"

"हा हो, पी लेबो।"

रामखिलावन डोकरा खुश हो गया था। लक्षन ने अपनी अंटी टटोली सत्तर-अस्सी पैसे से ज्यादा की रेजगारी नहीं थी।

"जा तो बेटा कौसिल्या, जाके चाय ले लान बे।"

कौसिल्या ने मुँह उठाकर देखा, कौर उसके मुँह में था, उसकी सुबह से भूखी आँखें उबली पड़ रही थीं।

"धीरे खा राँड़, धीरे!" लक्षन ने बरजा उसे। वह उठी खुद ही चाय पत्ती और शक्कर खरीद लाई—"जा कौसिल्या, एक कटोरा दूध धानबाई से माँग लाबे।"

कौसिल्या दूध माँग लाई थी, चाय पीकर रामखिलावन डोकरा लाठी टेकता हुआ आशीर्वाद देता चला गया था। उसके पाँव में दिन भर गलियों-सड़कों में घूमते रहने के कारण सूखी कीचड़ लगी थी—क्या जिंदगी है इसकी भी। लक्षन का मन किया था कि वह उसे खाने के लिए रोक ले, हाँड़ी में थोड़ा सा बोरे भात के सिवाय कुछ भी नहीं था, अब उसकी अंटी में चूहे मार दवाई खाकर मर जाने के लिए भी दस पैसे शेष नहीं बचे थे।

□

"टार, असकटा गयेंव ये दुःख सहिके महू हर···"

लक्षन ने अपने आपको कोसा था। कहाँ-कहाँ नहीं ढूँढ़ा लक्षन ने रामजी को। राजिम, धमतरी, मल्हार···फिर थक-हारकर चुप बैठ गई थी। बचे-खुचे बरतन बिक गए, अब कर्ज के बतौर दस पैसे भी कोई ग्राहक उसको देने से कतराता था। रोम-रोम उसका कर्ज में डूब गया था।

"हे महामाई ओहर आही, तब जोड़ा फरहरी चढ़ाहों।"

बड़े दिनों बाद आने मैके के गाँव व मनबोधनी के गाँव से लौटी तो घर जैसे खंडहर हो रहा था। ओसारे-आँगन में घास उग आई थी। आवारा ढोरों ने ओसारे-आँगन को अपनी शरण-स्थली बना रखा था। लाठी लेकर उन्हें मार-मारकर सड़क तक छोड़ आई—हुर्र···हुर्र···रे···सड़क से गोबर चुन लाई और चूल्हा-आँगन लीपने बैठ गई लक्षन। अपने को व्यस्त रखने का अपने दुःखों को भूलने का अब यही उपाय था उसके पास।

"कौसिल्या, कौसिल्या रे!"

कौसिल्या टीन के डिब्बे में म्यूनिसिपिलिटी के सड़कवाले नल से पानी भर लाई थी, लक्षन ने आँगन-चूल्हा लीपने के बाद हाथ-पाँव धोए। अब जाके आँगन-ओसारा मनखे मन का बसेरा सा लग पाया था।

"अब का करे?"

सुबह को गाँव से निकले-निकले अब शाम होने को आई थी। रामखिलावन कका के अहाते के पेड़ पर आश्रय लेती चिड़ियों का शोर था। उसे बड़े दिन बाद लौटा देख के धानबाई के घर की बिल्ली म्याऊँ-म्याऊँ करती उसके आस-पास मँडराने लगी।

"का देवौं रे तोला मैं?"

लक्षन अपनी विपन्नता पर स्वयं ही हँस पड़ी थी। उठकर कोठरी के चावल के डिब्बे में हाथ डालकर टटोला, कुछ चावल के दाने लगे उसके हाथ में। आधा पाव भी नहीं था—कनकी चावल मिलाकर। सूखी-अधसूखी बेशरम की झाड़ियाँ उसने ओसारे के अंतिम छोर पर जमाकर रखी थी, उस लाकर चूल्हे में बारने के लिए डाला। माचिस भी कहाँ धरी है?

"जा कौसिल्या धानबाई से थोड़कन आगी माँग लाबे।"

लक्षन ने ओसारे में उकड़ूँ बैठी कौसिल्या को टेरा था, भुखा गई होगी बेचारी।

"जा बेटा जा, जल्दी राँध देथौं मैं।"

लक्षन ने उसे पुचकारा। कौसिल्या गई थी, छेने पर थोड़ी सी आग रखकर ले आई थी। बारिश में चिमराई झाड़ियाँ इतनी जल्दी आग कहाँ से पकड़तीं? "धत्त रे...तहूँ घलो मोला सताथस ना?"

लक्षन उठी, कोठरी में से लालटेन लाकर लकड़ियों में कुछ बूँदें मिट्टी तेल की टपकाईं तो लकड़ियाँ धीरे-धीरे सुलग उठी थीं। हँड़िया में पानी भरकर हँड़िया चूल्हे पर चढ़ा सूपे का चावल वह आँगन में धोकर डाल दिया था उसमें, अब?

"कौसिल्या, जरा भात ला देखबे न, मैं आवथौं।"

कौसिल्या को हिदायत दे लक्षन लकर-लकर घर से बाहर निकल गई थी लक्षन धानबाई के घर पहुँची तो धानबाई को मुनगा भाजी तोड़ते पाया।

"कब आईं, काकी?"

धानबाई ने उसे बैठने के लिए पीढ़ा बढ़ाया था। शाम दीया-बाती के समय मुँह खोलते लक्षन को संकोच लगा था, किस मुँह से कहे, माँगे? उसने बात बदली थी—

"भाजी तोड़थस राँधे बर न?"

"लेबे का काकी थोरकन? लेग जा!"

प्रत्युत्तर में लक्षन चुप रही थी। धानबाई अंदर से उसके लिए भाजी उठा लाई थी।

"अच्छा हुआ बहू, भाजी मिल गई, राँधने के लिए कोई साग नहीं था घर में।"

मन-ही-मन हँसी थी लक्षन। हूँ, जैसे साग के सिवाय सबकुछ घर के कोठार में भरा-पूरा धरा है।

"तेरे हाथ के मुनगा भाजी का तो जवाब नहीं, बहू।" लक्षन ने धानबाई की प्रशंसा की।

"अच्छा, ले थोड़ी चने की दाल भी ले जा, मुनगा भाजी के साथ डाल के बनाना।"

"अच्छा।"

धानबाई उठी थी, एक छोटी सी कटोरी में थोड़ी चने की दाल ले आई थी। शिवराम चपरासी है कलक्टर ऑफिस में, ऊपरी आमदनी भी है—पाँच-बीस रुपय रोज। अच्छा खाते-पहनते-ओढ़ते हैं। कपड़ा धोता रहता तो क्या मिल जाता उसे? कितनी बार उधार लिया है, शक्कर, चावल, दाल, दूध, छेना लौटाने की नौबत ही

कभी नहीं आई। रिश्तेदारी में माँगने, हाथ पसारते भी शरम आती है लक्षन को। पर क्या करे वह भी? विवशता और आवश्यकता ने उसे बेहया-मँगनी बना के धर दिया था। पर धानबाई ने इशारा कई बार किया, पर मुँह खोल के टोका-माँगा कभी नहीं लक्षन से। शायद रिश्ते का लिहाज करती हो या कुछ और।

"पर तू जो राँधती है न साग, उसके स्वाद की बराबरी कोई और राँध के नहीं कर सकता। सच रे शिवराम की बहू, तेरे हाथ में जो गुण है, मैं क्या नहीं जानती?"

लक्षन भाजी समेटकर उठने लगी। धानबाई अपनी तारीफ सुनकर गद्गद हो गई थी। उसका ससुर जाति-बिरादरी में गली-मोहल्ले में उसकी निंदा करता घूमता रहता है, घूमा करे। उसको देखते ही धानबाई का क्रोध एवं घृणा की नसें जाने क्यों फड़कने लगती थीं।

"बैठ न, चाहा पीके जाना।" गद्गद धानबाई ने लक्षन से मनुहार किया था।

"नहीं, फेर आऊँगी, घर में कौसिल्या अकेली है। मिट्टी का तेल लेने भी जाना है।"

लक्षन ने धानबाई से आधा किलो कनकी चाउर माँगने के लोभ को किसी तरह नियंत्रित किया था। चले वह, कौसिल्या घर में अकेली भूख से बिलबिला रही होगी। लक्षन मुनगा भाजी आँचल में समेटकर उठ खड़ी हुई थी।

घर लौटी लक्षन तो चूल्हे पर चढ़ा हंडी का भात खदबदा रहा था, उसमें एक लोटा पानी और डाल दिया था। चूल्हे में कुछ लकड़ियाँ डालकर धानबाई की दी हुई चने की दाल को धो-धाकर भात की हाँडी में डाल दिया, फिर जल्दी-जल्दी मुनगे की कोमल पत्तियाँ तोड़ने लगी—क्या करेगी इनका? तेल नहीं है! जाने क्या सोचकर उठी लक्षन मुनगे की पत्तियों को धो लाई और उसे भात की उबलती हाँड़ी में डाल दिया। एक चुटकी नमक भी ऊपर से बुरक दिया, थोड़ी सी हलदी भी। थोड़ी मिरच की बुकनी मिल जाती तो कुछ स्वाद और आता। भात का पानी कम हो गया तो भात की हँड़िया नीचे लुगरा से पकड़कर उतार लिया था।

"कौसिल्या, ले बेटा, ले न!"

लक्षन ने कौसिल्या को टेरा। कौसिल्या आँगन के पत्थर पर उकडूँ चुपचाप बैठी थी। दाई की आवाज पर एक ही छलाँग में चूल्हे तक दौड़ आई थी—"अब्बड़ भुखाए होही टूरी।"

लक्षन ने सोचा—सुबह गाँव से बोरे खाकर निकले थे। अब दिन डूबने चला था, भूखी तो होगी ही। गाँठ के पैसे बस भाड़े में निकल गए थे, बस स्टैंड से

रेंगते-रेंगते घर लौटी थीं दोनों माँ-बेटी।

घर की इकलौती सिल्वर की थाली में लक्षन ने भात और साग का पतला मिश्रण ठंडा करने के लिए डाल दिया।

''ले कौसिल्या।''

कौसिल्या थाली में रखे इस नए मिश्रण को उँगली डालकर थोड़ा चाटा तो उसके स्वाद से वह बिदक उठी थी—''मैं नई खावौं!''

''बने लागही।''

''झूठ-झूठ!'' कौसिल्या पैर पटकने लगी।

''धानबाई काकी आज मछरी राँधथै।'' कौसिल्या ने उसे सूचना दी थी। चिहुँकी थी लक्षन—

''तेरे को कैसे पता?''

''अभी थोड़ी देर पहले मछरी का छिलका फेंकने बाहर आई रही, मैं बैठी थी न बाहर!''

''अच्छा-अच्छा, तैं खा पहले। शिवराम अभी कचहरी से लौटा होगा तो लाया होगा शनिचरी पड़ाव से।''

लक्षन ने कौसिल्या के साथ-साथ अपने को भी मानो तसल्ली दी थी। उसे लगा भी, पहली तारीख को शिवराम की औरत मुनगा भाजी क्यों राँधेगी भला?

गरम-गरम भात व मुनगे भाजी का मिश्रण स्वादहीन था। पर सुबह से भूखी अँतड़ियों को उसे खाने के बाद थोड़ा सा चैन मिला था। रोते-झींकते कौसिल्या ने भी खाया। दोनों माँ-बेटी ने पूरी थाली खत्म कर दी थी, थोड़ी सी हँड़िया में बच गई थी तो लक्षन ने उसे सुबह के लिए तामचीनी की रकाबी में तोपकर धर दिया था—कल सुबह शायद कौसिल्या खा ले। खाकर इकलौती सिल्वर की थाली व हँड़िया लेकर लक्षन म्यूनिसिपिलिटी के नल पर धोने चली गई थी। शाम गहरा गई थी, नल पर भीड़ नहीं थी। सामने की सिंधी धर्मशाला में किसी की शादी थी। पूरी बिल्डिंग बिजली के लट्टुओं से जगर-मगर कर रही थी। एक लंबी साँस खींची थी लक्षन ने। उसके पास मिट्टी तेल बिसाने को दो रुपए नहीं थे। टार...

मुंडी झटककर लक्षन नल के पास की गीली मिट्टी उठाकर थाली-हँड़िया माँजने लगी। हँड़िया धो चुकी तो उसमें पानी भर लिया था उसने।

''गुड इवनिंग आंटी।''

जेम्स जयराम अपनी डौकी के साथ सिनेमा देखने जा रहा था, था तो क्रिस्तान-प्रोटेस्टेंट, पर ब्याह लाया था कैथोलिक आदिवासी डौकी को। जात बाहर

कर दिया था उसको बिरादरीवालों ने। हाकिम के पास जाकर फिर से हिंदू बन गया था—जेम्स से जयराम। पर उसे जयराम कोई नहीं कहता था, कहते जेम्स ही थे। हरी साड़ी, लाल पोलका, साया, रिबन बाँधे उसकी डौकी भी—जुडिथ से जमना हो गई थी। दोनों सिनेमा देखने जा रहे होंगे—लक्षन ने इवनिंग के उत्तर में मुंडी भर हिला दिया था।

बरतन माँजकर लौटी तो ओसारे में ही बोरा बिछाकर लेट गई थी लक्षन। लालटेन में तेल नहीं था तो लालटेन बारा ही नहीं था। आँगन के कोनों में गाजर घास चार-चार हाथ उग आई है। कल साफ करेगी अब उसे।

अँधेरे से घबराकर कौसिल्या उसके पास सिमट आई थी, एक तो अँधेरा, टूटी दीवारोंवाला घर, तिस पर महीनों बाद कोठरी में रची-बसी अजनबीयत की डरावनी शाम···कौसिल्या मरी चिड़िया-सी लक्षन के सीने में दुबक गई थी। लक्षन कौसिल्या के बालों में टटोल-टटोलकर जुएँ तलाशने लगी। दाई-ददा नहीं रहे उसके। भाई-भावजों ने अलग हिस्सा-बाँट लिया है। दो-चार दिन इसके-उसके घर माँ-बेटी गुजारकर आई थीं, भाइयों को रामजी की कोई खबर नहीं मिल पाई थी। कौसिल्या दाई को निःशब्द बैठे देख चिहुँकी थी। दाई और चुप? सारा दिन तो बड़बड़ाती बोलती रहती थी। अब का हो गया। ददा के जाने के बाद? उसने लक्षन के वक्ष से चिपटकर उसकी सूखी छातियों को टटोलकर मुँह लगा दिया था, पेट पोंछनी टूरी है वह। दस-ग्यारह वर्षों तक तो लक्षन की सूखी छातियों में दूध ढूँढ़ती रहती थी।

''दाई सुना ना, कौआ और गौरैया के कहानी ल?''

वर्षों हो गए लक्षन के साथ कौसिल्या कहानी सुनाने के लिए लड़ियाई थी—कितनी कहानियाँ तो सुनाती थी उसकी डोकरी दाई, चुरकी-मुरकी की, बखत के मया, राजा के लाल और देवान के लाल—सब तकदीर के फेर—घर की लाडली-एकलौती लक्षन के भाग फेर···कहानियों की राजकुमारियाँ जाने कौन से बियाबान में खो गईं कि चाहकर भी वह नहीं ढूँढ़ पाई उन्हें! फिर रामजी ने उसे बंदी बना लिया मया जादू के जोर से, तब से कैद से उसे मुक्ति कहाँ मिल पाई है? मिलेगी भी या नहीं, कौन जाने?

'मेरी रानी, तुझे कभी कोई राक्षस रामजी की तरह कैद न कर ले। मेरे अंश मेरे खून से जनमी हो—पर मेरा भाग, मेरा करम न ले लेना!'

''सुना न, दाई।'' कौसिल्या लक्षन के मौन से घबरा गई थी। उसने उसे झिंझोड़ा था।

''परे हट सुनावथौं—कौआ और गौरैया की कथा।'' लक्षन ने कौसिल्या को वक्ष से परे झटका था।

''एक गाँव म एक कौवा अऊ एक ठिन गौरैया चिरैया मितान बदे रहे। एक दिन दोनों झिन आपस म गुठिआइन और कहिन—तोर अंडवा ल मैं खाहूँ और मोर ल तैं खा लेबे। राजी हो गइन। पहिली कौवा अंडा पारिस। गौरैया चट ले खा लेइस। फेर थोरुक दिन के रहे म गौरैया अंडा पारिस, तब कौवा ओकर अंडवा खाय ल गइस तो गौरैया कथे—तोर चोंच ह मैला हवे, तैं अदर-खदर खात रहिथस। तौ पहिली अपन चोंच ल पानी म धोके सफा करके आ जा, फेर अंडवा ल खा लेबे। कौवा हौ कहिस, अऊ कुआँ मेर गइस। ओकर सों पानी माँगिस। कुआँ जवाब देइस—

धैला ले—आन अऊ पानी ल निकाल ले भाई।''

□

लक्षन ने कहानी खत्म करके एक लंबी साँस ली—मूरख कौवा। कौसिल्या ऊँघते-ऊँघते सो चुकी थी।

लक्षन ने आँखें बंद कर करवट बदल लिया था, लंबे अरसे के बाद वह फिर बालपन की घाटियों में एक बार फिर उतर गई थी। जहाँ निश्चिंतता थी, अमीरी थी, था मनचाय मनो राज्य—परी बन जाओ, रानी बन जाओ, हिरण बन लो—कोई रोक-टोक बंदिश नहीं?

फिर एक बार मया-मोह दलिद्दरी के बंधन को तोड़कर क्यों मन पगहा तुड़ाकर कुलाँचें भरती बछिया-सी भागना-दौड़ना कुलाँचें भरना चाहता है? क्यों? क्यों?

कहानी सुनते-सुनते कौसिल्या सो गई थी, लक्षन ने उसे कोठरी में लाकर सुलाया और खुद एक ओर पड़ गई थी। लक्षन की आँखों में नींद नहीं थी, दूर-दूर मीलों तक। बारंबार कोठरी के दरवाजे पर खटर-पटर का शोर हो रहा था। भरी कदमों की चापें गूँज रही थीं आँगन में। चिहुँक उठी थी लक्षन। चोर-डाकू घुस आए हैं का? फिर स्वयं ही हँस उठी थी अपनी विपन्नता पर। क्या ले जाएँगे चोर-डाकू उसकी कोठरी में से चुराकर? दो-तीन मिट्टी की हँड़िया, एक सिल्वर की थाली, लोटा और डालडा, पान पराग के पुराने पचके डिब्बे? और एक लालटेन? यही न? उठकर धीरे से कोठरी का फइक्का खोला तो हँसी फूट पड़ी थी लक्षन की—हट रे··· । लक्षन की बहुत दिनों की अनुपस्थिति में उसके निर्जन पड़े आँगन में आश्रय लेती रही आवारा गाएँ—हर रोज के अभ्यासवश फिर आश्रय ढूँढ़ती पहुँच

गई थीं आँगन में। वही खदर-बदर मचाए हुए थीं। लक्षन उन्हें हकालकर सड़क तक छोड़ आई, आँगन का बाड़ा जैसे-तैसे उढ़काया।

लौटते समय एक प्रेत सी छाया अँधेरे में दिखी—''हे राम! कौन हे रे?''

''मैं कंकडी!'' अँधेरे में प्रेत सा कंकड़ी बोला था और एक ओर भाग छूटा था।

''मोर डेरी आँखी फरकत हे!''

लक्षन का जी आवारा ढोरों को भगाकर आने व कंकड़ी के भाग जाने के बाद कोठरी में जाकर फिर से सोने का नहीं किया था। कोर्ट में रामजी को पेशी में अनुपस्थिति के कारण सम्मन का कागज कोठरी की दीवार में चिपका हुआ था। रामजी को गायब हुए चार महीने हो चले थे। पेशी में जाए कौन?

''नहीं पहुँचही कोरट तो गिरफ्तार करके फेर जेहल पहुँचा देही रामजी कका ला।''

धानबाई ने शाम को ही उसको चेताया था। शिवराम कोरट में काम करता है, धानबाई उससे पुलिस, कोरट-कचहरी का कानून जान-समझ गई है।

''हे राम! कहाँ हस तैं कौसिल्या के ददा?'' लक्षन आह भरकर रह गई थी। कल कपड़े बटोरने फिर से घर-घर जाना होगा, कैसे सामना करेगी उनका? महीनों तो गायब ही रही घर से। नहीं धोएगी तो पेट कहाँ से भरेगा दूनों प्राणियों का? करजा सर पर अलग धरा है, राशनवाले का, गराहकों का। एक पेट पोंछनी कौसिल्या की चिंता है उसे, अकेली जान होती तो कहीं भी माँग-ताँग के, झूठे बरतन धोके गुजारा कर लेती वह। रामजी और चिरौंजा के हिस्सेवाली कोठरी की एक दीवार उसकी अनुपस्थिति में आधी धसक गई है, कहीं रुका मेह बरसा तो गिर ही जाएगी, ऐसा लगता है। छप्पर-छानी तो बरसों से नहीं हो पाया है, कोठरियों में पानी टपकता ही है। असाढ़, कातिक अभी बचा ही है, कैसे निकालेगी पूरी बरसात? गाँव ही चली जाए लौट के? खेतों में कमिया कर लेगी—जी लेगी। दो महीना हो चला मेह बरसा नहीं है। गाँव का हाल कौन सा अच्छा है? बियासी नहीं हो पाई है—खेती-किसानीवाले हाय-हाय कर रहे हैं, उसको कौन काम पर रखेगा? गाँव के लोग ही मजदूरी करने शहर की ओर निकल आए हैं। देखती तो रही है रोज सुबह।

रामजी की मति ठिकाने पे लगे, कभी लौट के आए घर तो कहाँ ढूँढ़ेगा उसे? बीमार टी.बी.वाला आदमी? लाख झंझटी-फसादी करनेवाला आदमी सही, वह है तो उसका सिंदूर सुहाग न? कपड़े धोने का काम अब बस का नहीं रहा है

तो कहीं रोजी-मजूरी कर लेगी और का?

"हे परभू रे!"

लक्षन ओसरे की भुइयाँ पर ही लुढ़क गई थी। विचारते, चिंता करते थोड़ी सी आँख झपकी थी तो किसी की तप्त श्वासों का भान हुआ था मुँह पर। चिहुँककर उठ बैठी थी लक्षन। बड़े दिनों बाद घर लौटा पाकर दुम हिलाती कल्लू कुतिया उसके पास आ खड़ी हुई थी—दुर रे, लक्षन ने उसे भगाया था। गई नहीं थी वह। कुछ दूर जाकर दुम हिलाती खड़ी हो गई थी वह। मानो कह रही हो—कहाँ रही लक्षन? बड़े दिनों बाद लौटी है, कुछ तो मया दिखा बात कर! कई बार तुझे ढूँढ़-ढाँढ़ के निराश लौटी हूँ।

"ठहर जा···"

लक्षन को उसपर दया आ गई थी। वह उठी, शाम का बचा साग-भात चीनी की प्लेट सहित कल्लू के सामने धर दिया था—"ले, खा ले रे···भुखाई है न?"

कल्लू साग-भात के उस अजीब से मिश्रण को सूँघ अलग हट गई थी—शाम तो धर्मशाला में ब्याह का भोज था, भरपेट पूड़ी-साग जीमा था उसकी बिरादरीवालों ने। इसे खाकर कौन मुँह का स्वाद खराब करे? रख ले, रख ले रे लक्षन! किसी भिखारी को कल सुबह दे देना। कल्लू कुतिया मुँह फेरकर एक ओर चल दी थी।

"मस्तिया गए हे सुसरी।" लक्षन भुनभुनाती हुई तामचीनी की प्लेट आँगन से उठा लाई थी। कल किसी भिखारी को धरा देगी। लक्षन फिर से सोने का प्रयास करने लगी।

शिवराम के मुनगे के पेड़ पर उल्लू जोरों से बोला था। लक्षन के हृदय में भय की एक सिहरन दौड़ गई थी—जाने को होही? कोठरी में झट से घुसकर उसने फइका लगा दिया था, कौसिल्या को अपने से चिपटाकर सोने का प्रयास करने लगी। हे परभू!

□

"हे परभू!"

लक्षन सीमेंट का तसला एक ओर रखकर पसीना पोंछने लगी। चिलचिलाती धूप थी, सुबह से अब दोपहर ढलने को आया, आराम नहीं।

"ऐ डोकरी?" लक्षन को थमा देखकर दीवार बनाता मिस्त्री दूर से चिल्लाया था।

रोजी का काम ठेकेदारों के यहाँ मिलना आसान नहीं था। एक तो बरसात के

कारण भवन निर्माण का काम लगभग बंद था, दूसरे ठेकेदारों के पास बहुत दिनों से काम कर रहे प्रशिक्षित मजदूर थे, शिवराम ने अपने प्रभाव से एक जान-पहचान के ठेकेदार के पास उसको रखवा दिया था—बीस रुपए रोज पर। सुबह ८ बजे से रात के ८ बज जाते घर पहुँचते-पहुँचते। सारा दिन तसले में ईंटें और गारा मिस्त्री के पास पहुँचाना होता था, मिस्त्री दीवारें खड़ी करता जाता था।

सवेरे उठकर लक्षन कौसिल्या और अपने लिए कुछ राँध-रुँध लेती—भात और लहसुन की चटनी या मिरचा-भात। कौसिल्या के लिए ढाँककर वह अपने लिए बाँध के काम पर निकल जाती। साठ एक रुपए हफ्ते मिलने की आस पर उसने शिवराम से बतौर कर्ज ले लिया था—''काकी, रामजी काका भी बीस रुपए ले गया था उधार।'' कर्जा देते वक्त शिवराम ने याद दिलाया था लक्षन को।

''हप्ता मिलही तो लौटा देहूँ।''

लक्षन ने शिवराम को आश्वासन दिया था। शिवराम से लिये उधार से उसने चावल-दाल, नून-लकड़ी घर में डाला था।

दोपहर को आधे घंटे के लिए काम बंद होता, वह लेट जाती कहीं कोना छाया तलाश कर। उसकी आँखों के आगे लाल-नीली-पीली चिनगारियाँ-सी छिटकने लगतीं। शायद भूख के कारण हों। लक्षन मन मारकर दो-चार कौर घर से बाँध लाई चटनी-भात निगलती भी तो वह उलटी से बाहर निकल जाता। जैसे देह में जान ही न हो—उसे लगता। कुछ देर ज्यादा विश्राम करता देख मिस्त्री चिल्लाने-बौराने लगता—''ये बरेठिन महारानी, मुफ्तखोरी है क्या री? जाँगर चला, जल्दी कर जल्दी।''

हारकर दम लगाकर लक्षन तसला लिये फिर उठ खड़ी होती।

पहले मिस्त्री के पास एक जवान हेल्पर थी, गारा-ईंटें ढोनेवाली, मजाक-मस्ती, चिकोटी चलता था उसके साथ—दिन अच्छा कट जाता था उसके संग। वह अब किसी रिक्शेवाले के संग भाग गई तो ठेकेदार ने लक्षन को शिवराम की सिफारिश पर रख लिया था, कहाँ जवान रसभरी, कहाँ ये खूसट? हाड़-ही-हाड़!

एक हफ्ता जैसे-तैसे काटे थे लक्षन ने—फिर लगा, नहीं कर पाएगी वह यह काम। एक तो परिश्रम ज्यादा करना पड़ता था और हफ्ते भर में मिलते थे सिर्फ साठ-सत्तर रुपए। बंगालिन उसे लौटा जानकर घर आकर लड़ गई थी—कपड़ा धोता नहीं लौखन तो उधार का पइसा लौटाओ हमारा। ऐसा कइसा चलेगा रे बाबा? बीस-तीस चालीस के बीसों कर्ज थे उसपर। चुकाना तो पड़ेगा न! फिर उसके जाने के बाद कौसिल्या सारा दिन गली में खेलती या मन करता तो स्लेट-पाटी लेकर

स्कूल चली जाती। पहले धानबाई के घर खेलती रहती थी। कुछ दिनों बाद धानबाई साफ मुकर गई—"मैं नई रखे सकहों।"

धानबाई की मनटोरा स्कूल जाने लगी थी, कौसिल्या के कारण वह स्कूल जाने में आना-कानी करती, रोती। वह फिर से उम्मीद से थी, दोपहर को उसे सोना होता था। इस जवान लड़की पर कब तक नजर रखेगी वह? रामखिलावन डोकरा को रोज-रोज की लड़ाई, रार व उसके जब-तब सड़कों-गलियों में भीख माँगते निकल जाने की प्रवृत्ति के कारण शिवराम उसे 'निराश्रित वृद्ध आश्रम' में छोड़ आया था।

लक्षन का मन तीता हो उठा था। डोकरा कका, रामखिलावन! जभी नहीं दिखा उसको कई दिनों से।

"राम रे, कौसिल्या का बियाह कैसे करेगी वह?"

लक्षन चिंतित हो उठी थी। ब्याह की उम्र भी हो चली थी कौसिल्या की। इसी दीवाली को तेरह बरस में लग जाएगी। धानबाई एक दिन सुबह-सुबह आकर उसके कानों में फुसफुसा गई थी—"सलगू कुकुर घूमत रहथे अइमेर।"

सुनके लक्षन का खून जैसे खौल ही तो उठा था—"कीड़ा पड़े रे सलगू तेरे देह में।"

धानबाई के जाने के बाद लक्षन ने पटपटा के अपनी उँगलियाँ तोड़ी थीं।

लक्षन ने हफ्ते भर की दिहाड़ी के बाद दोबारा रोजी पर जाना छोड़ दिया था। बीस रुपए शिवराम को लौटाने के बाद, शेष पैसों से थोड़ा चावल-दाल लकड़ी, तेल के अतिरिक्त साबुन, सोडा, नील भी बिसाया था।

सुबह-सुबह भात राँधकर कौसिल्या को खिलाया, थोड़ा खुद जैसे-तैसे निगला था। कौसिल्या का हाथ पकड़कर जा पहुँची थी तो सबसे पहले बंगालिन बाई के घर। गोड़ ही तो पकड़ लिया था लक्षन ने उसका। पहले रामजी मारता-पीटता था तो यही बंगालिन बाई पीठ पर हलदी-चूना लगाई थी कई बार। जबान की करेला थी, पर दिल मोम-सा नरम। बंगालिन बाई का टूरा पलटी खाने लगा था, सच में वह पिघल ही गई थी—थोड़े मनुहार-चिरौरी के बाद। उसके पास से कपड़े और कुछ साबुन-सोडे के नाम पर लक्षन ने पेशगी ले लिये थे।

"पायँ लागों, बाई।"

बंगालिन बाई के यहाँ से खुश-खुश निकली लक्षन मेलाराम सिंधी के यहाँ पहुँची थी। देहरी पर खड़े-खड़े ही उसने मेलाराम सेठ की औरत को जुहार किया था। वह महीनों बाद लक्षन को देख चौंकी थी, जैसे भूत देख लिया हो, फिर

पहचानकर क्रोध से मुँह फेर लिया था।

गुस्सा तो होगी ही, गुस्सा होने की बात ही है। बिना बताए कहे-सुने महीनों गायब रही थी लक्षन। हर साल इसके नए बच्चे की छठी का कपड़ा लक्षन ही धोती आ रही थी। दस-बारह साल तो हो ही गए होंगे। बाजार में क्रॉकरी और राशन की दुकान थी इसके पति की। सुबह ८ बजे दुकान के लिए निकलता मेलाराम सिंधी तो रात के ९-१० बजे ही दुकान बंद कर-कुरा के घर पहुँचता। रामजी के जेल जाने के समय इसी ने रुपया-पैसा दिया था, ढाढ़स बँधाया था। मनबोधनी को भी पठौनी के समय नया लुगरा ग्यारह रुपया शगुन के बतौर थमाया था। टाइम-बेटाइम जब भी लक्षन कपड़े पहुँचाने-लेने जाती चाय-नाश्ता जरूर देती। इसके यहाँ चौबीसों घंटा चूल्हे पर कुछ-न-कुछ पकता रहता। कभी-चाय, कभी-भात, कभी गरम पानी, अटरम-शटरम···

प्रत्येक वर्ष एक-न-एक बच्चा जरूर होता सेठानी को। लक्षन की आवश्यकता बारहों महीने उसे पड़ती रहती। छठी-बरही जाने क्या-क्या? जब भी लक्षन उसके घर पहुँची है—देखती छोटे-बड़े ढेरों बच्चे सेठानी की खाट पर आँगन में आगे-पीछे दौड़ा-दौड़ी करते रहते, वह सोंठ का लाडू निगलती खाट पर नए जनमे शिशु या सबसे छोटे शिशु को लिये पड़ी रहती। दो बड़े लड़के बाप के साथ दुकान पर बैठते थे, शेष कुछ स्कूल जाते न जाते घर में धमा-चौकड़ी मचाए खाते-घूमते रहते। सारे घर में हींग, पेशाब, फिनायल की गंध भरी रहती। सबसे ज्यादा कपड़े लक्षन को इसी सेठानी के यहाँ से मिलते थे—बख्शीश और बीस-पचास रुपए वक्त-जरूरत पर पेशगी भी।

''तू देख, हमको देख जरा! कपड़ा धोऊँ की इनके पेशाब-टट्टी? खाना बनाऊँ कब? दुकान भेजूँ कब? बिना कहे गायब होगी तो बाबा, साईं की कसम, हम किधर जाएगा तुमको खोजने बोल्लो नी? ना-ना और लफड़ा नई माँगता!''

सेठानी ने उसे साफ मना कर दिया था। वह फिर पेट से है—यह लक्षन ने घुसते ही एक नजर में भाँप लिया था। लक्षन टली नहीं थी वहाँ से, हुँह मार लेगी तो भी पीठ दिखा दूँगी। कुसूर तो मेरा है, मानती हूँ।

लक्षन को चुपचाप खामोश अड़े देख सिंधन सेठानी फिर भड़क उठी थी—''सारा गद्दा-चादर-तकिया ये तीनों के तीनों नासपीटों ने मूत-मूत के सड़ा दिया है। उसने तीन छोटे लड़कों की ओर इशारा किया था। पर मैं धोती भी कैसे? और ये हाल है मेरा।'' उसने अपने बढ़े पेट की ओर ताका था।

''कला, मैं नहीं मूता, ये मूतता है रोज-रोज!''

बच्चे अपने बाप की तरह माँ का नाम लेते थे। सिंधन पीट-पीटकर थक गई, पर ये बच्चे माँ नहीं बोले, तो फिर नहीं ही बोले।

अंत में हारकर सेठानी ने उसे महीने भर से सड़ रही पेशाब सनी चादरें, गिलाफ, गद्दों के कवर और बच्चों के पचासों छोटे-बड़े कपड़े थमाए थे। कल रात की बची बासी पूरियाँ, मिठाइयाँ, अचार और जाने क्या-क्या?

"अथान दे देवा न, दाई?"

बड़े घर व ढेर सारे बच्चों, सेठानी के रोब से दबी-सहमी खड़ी कौसिल्या बाहर निकलने पर चहकी थी।

"दे न एक फोड़ !"

लक्षन ने अचार का एक टुकड़ा उसे थमाया। कौसिल्या लालायित सी रास्ते में ही रस ले-लेकर चाटने लगी। कुछ देर चलने के बाद अचार खत्म हो गया था उसका। भूख लग आई उसे—

"दाई, पूरी घलो दे दे न!"

"चल, देथौं।"

एक पेड़ के नीचे लक्षन ने पोटली रखकर पूड़ियाँ निकाली थीं। सुबह से निकले-निकले अब दोपहर होने चला था—भूखा गए होही बेचारी। दोनों माँ-बेटी अचार के साथ बासी पूड़ियाँ निगली थीं, पास के नल से अंजुरी भर-भर पानी पिया, मुँह-हाथ धोया था। खैनी बना के खाने के बाद लक्षन ताजा दम हुई थी। पोटली सँभालकर दोनों माँ-बेटी घर की ओर हौले-हौले रेंग ली थीं।

लक्षन का काम दुबारा फिर से घिसटने लगा। देर हो जाती कपड़े पहुँचाने में तो माफी माँग लेती, गिड़गिड़ा उठती, रो-पीट लेती। कुछ पिघल जाते, कुछ दुतकार उठते, पर लक्षन सब जब्त कर लेती। जीवन के नग्न सत्यों ने उसे सबकुछ धीरे-धीरे समझा-सिखा दिया था।

कुछ पैसे जुड़ गए तो उसने आधी भसकी कोठरी की नई दीवार खड़ी कर ली थी। कुछ रुपए और जुड़ेंगे तो नई छप्पर छानी भी भगवान् करेगा तो कर लेगी

रात को थक-हारकर गोदड़ी पर पड़ती तो थकान से उसका पोर-पोर टूट रहा होता और मन तिक्तता से खाली-खाली—जैसे हर रात वह मरकर कब्र में सोने चली आती हो, कल की नई भोर में फिर से जी उठने के लिए, नई आस पाल कर। रात को चौंक-चौंक उठती वह, जैसे रामजी ने पुकारा हो कहीं से—

"कौसिल्या के दाई, पानी एक लोटा दे तो? सुत गए हस का रे!"

अनचाहे ही रामजी क्यों उसकी आँखों के समक्ष आ खड़ा होता है? कपटी

ने तो सारी जिंदगी कभी मया से दो बोल तो बोला होता उससे? फिर अब क्या है? पर लक्षन से ठहरा जाता कहीं? झटपट कोठरी का दरवाजा खोलती, लालटेन लेकर इधर-उधर ताकती। नहीं, कहीं कोई तो नहीं? आँगन के पार आश्रय के लिए देर रात तक भटकते आवारा ढोर होते या फिर कुत्ते। लक्षन लौटकर गोदड़ी में दोबारा पड़ जाती, पर नींद कहाँ? आँखों की हदों के कोसों-कोसों दूर नींद का अता-पता नहीं होता। इधर-उधर दुबककर बैठी कौसिल्या के ब्याह की चिंता फिर घेर लेती उसे।

खाया-पीया अब कुछ भी लक्षन के पेट में नहीं पचता। उलटी हो जाती है। पेट में घुमैरी-सी हर समय घूमती रहती। बैगा से झाड़-फूँक करवाया, तावीज बँधवाया, पर कुछ लाभ नहीं हुआ, हारकर तोरवा के डॉक्टर से सुई लगवाई, दवाई-टॉनिक ली। कुछ दिनों तक तो ठीक-ठाक रहा, फिर वही उलटी। घाट पर अब वह आधी रात को भट्ठा लगाने नहीं जाती, भारी चादरें-कपड़े पछाड़ते हुए उसका सिर घूम-घूम जाता, साँस धौंकनी-सी चलने लगती। एक-एक कपड़ा धोते-पछाड़ते हुए उसे घंटों लग जाते।

कौसिल्या का दोबारा स्कूल जाने का सिलसिला जो प्रारंभ हुआ था वह फिर से टूट गया था। लक्षन उसे अकेली घर में छोड़कर नहीं जाती कहीं। उसके ब्याह के लिए वह शिवराम और एक-दो लोगों से कह चुकी थी। लड़केवाले हाथ माँगने आएँगे ही आएँगे। दो-चार पैसे जतन से जोड़ने भी लगी थी वह।

''का हो गए रे?''

लक्षन का माथा ठनका था, सर की पोटली एक ओर पटककर वह लपकी थी कौसिल्या की ओर। कौसिल्या का जी अच्छा नहीं था रात से, इसलिए वह भिनसार ही घटौंधी पर निकल गई थी। घर लौटी तो कौसिल्या उसे देखकर बुक्का फाड़कर रो उठी थी—

''मोला का हो गए रे, दाई!''

लक्षन का माथा फिर किसी अप्रिय आशंका से ठनका था, अबके सलगू ने कुछ चीं-पट किया होगा न, गऊ माँ की कसम, मार ही डालेगी वह उसे। चाहे जेल हो जाए—माँ कसम।

''उठ-उठ…''

लक्षन ने गाय-सी रँभाती कौसिल्या को जबरन उठाकर खड़ा किया—

''कोई कुछ किया? कोई कुछ बोला तेरे को?''

कौसिल्या ने प्रत्युत्तर में अपनी मुंडी हिलाई थी—''घाव हा फूटगे ऐसे लागथै मोला।''

अपनी फ्रॉक की ओर ताककर कौसिल्या फिर दहाड़े मारने लगी—"दई ओ…"

लक्षन ने अपना माथा पीट लिया था—"टूरी तो मार ही डाली रही उसे

"चल उठ।"

लक्षन रोती-बिसूरती कौसिल्या को उठाकर म्यूनिसिपिलिटी के नल के नीचे खींच ले गई, नहलाया-धुलाया। अब कौसिल्या के लिए ज्यादा देर नहीं की जा सकती। उसे स्वयं ही लड़का खोजने जाना होगा। ब्याह-पठौनी दूनों एक साथ करना होगा। कब तक घर में चपोटे रखेगी जवान टूरी को? अब तो सिर से मैली भी हो गई कौसिल्या।

अँधेरी कोठरी में उस रात लक्षन बड़ी रात तक करवटें बदलती पड़ी रही थी। आधी रात को थोड़ी आँख लगी ही थी कि ऐसा लगा कोई आँगन में दबे पाँव चलकर ओसारे तक आ गया हो और धीरे से कोठरी का फइक्का धकेला हो। लक्षन साँस रोके बिना चूँ-चपड़ किए पड़ी रही। वह साया दबे पाँव उसे सोया जान कौसिल्या के सिरहाने आ खड़ा हुआ था। महुए की गंध से लक्षन की आँखें खुल गई थीं।

"हाँय? सलगू हस का रे?"

लक्षन तड़प्कर उठ बैठी थी। हाँ, सलगू ही था। उसे जागा जान पीछे मुड़कर भागने लगा दरवाजे की ओर।

"ठहर जा रे, भड़वा।"

लक्षन बिजली की सी तेजी से उठी थी, कोने में रखा खर्राटा उठाया और ताबड़तोड़ सलगू पर बरसाने लगी, उसकी सारी शक्ति, सारी प्रज्ञा मानो हाथों में आ गई थी, वार से बचने के लिए कोठरी के चारों तरफ ततैया-सा नाचने लगा वह अंत में भाग न पाया तो लस्त होकर चौपाए जानवर सा कोठरी में रेंगने लगा—"मर गयेंव रे, माफ कर दे मोला।"

अंत में हाँफती-फुफकारती लक्षन ने खर्राटा एक ओर फेंका तो सिर्फ उसमें बँधी लकड़ी की कील शेष रह गई थी, सारी सींकें या तो सलगू की देह-आँख में खुब गई थीं या फर्श पर बिखर गई थीं।

"आक थू…जा भाग जा।"

सलगू लक्षन का अभयदान पाकर दुम दबाए कुत्ते सा गिरता-पड़ता बाहर की ओर भागा था। कौसिल्या नींद की अर्द्ध बेहोशी में दीवार से लगी टुकुर-टुकुर तकती रही, अपनी दाई के रणचंडी के रौद्र रूप को। इसके पहले यह रूप तो कभी नहीं देखा था उसने?

□

"दाई, पाय लागौं!"

"अरे मनबोधनी, चिट्ठी न पत्री?"

सुबह-सुबह उठकर दातौन करने बैठी थी लक्षन। मनबोधनी साधराम के साथ आ खड़ी हुई थी। लक्षन गद्गद हो उठी थी—"देख तो कौसिल्या, कौन आए हे?"

लक्षन ने कौसिल्या को टेरा था, सहमी-सकुचाती कौसिल्या आ खड़ी हुई थी—"पाय लागौं, दीदी।"

नया दामाद-बेटी पहली बार घर आए हैं, कहाँ बिठाए, क्या खिलाए-पिलाए लक्षन! लक्षन अति व्यस्त हो उठी थी। जल्दी दातौन फेंककर उसने कुल्ला किया और उठ खड़ी हुई। रामजी की कोठरी से खाट लाकर आँगन में बिछा दिया उसने—"तनिक बैठ के सुस्ता लो दूनो।"

लपक के चाय बनाने चली वह। चाय बन गई तो सब जने बैठकर पीने लगे।

"नहा-धो लेवा, मैं आवथौं।"

लक्षन कोठरी में से झोला लेकर बाहर निकल गई थी। पान पराग के डिब्बों में से जितनी भी रेजगारी-रुपए हाथ लगे थे, उन सबको उसने अंटी में खोंस लिया था।

एक ही झलक में लक्षन ने जान लिया था, मनबोधनी पेट से है। ऐसे में तो चिटिक-मिटिक मनपसंद खाने के लिए ललचता होगा, क्या पता बेचारी ससुराल में मुँह खोलकर किसी से कुछ कह भी पाती होगी या नहीं? कका ससुर, देवरानी-जेठानी, सास-ससुर बीसों का कुनबा—संकोची तो वह है ही जनम भर की। दामाद भी क्या-क्या फरमाइशें पूरी कर पाता होगा? मैट्रिक में पढ़ता ही है अभी, कमाता-धमाता रहता तो अलग बात थी।

दुकान पर रुककर पहले लक्षन ने चार आने की तोता छाप तमाखू की पुड़िया ली थी। दुकानदार से थोड़ा चूना माँगकर खैनी बनाई और कल्ले में दबाया। शेष पुड़िया अंटी में खोंस ली थी। कुछ क्षण रुककर खैनी को दाढ़ों से थोड़ा चुभलाया—"आहा..."

जान आई जरा देर में तो बाजार की ओर सौदा-सुलफ के लिए बढ़ ली थी।

"ला कौसिल्या सूपा ला दे।"

लक्षन बाजार से लौटकर कौसिल्या से सूपा माँगा था। कौसिल्या का मन

हरषाया था—बहुत दिनों के बाद इस घर में साग, भाजी, मछरी आई है। नहीं तो बोरे बथुआ भाजी या फिर मिरचा-लहसुन की चटनी। कौसिल्या लपक के सूपा ले आई थी। लक्षन ने झोले में से एक-एक पुड़िया निकाल-निकालकर जतन से धरने लगी—चाय पत्ती, चीनी, आलू-प्याज, धनिया पत्ती, लहसुन, मिरचा, पताल, तेल की शीशी और एक बड़ी सी मछली।

मनबोधनी नहाकर लौट आई थी।

"साधराम कहाँ गए हे?"

"नदिया गए हे—नहाए बर!"

"अच्छा-अच्छा!"

लक्षन हँसिया उठाकर आँगन में मछली काटने बैठ गई—

"मैंने सोचा, तेरा जी मछरी खाने के लिए करता होगा, बोधनी!"

"कोतरी-बाँब्री तो नाले खेत में मिल जाता रहा, पर अतका बड़ मछरी कहाँ पाए दाई?"

मनबोधनी उदास हो उठी थी। सारे कुनबे के लोग खा-पी चुकते तो कड़ाही में उसके लिए जो शेष बचता था, उसमें मछरी नामक साग की झलक उसने कभी नहीं पाई थी। दिन भर खेत में काम करना, फिर राँधना, परोसना—सबको खिलाना, बरतन माँजना, मनबोधनी का जी ठीक नहीं रहता था गाँव में। फिर पेट से रह गई वह। जी मिचलाता और उलटियाँ करती रहती सारा दिन। कौन दवा-दारू करे? सास ने साधराम के साथ उसके मैके भेज दिया था। जा वहीं जचकी करवाना, रहना, पर मनबोधनी ने दाई को कुछ भी नहीं बताया, दाई ही कौन सी सुखी है?

बड़े दिनों के पश्चात् लक्षन के घर हँसी-ठट्ठा गूँजा था। विहँस उठी थी उसकी कोठरिया, आँगन, ओसारा। तर खाने की खुशबू से महकी थी उसकी रसोई। शाम को खा-पीकर साधराम, मनबोधनी और कौसिल्या सिनेमा देखने गए थे— "जिंदा जला दूँगा।" पैसे लक्षन ने दिए थे।

साधराम पूरे हफ्ते तक ससुराल में रहा। रोज कुछ-न-कुछ अच्छा-अच्छा राँधती रही लक्षन। काम पे भी जा नहीं पाई वह। पूरे एक हफ्ते बाद साधराम मनबोधनी को मैके छोड़ लौट गया था—"मेटरिक परीक्षा के सेंटर हावे इहाँ, परीक्षा देए बर आहौं।"

जाते-जाते साधराम ने लक्षन को जताया था। पहली बार आए दामाद को खाली हाथ कैसे जाने देती? लक्षन ने कमीज का नया कपड़ा, बस का किराया हाथ में ऊपर से पाँच रुपया भी थमाया था साधराम को।

साधराम भी पूरे एक हफ्ते रहा था, मनबोधनी भी और आ गई। लक्षन ने जो रुपए-पैसे कंजूसी से जोड़-तोड़कर बचाए थे, सब गाँठ से निकल गए थे। धानबाई और फुटकर राशन की दुकान से चालीस-पचास का करजा चढ़ गया था सो अलग। पर लक्षन खुश थी, साधराम ने खुश रखा है मनबोधनी को। पीता-खाता भी नहीं है—पढ़ा लिखा है मेटरिक।

काम पर तो जाना ही होगा? मनबोधनी का कहेगी? इस हाल में आई हूँ तो कुछ खाने-पहनाने का दम नहीं है दाई में।

साधराम के लौट जाने के बाद जी कड़ा करके निकली थी लक्षन। रेलवे कॉलोनी, मरीमाई, चुचुहियापारा सारी जगह जाएगी वह आज।

आधे दिन तक वह बिना रुके जगह-जगह से कपड़े बटोरती रही। ढेरों कपड़ों का गट्ठर सर पर लादे लौट रही थी कि रास्ते में फाटक के पास भरभरा के गिर ही तो पड़ी थी। एक तो बरसाती धूप, फिर सारे दिन की निराहार निर्जला। किसी ग्राहक के यहाँ से कुछ खाई-खानी मिली भी तो उसने कौसिल्या को खिला दिया था। अच्छा हुआ कौसिल्या साथ थी, पानी माँग-ताँगकर छींटा मारा और पानी पिलाकर पूरे चार रुपए रिक्शे में खर्च कर लक्षन को घर लाद लाई थी वह।

शाम को थोड़ी चेती तो डॉक्टर के पास रेंगती-टटोलती चली गई थी लक्षन। काम कैसे चलेगा अगर जाँगर नहीं चलेगा तो? मनबोधनी की जचकी सर पर है, कौसिल्या का ब्याह है, कौन सगा धरा है उसका? कौन कराएगा?

''यह मेरे बस का नहीं बाई, तू धर्म अस्पताल जा बड़े डॉक्टर को दिखा। पेट में पुराना अल्सर है, टी.बी. भी लगती है मुझे तो!'' लक्षन को देखकर डॉक्टर बिदका था।

''पहले भी कहा था तू सुने तब न डोकरी?''

बड़े डॉक्टर ने कहा। लक्षन समझती है, रामजी का टी.बी. का कार्ड बनाते समय वह भोग चुकी है—धर्म अस्पताल, बड़े डॉक्टर का चक्कर। पचासों रुपए, खून, टट्टी पेशाब की जाँच अलग, पैसा-ही-पैसा—टार गा...

लक्षन असकटा के लौट आई थी घर, आकर बैठी ही थी कि धानबाई बैठने आ गई थी, बोली—''मरीमाई के पास बैगा है, जा के फुँकवा ले उससे। चार नीबू-अगरबत्ती ले जाना। सवा रुपया चढ़ा देना, बस।''

लक्षन दूसरे दिन किसी तरह लाठी टेकती बैगा के पास पहुँची थी। बैगा ने तावीज दिया था बाँधने को—

''तेरे को किसी ने टोटका किया है, डोकरी!''

पूजा-ध्यान के बाद उसने ऐलान किया था। काँप गई थी लक्षन। कौन करेगा उसको टोटका। चिरौंजा? पर वह तो खुद घर से भागी थी, उसने तो नहीं भगाया था उसे? फिर··· ? गिरती-पड़ती जादू-टोने से आक्रांत लक्षन मरीमाई से घर लौटी थी।

उस रात सोई तो खाँसते-खाँसते बेदम हो उठी थी लक्षन। थूकी तो खून के थक्के-ही-थक्के—जैसे बकरा कटा हो।

□

साधराम अब हफ्ते-दो हफ्ते में ससुराल भाग आता, दो-चार दिन रहता, फिर लौट जाता—"स्कूल-पढ़ाई के काम से आथौं।" एक दिन आया तो हफ्तों टिकने के बाद उसने ऐलान कर दिया—"गाँव नहीं जाएगा लौट के, यहीं पढ़ेगा।"

उसकी फीस, किताबों का अतिरिक्त भार लक्षन पर पड़ा, और खाने के लिए एक नया प्राणी और आ जुड़ा।

एक दिन बैठे-बैठे साधराम ने हुक्म सुनाया—पढ़ेगा नहीं अब वह। नौकरी करेगा। रेलवे में भरती हो रही है, दो सौ रुपयों का जुगाड़ लक्षन कर दे तो उसकी नौकरी पक्की। लक्षन ने यहाँ-वहाँ से पाँच-दस रुपए करके दो सौ रुपए जोड़-जाड़कर किसी तरह साधराम को थमाया था। अप्लीकेशन टाइप करवाकर दो सौ रुपयों के साथ वह डी.आर.एम. ऑफिस चला गया था। वे लोग पेड़ के नीचे ऑफिस के बाहर मिलनेवाले थे उससे। बड़ी शाम को साधराम बकरे-सा डकारता-रोता लौटा था। नौकरी देनेवाले पैसे लेकर जो गए तो शाम तक पेड़ के नीचे दोबारा लौटे नहीं थे। साधराम छेकरत-बोकरत लौटा था घर।

□

"हे परभू···।"

रात-रात भर लक्षन ओसारे में दर्द पीती बेचैन बैठी रहती, आज भी बैठी थी। क्या मनबोधनी का भाग्य भी उसके जैसा होगा? जो उसका सा हुआ तो? नहीं रे प्रभु! उसे मेरे जैसा भाग्य मत देना कभी। साधराम पढ़ेगा, बाबू-भैया बनेगा, मनबोधनी को राज कराएगा। हे प्रभु···

दर्द का एक सैलाब सहसा उमड़ा था उसकी अँतड़ियों से। किसी तरह घिसटकर चूल्हे के पास रखी हँड़िया से पानी लेकर एक कटोरा पिया था तो उलटी हो गई—खून व पानी का मोटा नाला पेट से फूट निकला था—असहनीय पीड़ा से छटपटाती घुटनों के बल रेंगती-रेंगती कौसिल्या को जाकर आवाज दी थी उसने—"कौसिल्या, कौसिल्या रे! उठ जरा, एक कटोरी पानी गरम कर दे बेटा!"

कुनमुना के कौसिल्या नींद से उठी थी, लालटेन पास लाकर देखा तो दाई की हालत देखकर चिहुँक उठी थी। जल्दी-जल्दी माचिस लकड़ी ढूँढ़कर उसने चूल्हा जलाया था, पानी गरम होने तक लक्षन एक बार और कोठरी में उलटी कर चुकी थी।

"गरम पानी में कपड़ा निचोड़कर पेट ला सेंक दे, बेटा।"

बेहोशी में डूबती जा रही लक्षन ने आदेश दिया था कौसिल्या को। गरम पानी में चेंदरी निचोड़कर कौसिल्या धीरे-धीरे लक्षन का पेट सेंकने लगी। कुछ आराम मिला था शायद उससे। लक्षन की ऐंठन कुछ बंद हुई थी—

"जौं, तैं सो जा बेटा, फइक्का ला लगा देबे न।"

हाँफते हुए लक्षन ने कौसिल्या को कहा था। उसके हाथ-पाँव सुन्न होते जा रहे थे। जैसे बर्फ की पहाड़ियों में चल रही हो वह, ऊपर-ऊपर और ऊपर···

बगलवाली कोठरी में साधराम मनबोधनी जवानी की नींद में घोड़े बेचकर सो रहे थे—लक्षन की पीड़ा-पुकार से बेखबर।

□

"सब ऐती ओती हो गए हे।"

कौसिल्या जल्दी-जल्दी सुबह उठकर चाय बनाने के लिए चूल्हा बारने लगी—'थोड़कन चाय पीही तो ओला बने लागही।' रात में आवारा गाएँ फिर ओसारा-चूल्हा रौंद गई हैं। गोबर की हँड़िया पोतड़ा लेकर चूल्हा लीपने लगी, चूल्हा लीप चुकी तो हाथ-पैर धोकर चूल्हा जलाकर चाय का पानी उसने चढ़ा दिया।

मनबोधनी को अब भिनसार उठा नहीं जाता, उसका प्रसवकाल पास है। साधराम सुबह-सुबह उठकर दिशा-मैदान के लिए नदिया निकल गया है।

विपत्तियों और दुःखों ने कौसिल्या को भी असमय प्रौढ़ व समझदार बना दिया है। चाय बनाकर गिलास में लेकर कौसिल्या कोठरी में गई, चाय पीएगी गरम-गरम तो दाई को अच्छी लगेगी। कोठरी में अँधेरा था, गिलास एक ओर रखकर उसने कोठरी का फइक्का पूरा खोल दिया था—धीरे-धीरे ऊपर चढ़ते जा रहे सुरुज नारायन की रोशनी कोठरी में एक लंबी रेखा में फैल गई थी। लक्षन को जगाया था उसने।

"दाई उठ, चाहा पीले थोड़कन, ओ दाई!"

कौसिल्या ने लक्षन को हिलाया, लक्षन की देह सूखे आम की लकड़ी-सी जाने कब की अकड़ गई थी—रक्त व उलटी के तालाब में पड़ी-पड़ी। मुँह खुला हुआ था—

"पइयाँ परत हौं मैं चंदा-सुरुज के, तिरिया जनम झनि देय, हे भगवान् मोला तिरिया जनम झनि देय रे, तिरिया जनम झनि देय…"

चिहुँककर कौसिल्या बैन करती हुई कोठरी से बाहर की ओर भागी थी—दाई ओ…दाई…

आँगन में नहानेवाले पत्थर पर सहसा उसकी दृष्टि गई थी—उसपर नंगे बदन चिथड़ी धोती में बढ़ी दाढ़ी, बढ़े बालों में प्रेत जैसा नर-कंकाल बैठा था—

"ददा है का?"

कौसिल्या की हृदय-विदारक एक और चीख रामजी को सामने देखकर अनचाहे ही निकली थी—"दाई, देख ददा आ गए हे।"

पर लक्षन की पथराई प्रतीक्षा करती आँखें रामजी के लिए नहीं खुली थीं। हाँ सच में, रामजी घर लौट आया था।

□

अध्याय-दो

आवेत

हरहराती अरपा को तकती कौसिल्या बैठी रहती है घंटों। भूरा गंदला जल कल-कल करता बहता रहता है। घाट की सीढ़ियाँ गले-गले तक डूब गई हैं। एक सीढ़ी नीचे उतरेगी तो शायद सीधे अरपा के हरहराते मटमैले जल में समा जाएगी।

छोटी थी तो दाई की उँगली-अचरा थामे घाट पर आती, बैठी रहती भिनसार भरी दोपहरी तक, दाई कपड़े पछाड़ती, वह रेत में अमरैया में खेलने लग जाती···घानी मुंदी में हाथ फैलाकर चक्कर काटते हुए बच्चे गाते—

नांगर बइला बोर दे।

पानी दमोर दे!!*

दाई कहानी सुनाती थी—बिलसिया की कहानी। घना घनघोर जंगल, जंगल के बीच कल-कल करती बहती थी अरपा। घने आम, महुआ के पेड़ों की छाया उसपर पड़ती। अरपा का जल हरितमय हो उठता। तब बिलासपुर नगर नहीं बसा था। सारी श्री तो रतनपुर में थी। बिलासपुर था जंगल तले बसा एक गाँव। नदी के किनारे रहती थी बिलासा, केवटिन-काली देह पर चमकती कोतरी मछली-सी आँखें।

नदी किनारे भेंट हुई थी उसकी बंसी केवट से। बंसी मछली पकड़ता, बंसी बजाता। बिलासा मुग्ध हो उठती। गा उठती ददरिया। वे मछली भूनते-खाते संझा तक घर लौट आते। एक दिन बिलसिया की गाँठ बंसी से जोड़ दी गई—जन्म-जन्मांतर के लिए। मादल की थाप पर सबने महुआ छककर पी···बंसी-बिलसिया को आशीष दिया।

---

* पानी में हल-बैल डूब जाएँ इतनी वर्षा हो।

एक दिन ऐसा भी आया, अरपा सूखने लगी। जल नहीं तो मछरी नहीं। सारे केवट महानदी की ओर जाने लगे, जहाँ जल ही जल है, नीला महानदी का हरहराता जल। बंसी भी शिवरीनारायण की ओर चला जाता है मछली पकड़ने।

एक राजा भरी दोपहरी में आ निकला शिकार की तलाश में। उसे अरपा का तट, उसके घने हरे जंगल भाए। उसने पड़ाव डाल दिया अरपा के किनारे।

उनको देख बिलसिया भयभीत हिरनी-सी भागी। झोंपड़े में जा छिपी। झिझरी से उसने तका, शिकारी उधर ही आ रहा है, उसकी झोंपड़ी की ओर। बिलसिया भयभीत गिलहरी-सी बाहर भागी। आगे-आगे वह, पीछे-पीछे शिकारी। पकड़ ही तो लिया उसने बिलसिया को। स्वस्थ काली देह, महुए-सी मदहोश करती देह गंध। शिकारी की आँखें रक्तिम हो उठीं थी। बिलसिया हाथ छुड़ा सरपट भागी। जंगल, झाड़ी, कँटीली गैल—दुबक गई बिलसिया एक घने झुरमुट में।

रात हुई, शिकारी वहीं अलाव जलाकर जम गए, शिकार भूना जाने लगा। महुआ ढाला जाने लगा, बाघ-भालू की गुर्राहट, कहाँ जाए बिलसिया? इधर कुआँ उधर खाई। बंसी याद आया—शिवरीनारायण महानदी के तट पर बंसी बजाता, उसको याद करता, लौटने के दिन गिनता। बिलसिया ने निर्णय कर लिया—आततायियों के हाथों सत् गँवाने से तो मर जाना अच्छा और फिर झोंपड़ी धू-धू कर जल उठी, उसके साथ बिलसिया भी—बंसी मुझे क्षमा करना।

आषाढ़ की वर्षा भी आग नहीं बुझा पाई, सती बिलसिया जल गई।

यही सती बिलसिया के नाम पर नगर बस गया—बिलासपुर।

अरपा में बरसात के अलावा कभी जल नहीं रहता। शापग्रस्त अरपा आज भी सूखी रेत लेकर बहती है। बंसी की तान सुनती है, पुकारती है बिलसिया केवटिन को—

''तू कहाँ है बिलसिया, कहाँ है तू?''

सन् १७७० में मराठा कमाविसदार केशव पंत ने अरपा नदी के तट पर एक किला निर्माण कराना प्रारंभ किया था; किंतु वह अभिशप्त किला पूरा नहीं हो पाया सन् १८९० में कलकत्ता से बंबई-बंगाल-नागपुर रेलवे कंपनी द्वारा रेल चलाई गई। बिलासपुर स्टेशन बना। रतनपुर का सारा ताम-झाम धीरे-धीरे बिलासपुर में सिमट आया। बिलासपुर रेल जंक्शन बना।

□

क्या-क्या याद करे कौसिल्या? अब यादों के सिवाय रखा ही क्या है? आई थी थोड़ा सा चरौटा भाजी तोड़ेगी, दाल के साथ ददा के लिए बनाएगी। हफ्तों बाद

आज मेघ खुले हैं। घर के आँगन में कमर तक पानी भरा है। चरौटा भाजी पेज भात के साथ ददा को परोसेगी तो उसकी ताप से हिलती देह को बने लगेगा। ताप की दो गोलियाँ भी दुकान से ले लेगी, आठ आना बँधा है उसके आँचल में।

यहाँ भी पानी भरा है, कमर-कमर तक। कहाँ का चरौटा धरा है उसके लिए? दाई कहती थी—'दाई ददा जनम देते हैं, करम नई देते।'

दाई तेरे को अपना भाग्य दे गई लगता है, कौसिल्या। भोग ले तैं घलो भोग ले रे!

तैरते जल में कौसिल्या ने बड़े यत्न से कुछ तीनपनियाँ भाजी तोड़ी थीं। दूसरी औरतें भी साड़ी खोंचे तीनपनियाँ भाजी तोड़ रही थीं। नदी के किनारे लगे काछियों के बाड़े में भी जल भरा हुआ है। नहीं तो एक आध पतार, एक जूड़ी धनिया पत्ती, चार हरी मिर्चों का जुगाड़ हो जाता। दाई तो ऐसा ही करती थी। कभी-कभार काछी तरस खाकर दे देते, सूनी दोपहरिया होती तो लक्षन इधर-उधर शंकित आँखों से तककर, बाड़ी के अंदर हाथ डालकर चुरा भी लेती—कुंदरु, पतार, गोभी, मिर्चा, जो भी हाथ लगता; वह तो यह भी नहीं कर पाएगी।

□

'का भाग पाए हस रे तैं, कौसिल्या?'

सहसा कौसिल्या चौंकी थी? ठीक यही कहती थी उसकी दाई लक्षन भी। ठीक यही। कौसिल्या को लगा यहीं-कहीं से उसकी दाई लक्षन बोली हो। कौसिल्या चौंककर देखने लगी।

'कहाँ, अब कहाँ है मोर दाई?' कौसिल्या ने एक दीर्घ साँस छोड़ा।

पिछले दस दिनों से मेह बरस रहा है। कपड़े धोने-लाने का तो प्रश्न ही नहीं था। उसकी जाति-बिरादरीवाले दस घर थे तोरवा में। दाई का किसी के यहाँ माँगने-बैठने का रिश्ता नहीं रहा था कभी। अब इस दुर्दिन में कटोरी लेकर जाए, एक मुट्‌ठी चावल, एक कटोरी दाल के लिए!

मधुबन के पास से गुजरते हुए कौसिल्या अरपा के नए पुल के नीचे भरभरा के बैठ गई थी। उधर राजकिशोर नगर बस गया है। दूर मोपका गाँव की झोंपड़ियाँ दिख रही हैं। पहले उजाड़ होता था यहाँ—खेत, काछियों के सब्जियों के बागान, अब तो दुमंजिली इमारतें खड़ी हो रही हैं; पक्की सड़कें निकल आई हैं। वे तो वहीं हैं जहाँ थे या उससे भी नीचे धँसते जा रहे हैं…कोदों-पेज के लिए भी तरसते, काहे ऐसा होता है?

उसकी दाई कभी-कभी उससे भोलेपन से प्रश्न करती थी—"मैं हा हाड़-

तोड़ काम करथँ खाए बर जूटे नहीं, देहा का करथे? महल खड़ा कर लेथें?'

प्रत्युत्तर न पा पच्च से खैनी थूकती···टार गा···का करबो जानकर—गोपालभोग, राजभोग, मोहनभोग, बादशाह भोग, काँदाझार, हाथी पांजर—नाम सुने हस? खाए हस कभी? जानकर का करबै?

रामखिलावन ददा बताता रहा कि यह बस्ती तो पूरा जंगल था पहले। बाँस, सरई के साथ वनबेरी की झाड़ियाँ। भरी दोपहरी में डर लगता कोई देख न ले।

□

''दाई रे···''

कौसिल्या ओली में थोड़ा साग-चार मिरची लिये घर पहुँची तो चूल्हा जल के कुंड में गले तक डूबा हुआ था। घर की चार सिल्वर की थालियाँ पानी में डोंगी सी तैर रही थीं। किसी ने सड़क की नीली काटी थी—मैदान की झोंपड़ियाँ और भी जलमग्न हो गई थीं। घर की एकमात्र खोर्रा खाट में काँपते-काँखते बैठी थी मनबोधनी। साधराम हमेशा की तरह मछली धरने के बहाने बाहर विचर रहा था। ददा नहाने के पत्थर पर महादेव के पिंड जैसा आधे जल में बैठा था—निर्विकार निर्लिप्त। कौसिल्या को देखकर उसकी आँखें चमकी थीं—''गौं···''

उसने गले से विचित्र आवाज निकाली। अब भूख-प्यास के वक्त ही ददा गले से आवाजें निकालता। उसकी निस्तेज आँखें चमकतीं जैसे सारी देह की प्रज्ञा आँखों में सिमट आई हो।

''रोगहा—अजरहा मन नाली काट के पानी छोड़िन हे।''

डोकरी काकी ने उसे चेताया था।

□

मनबोधनी का प्रसवकाल निकट है। थोड़ी पतार की चटनी थोड़े से लहसुन से बघारे साग के लिए हुलसती देहरी पर बैठी रहती है। दाई होती तो कहीं-न-कहीं से जुगाड़ कर ही लेती। वह करे भी तो क्या? साधराम घर से निकल जाता तो देर रात के पहले नहीं लौटता। झोंपड़ी में गले-गले तक मटमैला पानी बह रहा है, करे तो क्या करे वह?

कौसिल्या जब छोटी थी, उसे भूख बहुत लगती थी। जैसें पेट में एक अनजानी आग हो, जो कभी नहीं बुझती थी, चाहे जित्ता भी भकोस ले। सारा दिन रें-रें करती दाई के आगे-पीछे डोलती, घूमती रहती थी। मार खाती, फिर भी घूमती रहती। दाई ददा से आँख बचाकर रखी महुआ पानी मिलाकर उसे पिला देती। वह भुखही उसे भी पी डालती। नशे की पिनक में कौसिल्या का रोना बंद हो जाता घर

की कोठरी, देहरी कहीं भी झूमती हुई वह पड़ जाती। दाई काम निपटाती फिरती। किवड़िया बंद करके मुहल्लों से मैले कपड़े भी समेट लाती।

कौसिल्या की अंटी से क्या गया? चार थारी सिल्वर की। दो कटोरियाँ तामचीन की। चावल का कनस्तर डोंगी-सा जल में तैर रहा था। दीया में तेल नहीं था। घर तो संझा होते ही अंधकार में डूब जाता था। एक बत्ती कनेक्शन और लोगों ने ले रखा था। न उसकी दाई के पैसे जुटे थे, न कनेक्शन मिला था उन्हें।

डोकरा शिवराम को माथे पर हाथ धरे बैठे देख आई है। लक्ष्मीबाई को बैन करते—"एक गाड़ी भूसा ढाई सौ रुपए, पाँच सौ रुपए की एक गाड़ी चिल्फी, भट्ठे का पैरा अलग बह गया। कल रात से बच्चे भूखे बैठे हैं, हाकिम आएँगे, देखेंगे, सरपंच कह गया है मुआवजा मिलेगा, जाने कब?"

"कहाँ से भरबो रे करजा?"

डोकरा भंगी कौसिल्या को देख डकार उठा था। दाई जब-तब उससे पाँच-दस रुपए उधार माँग लेती थी। ददा मछली मारता तो मछली बदले में दे आती कौसिल्या। भंगी डोकरा उससे बड़ा मया करता था।

भंगी डोकरे के यहाँ ग्यारह लोग खाने को हैं, उसके ढाई सौ घड़े-सुराही तेज पानी की बौछार में सड़-गल गए हैं, बीस हजार खपरे, सौ सुराही-मटके मिट्टी में जा समाए हैं।

"पच्चीस रुपए सैकड़ा खपड़ा बिकता था। बारिश में ग्राहक ही नहीं आ रहे थे। ऊपर से यह दुर्दिन। अब तो पेट भरने के लिए भगवान् गणेश की मूर्तियाँ तैयार करके कम-से-कम दो वक्त की रोटी का जुगाड़ हो जाए, गनीमत है।"

खपरे का धंधा अब दिनोदिन मंदा पड़ता जा रहा है। एक ओर बड़े-बड़े आलीशान भवन, मकान बन रहे हैं, उनमें खपड़ों का क्या काम?

कौसिल्या की हिम्मत चार-दस रुपए उधारी माँगने की उनसे नहीं हुई थी।

☐

अरपा पाटोपाट चल रही है, रेलवे लाइन, गोकने नाला उफान पर है, तारबाहर के इलाकों में पानी भर गया है। ज्यादातर ग्राहक उसी तरफ रहते हैं। कौसिल्या सर पर हाथ धरे विचारती रही—क्या करे? मनबोधनी लगातार काँख रही थी। ददा गों-गों की आवाजें जोर-जोर से निकालने लगा है। उसके मुँह से लार बहता जा रहा है।

काकी डोकरी ने कमर पर हाथ रखकर झोंपड़े और पानी का जायजा लिया था। बहते पानी से एक थारी उठा के गली के कीचड़-पानी में छपछपाती झोंपड़े से

बाहर निकल गई थी।

कौसिल्या टिन के डिब्बे से चूल्हे के पास का पानी उलीचने लगी। फिर चूल्हा लीपकर उसे जलाने का जुगाड़ किया।

साधराम की आज तकदीर जगी थी। बँधवा तालाब में पानी भर जाने से मछलियाँ सड़कों तक आ गई थीं। वह ढेर सारी मछली पकड़ लाया था—कोतरी, कतला, टेंगना, जाने क्या-क्या?

"तू बोलती रही न—मछरी खाएगी करके। भिनसार ही मैं बँधवा तालाब निकल गया रहा।" साधराम ने बड़े प्यार से मनबोधनी को तका था।

"तेरी तकदीर बहुत ऊँची है रे, मनबोधनी!" गद्‌गद होते हुए साधराम हाथ-मुँह धोने के लिए जाने लगा।

"तोला का होइश रे?" कौसिल्या को कुछ न बोलते देख पलटा था वह।

"राँधेंगे काय में—न तेर, न मिर्चा, न चाउर, न हरदी।"

कौसिल्या चूल्हा लीप चुकी थी। ओसारा लीप रही थी।

"अच्छा-अच्छा, समझ गया। समझ गया मैं। ला तेर की शीशी दे।"

साधराम ने अपनी जेब थपथपाई। कौसिल्या ने ताक से तेर की शीशी उठाकर साधराम को थमाई। आँगन के पानी में तैरते चावल के कनस्तर को भी।

मछली देख ददा ने आह्लाद भरी आवाज मुँह से निकाली थी। शायद बरसात-मछली देखकर उसे अपने दिन याद आ गए हों। दाई की कितनी साध थी—साधराम पढ़ता, बाबू-भंय्या जैसा नौकरी करता, उसकी मनबोधनी को सुखी रखता, राज करता, उसको चारों धाम की यात्रा कराता। वाह रे तकदीर! न नौकरी मिली, न चाकरी। बँधवा तालाब की चोरी की मछली बेचता फिर रहा है साधराम।

कौसिल्या सर झटककर जल्दी-जल्दी ओसारा-कोठरिया लीपने लगी। थालियाँ उठाकर नल से धो-धाकर मछलियाँ काट-धो आई वह। ददा को पकड़कर उसने खाट पर लिटाया था। मनबोधनी काँखती-कूँखती खाट के एक ओर लेट गई थी।

साधराम तब तक आ पहुँचा था तेल, चावल-दाल लेकर। ददा उसे देखकर जोर-जोर से हुंकारने लगा। कौसिल्या परचने लगी थी उसकी हर हुंकार—आवाज का अर्थ।

"देवथौं तोला रे, जल्दी देवथौं!" उसने डबलरोटी के लिए साधराम को फिर दौड़ाया था

"महू बर थोड़कन अथान घलो रे!"

मनबोधनी ने अचार के लिए फरमाइश की थी।

"अच्छा-अच्छा!"

साधराम उलटे पैर फिर निकल गया था बाहर।

□

मनबोधनी को दो दिनों से रक्तस्राव हो रहा था। साधराम अपने गाँव शिवरीनारायण निकला था, पैसे-पानी के जुगाड़ में।

काकी डोकरी के साथ मनबोधनी को लेकर रिक्शे में किसी तरह लदकर वे चुचुहियापारा के डिस्पेंसरी में पहुँची थीं।

एक कमरे का डिस्पेंसरी। डॉक्टर, रोगी, नर्स, दवाइयाँ, सारे लोग ठँसे हुए। दिन भर में सैकड़ों मरीज तक इलाज के लिए पहुँचते हैं। धूमा, सिलपहरी, महमंद, पीड़ी, झोंपड़ापारा, सिरगिट्टी, हरदीकला जाने कहाँ-कहाँ से!

घंटे बाद मनबोधनी की बारी आई थी। तब तक मनबोधनी पीड़ा से दोहरी होकर जमीन पर लोट गई थी।

"दाई ओ मोला उठा ले रे!"

दवाई लेकर किसी तरह मनबोधनी को लादकर लौटीं तो रेलवे फाटक बंद था। रेलगाड़ी आ रही थी। सैकड़ों रिक्शा, गाड़ियाँ कतारों में लगी खड़ी थीं।

"दाई, ओ दाई!"

मनबोधनी कोतरी मछली-सी छटपटाती काकी डोकरी की पकड़ से छूट रिक्शे के नीचे धप्प से जा गिरी थी। रेल की पटरियों के किनारे खून-ही-खून फैल गया था। मनबोधनी का प्रसव पटरियों पर ही हो गया था। ट्रेन के आने के शोर में, बच्चे के रोने की आवाज दब के रह गई थी। कौसिल्या मनबोधनी के पीछे गाड़ियों-स्कूटर का हुजूम हॉर्न बजा रहा था। हिम्मती काकी डोकरी नाल काटने के लिए किसी के घर पुराना ब्लेड माँगने दौड़ी थी। हतप्रभ कौसिल्या ने अपने फटे लुगरे से किसी तरह मनबोधनी की छटपटाती नग्न देह को ढाँका था। कुछ तमाशबीन खड़े हो गए थे। कुछ दयालु सिटी डिस्पेंसरी की ओर नर्स बुलाने दौड़े थे। काकी डोकरी ब्लेड लेकर आन पहुँची थी।

"टूरी हावै रे!"

काकी डोकरी ने निराशा से कौसिल्या को सूचित किया था। टूरी यानी एक और जीवन संघर्ष। रोटी-पेट के लिए, एक और अस्तित्व की लड़ाई।

"मोर दाई होही।"

कौसिल्या मनबोधनी की खून सनी नवजात बच्ची को बाँहों में ले हिलक-

हिलककर रो उठी थी।

"मोर दाई रे, तैं हर कहाँ गए रे!"

दूर बरमबाबा का भगवा झंडा वैसे ही फहरता रहा। तालाब में कुमुदिनी विहँसती रही। बिसाहिन डोकरी दाई नहीं रही अब। नहीं तो वहीं चले जाते वे लोग। उसकी सौत तो घर में घुसने देने से रही।

फिर एक ट्रेन के लिए गेटमैन ने गेट बंद कर दिया था। रिक्शावाला रहमदिल था। बिना किसी चूँ-चपड़ के उसने मनबोधनी को रिक्शे में चढ़ा सिटी डिस्पेंसरी की ओर रिक्शा दोबारा दौड़ा दिया था।

□

लगातार दस दिनों की बारिश के बाद आज जाकर बारिश थमी है। पूरे दिन उन हिस्सों में पानी निकासी का काम चलता रहा, जहाँ कई दिनों की लगातार बारिश से काफी पानी जमा हो गया था—अमीर कॉलोनियों में, बँगलों में।

उधर, लगातार बारिश के कारण शहर के जिन निचले हिस्सों में पानी भरा था वहाँ स्थिति ज्यों-की-त्यों रही। मौसम खुलने पर लोग निकासी के इंतजाम की प्रतीक्षा करते रहे—झोंपड़ियों-झुग्गी के लोग।

कौसिल्या की अनधिकृत झोंपड़ियों में कौन नगर निगम वालों को आना था? काकी डोकरी और वह आँगन का पानी डिब्बे में उलीच-उलीचकर फेंकते रहे। एकमात्र खाट पर मनबोधनी व बच्ची को सुलाकर वे सारी रात जागते रहे थे। कभी ठंड से, कभी वर्षा से, कभी भूख से।

कौसिल्या ने दाई का उपाय अपना लिया है। ददा भूख से गोंगियाता तो वह एक कटोरा ठर्रा उसे थमा देती। हाथ से थोड़ा सा नमक चटा देती। ददा गोल चबूतरे के बोरे पर पिनक में पड़ा रहता। ऐसे में उसे ठंड भी कम लगती। दवा-दारू कहाँ जुटता? यही महुआ काम आई थी—मनबोधनी के प्रसव से पिराती देह के लिए। काकी डोकरी ने अपनी जमा पूँजी से किसी तरह जुटाई थी बोतलें। न कौसिल्या ने पूछा, न दयालु काकी डोकरी ने उसे बताया।

शिवराम को महुआ चढ़ती तो अपने सुनहरे दिनों को याद करता। अच्छी तरह खाए-पिए दिनों के लिए कलपता। घी-दूध के लिए धानबाई को श्रापता।

रामखिलावन अगर घर पर बैठा होता तो वह भी नहले पे दहला जड़ता—

"तू क्या जानेगा कि दूसरे लाम के समय एक रुपए का छब्बीस सेर पुराना खुशबूदार चाउर मैं बिसाता रहा। लोग-बाग चाउर पकाते, खाते-परखते, फिर बिसाते। रास्ता घाट में चाउरवाले किसान घूमते बेचते रहते थे, का दिन रहे वह भी,

अब तो कोदों भी मुहाल हो गई है।''

रामखिलावन डोकरा अपने दुर्दिन के लिए धानबाई को दोषी ठहराता।

''कुलच्छनी है सुसरी।''

अच्छा खाए-पीए रामखिलावन की जीभ जब-तब हुलस उठती। तब वह लाठी टेकता कभी कुम्हार टोला तो कभी अंबेडकर नगर जा निकलता। घंटों घूमता-बैठता, चाय माँग-मूँग के पीता, सब्जी की एक-आध कटोरी माँग-ताँग के ले लानता।

''मनबोधनी, ले बेटा!'' दिल करता तो वह साग की कटोरी मनबोधनी को भी थमा जाता।

श्यामबाई काम से लौटते आते घरों में कभी अच्छी सब्जी मिलती तो मनबोधनी के लिए जरूर ले लानती। कभी मांस, कभी मछली तो कभी मुरगे का शोरबा...

''खा ले बेटी, लक्षन से मैं भोजली बदे रहैंव? अब्बड़ कमजोर हस तैं।'' श्यामबाई कहती।

कौसिल्या जानती थी—ये लोग अपना जी मार के मनबोधनी को साग, दाल थमा जाते हैं, उसे अच्छा भी नहीं लगता। पर मना करती भी तो किस मुँह से? उसके मना करने के पूर्व ही मनबोधनी की लुब्ध दृष्टि कटोरी-कप की ओर उठ गई रहती, कभी-कभी तो उँगली डार के चाट चुकी होती।

□

जब से शिवराम घर में आ बैठा था, रामखिलावन का रोज का काम हो गया था—सुबह शिवराम के उठने के पहले ही उठना, दातौन लेना, लाठी टेकते हुए इस गली से उस मुहल्ले तक रेंग जाना।

नव बौद्धों का मुहल्ला—अंबेडकर मोहल्ला। ज्यादातर फेरा वह इसी मुहल्ले का लगाता। आदमी यहाँ के रिक्शा चलाते हैं, औरतें घरों में बीड़ियाँ बनाती हैं, एक-आध बीड़ी, एक कप चाय का आराम से जुगाड़ हो जाता रामखिलावन डोकरे का। दो-चार बीड़ियाँ घर ले जाने के लिए भी मिल जातीं। बीड़ी-चाय के एवज में वह बीड़ियों में सूत बाँध देता, बंडल बना देता।

अंबेडकर वार्ड से लगे मगरपारा में सब्जी-भाजी की खेती करनेवाले मरार लोगों की आबादी है। अंबेडकर स्कूल से तालापारा चौक तक, सड़क के दोनों बाजुओं में सब्जी-भाजी का हाट भरता। एक आध आलू, एक आध सड़े पतार मिल ही जाते रामखिलावन डोकरे को लौटते वक्त।

सुबह-सुबह अंबेडकर वार्ड का मुख्य चौराहा मजदूरों की एक बड़ी मंडी में तब्दील हो जाता था। ये मजदूर काम की प्रतीक्षा में खड़े होते। हँसी-ठट्ठा करते हुए। जाँघें खुजाते, अश्लील मजाक करते, बीड़ी सुलगाते, माखुर मलते हुए। दिन की मजदूरी से रात के पीने-पिलाने, कहीं जाकर मौज-मस्ती करने की योजना बनाते।

उनकी नालियों में बंपुलिस* का मैला बहता रहता।

जरहाभाठा, मगरपारा का गंदा पानी महाराज अग्रसेन चौक तक बहते हुए आता है। नालियाँ न होने की वजह से सत्यम टाकीज के पीछेवाली गली में मजदूरों की बस्ती और सड़कों पर फैल जाता। बरसात के दिनों में यह गंदा पानी झोंपड़ियों, घरों में घुसता। नलों के टूटे हुए पाइपों में भी। इन बस्तियों-गलियों में नगर निगम के नल नहीं हैं। इसलिए इन्हें पीने के पानी, नहाने-धोने के लिए औरतों-बच्चों सहित सार्वजनिक नलों तक आना पड़ता है, जो चौराहों पर हैं, ऐन सड़क के किनारे।

नालियों में बहकर आते गंदगी के ठीक दूसरी तरफ शहर का सबसे पुराना गिरजाघर है—'डिसा टू पल्स'। बड़ा गिरजाघर। रामखिलावन थक जाता तो चर्च की चारदीवारी में सुस्ताता। घास में घूमती गिलहरियों को तकता पड़ा रहता।

□

रामखिलावन आज भी नगरीय जीवन से समझौता नहीं कर सका है। उसे मोटर-गाड़ियाँ, रेलें अच्छी नहीं लगतीं, न सड़कें, न नहरें। उसकी उम्र किशोर वय में जाकर कहीं ठहर गई थी।

अरपा नदी के तट पर आज से सैकड़ों वर्ष पूर्व उसके पूर्वज बसे थे। वे कस्बे, नगरीय जीवन से समझौता नहीं कर सके। वे गाँवों की ओर, फिर गाँव से बनैले गाँव की ओर चले गए थे।

रामखिलावन डोकरा न नगर का रहा, न जंगल का, किसी शापग्रस्त प्रेत-सा शहर की गलियों में लाठी टेकता भटकता रहता है।

उसे याद है—गाँव में ग्राम देवता की पूजा होती 'पोला' के दिन। बंजारी देव, जो जंगल के देव माने जाते हैं, उनकी। चिरौंजी तेंदू की भेंट उनपर चढ़ाई जाती। 'डोंगरी पाट' दूसरे छोटे देवता हैं, जो भूकंप से उनकी रक्षा करते हैं। बड़ा देव दूल्हा देव की भी पूजा होती। अब कहाँ की पूजा? हफ्ते में एक बार चिरौंजी

---

* सार्वजनिक शौचालय।

दाना बजरंगबली पे शिवराम चढ़ा दे तो चढ़ा दे। इसीलिए तो देवता रुष्ट रहते हैं, बरकत नहीं हुई, लगी-लगाई नौकरी छूट गई सो अलग।

☐

शिवराम की नौकरी में बहाली नहीं होगी, पक्की खबर है। अपने सामने की पक्की कोठरी उसने पाँच सौ रुपए में किराए पर दे दी है—एक शोध छात्र सुरेश राव भोंसले को।

बिजली-पानी, शौच की सुविधा भी थी सुरेश राव भोंसले को। बाहर से जाना बाहर से निकलना। कुछ आसरा हुआ था शिवराम को महीने का। रामखिलावन को अब वह पहले की तरह टोकता-टाकता नहीं। चाहे जहाँ वह घूमे, जब तक चाहे घूमे। चाहे जिस तिस से माँग-ताँगकर चोंगी पीए, साग-तरकारी खाए, शिवराम को भी गाँजे की लत लग गई है इन दिनों। वह गाँजे की पिनक में दिन भर ओसारे की खाट पर पड़ा रहता, जिसे उसका ददा रामखिलावन खाली करके शहर-गली में माँगता घूमता रहता।

"ये चोट्टामारी के···पनदेवा तोर मरनी कब होही?"

गाँजा जब ज्यादा चढ़ता तो रामखिलावन और धानबाई की मृत्यु की कामना करता वह, जो उसकी समझ में उसके आज के दुर्दिन के लिए जिम्मेदार थे।

☐

पानी के नल पर हमेशा की तरह तुमुलनाद हो रहा था। एक तो बरसात के कारण नदी का पानी पीने के लायक नहीं रहा था, दूसरे बहुत दिनों के बाद धूप खिली थी। पीने के पानी के लिए घमासान युद्ध तो होना ही था।

आज सुमित्रा केरकेट्टा के यहाँ 'चुमौवन' और 'हलदी चढ़ावन' की रस्म थी। चर्च में शादी की रस्म शाम को होनी थी उसकी बेटी उर्मिला केरकेट्टा की, सालिग प्रसाद तिरकी के साथ। नए-नए मसीही समाज में प्रवेश करे—दुकालराम केरकेट्टा व सुमित्रा केरकेट्टा के यहाँ यह तीसरी पीढ़ी का ब्याह था। खुशी लाजिमी थी।

'हलदी चढ़ावन' की रस्म के मोह से वे अब भी उबर नहीं पाए हैं। इतवार को चर्च जाने के नियमित अभ्यास से भी। हालाँकि बाइबिल के अक्षर सुमित्रा केरकेट्टा के लिए काला अक्षर भैंस बराबर थे। पर सुमित्रा केरकेट्टा—दुकालराम को उसको लेकर जाना जरूरी होता था चर्च।

अब ब्याह संपन्न होगा शाम को। पर शाम को नल में पानी आए या नहीं, अतः केरकेट्टा परिवार नहाने-धोने के पश्चात् कुछ पानी संग्रह करके रखना

चाहता है, रात के रस्म के लिए।

ब्याह के बाद डिनर है, करमा डांस है—पानी तो चाहिए-ही-चाहिए।

''आज मैरिज हावै मोर टूरी के।''

सुमित्रा केरकेट्टा कौसिल्या के साथ-साथ नल की भीड़ को सूचित करती है।

''बोकरा कटही, करमा घलो हो ही। आबे रे, कौसिल्या!''

सुमित्रा केरकेट्टा कौसिल्या को आमंत्रित करती है। हालाँकि गाय-सूअर का मांस खाने के कारण केरकेट्टा परिवार के यहाँ का कोई खाता-पीता नहीं था, कौसिल्या अपवाद थी। वह चुपके से केरकेट्टा परिवार से साग ले आती, क्रिसमस पर केक भी।

सुमित्रा और दुकालराम केरकेट्टा का परिवार बस्ती में संपन्न माना जाता है। पक्का खपरैल घर, टी.वी., रेडियो, लूना—सभी से भरपूर। सुमित्रा केरकेट्टा धर्म अस्पताल में आया है और दुकालराम केरकेट्टा कंपाउंडर। बेटी यशोदा केरकेट्टा पत्थल गाँव में नर्स है, दामाद ज्वेल तिरकी पत्थलगाँव में मास्टर।

सार्वजनिक नल से नहाने की विवशता है केरकेट्टा परिवार की। अब तक नहानी-नल नहीं लगा सका है केरकेट्टा परिवार। पैसा जोड़ ही रहे थे कि यशोदा केरकेट्टा का रिश्ता आ गया था ज्वेल तिरकी से।

दुकालराम केरकेट्टा—कच्छा-बनियान में, डालडे का खाली डिब्बा लिये, गुड़ाखू करता खड़ा था। नल पर से औरतों की भीड़ छँटे तो वह पानी भरे और नदिया की ओर निकले शौच के लिए।

''अब मोला दू बालटी पानी भरन दो जल्दी से। यशोदा केरकेट्टा के डैडी माइकवाला के पास जाही।''

औरतें सुमित्रा केरकेट्टा के अनुरोध पर नल से दूर हट गई थीं। चोंगा-माखुर का रिश्ता केरकेट्टा परिवार के साथ न होने पर भी शादी-ब्याह का मामला था। शादी यशोदा केरकेट्टा का हो या जशुमती यादव का। ब्याह तो ब्याह होता है न, फिर भले ही खाने-पीने का रिश्ता न हो—पैसा-दू पैसा के उधारी का रिश्ता तो कइयों का था केरकेट्टा परिवार से। सुमित्रा केरकेट्टा दो बालटी पानी भरकर और एक ड्रम लगाकर नल से चली गई थी। यशोदा केरकेट्टा पहले ही गुस्सा होकर घर जा चुकी थी।

नल की धार हर नगर निगम के नल की तरह पतली थी। औरतों का धैर्य चूक रहा था। शरारती बच्चों का भी। एक शैतान लड़का नल की गरदन पर बँधी

टाई-सी चिथड़े को खोल भाग खड़ा हुआ था। नल से पानी की धार ऊपर की ओर छूटी थी। सोडा की बोतल सी सू···धार नल की और भी पतली हो गई थी।

''बेर्रा, थोपनमुँहा, ठहर तो रे!''

औरतों ने उस लड़के को दौड़ा लिया था। कुछ औरतें नल की गरदन में फिर से चिथड़ा बाँधने में जुट गई थीं। एक ही नल था सड़क के किनारे, आना विवशता थी। पिछली बार चुनाव के समय बस्ती में एक नल—भारतीय जनता पार्टी के एम.एल.ए. ने लगवाया भी था, पर जब उसे पता चला कि बस्ती अवैध है, जिसमें अधिकांश लोगों के नाम वोटरलिस्ट में भी नहीं हैं, तो रातोरात उसके कार्यकर्ता आए थे, नल उखाड़ ले गए थे। कांग्रेसी उम्मीदवार को पता चला तो उसने गुंडियाँ रातोरात बँटवा दी, पर नल तो फिर भी नहीं लग पाया। दोनों ही उम्मीदवारों से छककर शराब पीने के बाद वोट कांग्रेसी उम्मीदवार को देकर बस्तीवालों ने नल उखाड़ने का गुस्सा उतार दिया था, पर नल नहीं लगा तो नहीं ही लगा था।

कौसिल्या कंझा गई थी खड़े-खड़े। पानी की खाली हँड़िया रखकर उसने सोचा कि मेम साहब कोरेल हगिंस को उसका दाल का कटोरा वापस कर आए। मेम साहब का उसपर बड़ा स्नेह था, आती-जाती कुछ भी थमा ही देतीं—छिछड़े की सब्जी, दाल—कुछ भी।

साहब हगिंस सुदूर इंग्लैंड से आया था, रेल का ड्राइवर बना, मेल ड्राइवर बन के रिटायर्ड हुआ। लौट के नहीं गया फिर वह इंग्लैंड। यहीं रह गया वह। अच्छा खाने, शान-शौकत से जीवन जीने के कारण जमा पूँजी कभी रही नहीं उसके पास। ''बचा के भी क्या करूँगा? एक ही डॉक्टर है।'' मि. हगिंस कहता। एक दिन रेलवे इंस्टीट्यूट के बार से बँगला यार्ड लौट रहा था मि. हगिंस—मेल ड्राइवर हगिंस, फुटपाथ पर गिरा और हार्ड अटैक से मर गया था। मिसेस कोरेल हगिंस बँगला यार्ड के बँगले पर काबिज रहीं, तब तक रहीं जब तक बँगले की लकड़ियाँ, जाफरी, फेनसिंग सलामत रहीं, जला-जुलूकर चूल्हा जलाती रहीं, खाती रहीं मिसेस कोरेल हगिंस। ग्रैच्युटी भी नहीं मिली उन्हें। एक दिन ऐसा आया—न घर रहा, न पैसा। मिसेस कोरेल हगिंस झोंपड़ी बना झोंपड़पट्टी में आ गईं—कौसिल्या की बस्ती में। पड़ोसी केरकेट्टा परिवार व बस्तीवालों से उनकी बनती नहीं थी। केरकेट्टा परिवार का यह आरोप रहता था कि वे उनकी सब्जी के बाड़े की सब्जियाँ चुरा ले जाती हैं। उनकी मुरगियों के दड़बे में खपच्ची डाल के अंडे चुरा ले जाती हैं। मिसेस कोरेल हगिंस उनसे या बस्तीवालों के मुँह नहीं लगती थीं—''ब्लडी ब्लैक।''

मिसेस हगिंस की मम्मी डायना हगिंस जहाँ भी शादी-ब्याह की रोशनी ताम-झाम देखतीं—अपने अच्छे दिनों की रेशमी फ्रॉक, जूते पहनकर पहुँच जातीं—गुरुद्वारा हो या किसी का घर। मिठाइयाँ-लड्डू, छुहारे बटोर लातीं। मिसेस कोरेल हगिंस जब-तब अपनी बिरादरीवालों से किसी से भी बीस-तीस रुपए उधार माँग बैठतीं।

"पेंशन में लौटा देगा मैन!"

पर पेंशन मिसेस कोरेल हगिंस को कभी मिलता, कभी नहीं। पैसे भी नहीं लौटते किसी के।

"मैम साहब, दाल बहुत अच्छी थी।" कौसिल्या दाल का खाली कटोरा लौटाती हुई बोली थी।

"ब्लडी केरकेट्टा की बाडी का मखना कुम्हड़ा डाला था न उसमें।"

मिसेस कोरेल हगिंस ने कौसिल्या को जताया था। मिसेस हगिंस की मम्मी कल ही एक अमीर की बेटी के ब्याह से लौटी थीं। उसने कौसिल्या को असली घी के लड्डू खिलाए थे।

"कल एक मैरिज में गया रहा।" मिठाई देकर मिसेस हगिंस की मम्मी ने आह्लादित होकर कौसिल्या को सूचित किया था।

सन् १८८५ में किसी दिन ईसाइयों का एक जत्था बैलगाड़ियों में लद-फँदकर जबलपुर से लंबा सफर तय करता हुआ इस शहर में पहुँचा था और जरहाभाठा के एक सिरस वृक्ष के नीचे अपना डेरा-डंडा डाल दिया था।

मिशनरियों के इस शहर में पहुँचने की यह तारीख आज सौ वर्ष से भी ऊप्र हो चुकी है। प्रथम ईसाई दल ने जहाँ प्रभु यीशु की पूजा की थी, वह 'पारा चैपल' आज भी कायम है इस शहर में।

मिशन में पहले नर्सों का प्रशिक्षण केंद्र हुआ करता था—अब नहीं होता। यशोदा केरकेट्टा को इसीलिए पत्थलगाँव तक दौड़ना पड़ा। सुमित्रा केरकेट्टा का बेटा जरहाभाठा के गैराज में मोटर मेकेनिक का काम सीखता है—सालोमन केरकेट्टा।

ऐशले बँगला के ठीक आगे, जहाँ अमेरिकन रेनाल्ड साहब का बँगला हुआ करता था—'सेवा सदन'। उसी सेवा सदन के सामने की जमीन को मोटर ट्रकों तथा बसों की 'बॉडी' बनानेवाले 'बॉडी बिल्डरों', मोटर मरम्मत करनेवाले गैराजों ने घेर रखा है। केरकेट्टा परिवार के बेटे की तरह बीसों मसीही युवकों को यहाँ रोजगार मुहैया हो गया है। चर्च तथा मिशन के झगड़े भले ही अदालतों में हों, पर केरकेट्टा जैसे अनेक परिवारों का नाता रविवार को ही सिर्फ चर्च से रह गया है। वहाँ भी वे

लोग उनसे दूरी बनाए रखते—नए-नए मसीही परिवार में आए केरकेट्टा जैसे आदिवासी परिवारों से।

□

केरकेट्टा परिवार चर्च से ब्याह के बाद किराए की जीप में लद-फँदकर घर पहुँचा था। यशोदा केरकेट्टा का ब्याह का डिनर दुकाल केरकेट्टा के घर होना था, फिर यशोदा केरकेट्टा को बकरे के मांस और चावल का दहेज लेकर ज्वेल तिरकी के यहाँ बगीचा प्रस्थान करना था। आज डिनर में देशी की जगह विदेशी दारू और बकरे के मांस की व्यवस्था थी। दारू का दौर चला था। आदिवासी, गैर-आदिवासी, मसीही समाज के अनेक लोगों की भीड़ थी रात्रि भोज में। जरहाभाठा के मसीही मोटर मेकैनिक मिस्त्रियों का जमावड़ा तो था ही। मिसेस कोरेल हगिंस अपनी मम्मी के साथ सारा बैर भुलाकर पहुँची थीं। कॉकटेल पार्टी थी। बहुत दिनों बाद पीने को मिलेगा—मुफ्त। जीर्ण-शीर्ण फ्रॉक-रंग उड़े शूट में मसीही समाज के ये लोग देर रात तक करमा डांस, फिर हंगामा करते रहे थे। आधी रात को मारा-पीटी, गाली-गलौज से लस्त होकर जब केरकेट्टा परिवार सोने गया था तो मुहल्ले के लोग दातौन लिये दिशा-मैदान के लिए निकल रहे थे। केरकेट्टा परिवार में सन्नाटा था—युद्धभूमि में घायल होकर लस्त पड़े सैनिकों के शिविर की तरह सन्नाटा।

रामखिलावन कुएँ की जगत पर शराब के नशे में पड़ा सारी रात बड़बड़ाता ददरिया गाता रहा था। वह भी केरकेट्टा परिवार के डिनर से पी-खा के लौटा था।

□

"एक खबोसा चाउर, थारी भर पेज मिल जातिस तो…"

लक्षन की प्यार से पाली गई बकरियाँ बिक गई थीं। साधराम गाँव से जो कुछ पैसा लाया था, वह भी धीरे-धीरे खत्म हो गया था। पाँच रुपए किलो कोयले की लकड़ी हो चली थी। निरमा सोलह रुपए किलो, सिर्फ धुले-धुलाए कपड़ों को प्रेस करना कौसिल्या को सुहाता था। मनबोधनी कपड़ों को पानी के छींटों से भिगोकर रख देती। वह प्रेस करती जाती। साधराम अगर लग जाता काम पर तो घंटे भर में काम निपट जाता था। कौसिल्या जाती, शाम तक दो रुपया प्रति कपड़े के हिसाब से कपड़े पहुँचाकर वह पैसे ले आती। साधराम की साइकिल गिरवी पड़ी थी—सिंधी परचूनिया के यहाँ। वह घरों-गलियों में कपड़ों की पोटली बाँधकर घूमना अपनी हेठी समझता। इससे अच्छा तो भिनसार चुपके से बँधवा तालाब निकल जाओ या रात को मछलियाँ चोरी से पकड़ो, बेच दो बुधवारी बाजार में। शाम तक सौ-पचास रुपए चकाचक। मछली घर के लिए अलग से राँध लो। पर

इसमें पकड़े जाने का डर रहता। मछलियाँ हमेशा हाथ आती भी नहीं थीं। तब यह हाल होता कि एक चुकिया तेल, एक गड़ी नून, एक फेरी कोकी अमली, एक दाना चना मुर्रा, एक फाँकी अथान (अचार) के लिए कौसिल्या-मनबोधनी हुलसती रह जातीं। मनबोधनी के स्तनों में दूध नहीं उतरता था। छेदिन दूध के लिए रिरियाती रहती। सूखे स्तनों को भँभोड़ती रहती। मनबोधनी उसे भी एक चम्मच ठर्रा घोल के पिला देती, पर कब तक? नशा टूटता दुगुने वेग से वह रिरियाती—रात भर रिरियाती। उसे सूखा रोग हो गया था। मनबोधनी फिर से पेट से रह गई थी। अब एक मैली गुर (गुड़) एक बटकी बासी, एक नख 'घिउ' (घी) के लिए मनबोधनी का मन हुलसता तो बूढ़ी काकी डोकरी बाहर निकल जाती। पर कहाँ तक? उसकी भी तो कोई सीमा थी।

काकी डोकरी कभी गोलबाजार निकल जाती, तो कभी मदर टेरेसा वार्ड। गोलबाजार में सब्जी-भाजीवाले उखड़ गए हैं, बस छह-दस दुकानें ही रह गई हैं। जहाँ फलों की दुकानें थी अब वहाँ दूध-दही की दुकानें खड़ी हैं। जहाँ शरणार्थी सिंधियों के होटल थे—अब वहाँ जूतों की, मनिहारी की दुकानें हैं। भीतर के हिस्से का सब्जी बाजार उजड़ने की कगार पर है। पहले एक-आध सामान—टोकरी, गाड़ियों-कारों में पहुँचाने के एवज में डोकरी काकी को सड़ी-गली सब्जियाँ मिल जाया करती थीं। दुकान उठने पर एक-आध धनिया की गड्डी, चार टमाटर भी हाथ लग जाते थे। अब महानदी, मांड में बाढ़ आया हुआ है, सब्जियाँ सोने के भाव बिक रही हैं। सब्जी मिलना तो दूर, देखने को तरस जाती काकी डोकरी।

लोग-बाग अब सामान भी खुद उठाना पसंद करते हैं, सरकारी अफसर हों तो उनके ड्राइवर नौकर। काकी डोकरी अँधियारा पड़ने पर खाली हाथ भूखी-प्यासी लौटती तो कौसिल्या मुँह फेर लेती। उससे कुछ पूछने-बोलने की हिम्मत उसे नहीं होती। काकी आती छेना (कंडा) उठाकर रेलवे कॉलोनियों की ओर निकल जाती। बरसात का दिन, मिट्टी के तेल की किल्लत। शायद कोई बाबू-भैया छेना बिसा ले या एकाध गोरसी-चूल्हा ही बिक जाए।

□

देवरीखुर्द का सरंपच आया था—पंचू सिंह नेताम। कह गया है बस्ती में, दिल्ली जाना है बारह को रेलगाड़ी से। जो जाना चाहें तैयार रहें, खाना मिलेगा दोनों टाइम, पूड़ी-साग। आना-जाना रेलवे में बिलकुल मुफ्त। साधराम तैयार हो गया था, रामखिलावन डोकरा, शिवराम भी। धानबाई सहित मोगराबाई और उसकी देवरानी भी।

"ज्यादा दिन के जिनगी न रहे, दिल्ली ला देख लेबो। जुलूस निकलही तेमाँ भाग लेबो।"

यहाँ-वहाँ कहता फिरता रहा रामखिलावन प्रसन्न था।

धानबाई ने कौसिल्या को भी आमंत्रण दिया था—"चल कौसिल्या, घूम-घाम के आ जाबो। अइसे में तो दिल्ली देखे बर नई मिलय।"

कौसिल्या का मन भी बहुत हुलसा था। दिल्ली तो दूर, रेल में वह रायगढ़-नैला भी नहीं गई थी। मनबोधनी को छोड़ के जाना संभव नहीं था। काकी डोकरी भी जब जाना चाह रही हो तब!

दिल्ली में १४ जुलाई को आयोजित की जा रही उपलब्धि रैली में भाग लेने के लिए 'इंका' कार्यकार्ताओं से खचाखच भरी विशेष रेलगाड़ी 'नरसिंह राव जिंदाबाद' नारे के साथ जब रवाना हो गई तो कौसिल्या बोझिल मन से घर लौट आई थी। प्लेटफॉर्म में मिले दोपहर के पूड़ी-साग को काकी डोकरी ने चुपके से कौसिल्या को धरा दिया था—

"लेग जा रे, तैं अउ मनबोधनी मिल-बाँट के खा लेहौं, मैं अउ ले लेहूँ।"

□

अध्याय-तीन

अपारा

"अनारकली आ गए हे, अनारकली मिल गए हे!"

बस्ती के बाहर शोर उठा था। हड़बड़ा के कौसिल्या रिरियाती छेदिन को लेकर बाहर भागी थी—

"अनारकली तो मर गई रही, आई कैसे?"

सच में, अनारकली खड़ी थी, देवीदीन कोलाम, अपने चाचा के साथ। देवीदीन कोलाम अपनी औरत और भतीजी अनारकली कोलाम के साथ डॉ. घोष के कृषि फार्म में चौकीदारी का काम करता था। एक दिन मंगला रोड पर एक युवती की क्षत-विक्षत लाश मिली, गाँव के सरपंच ने लाश को पहचानकर बताया कि लाश देवीदीन कोलाम की भतीजी अनारकली कोलाम की है। जबकि देवीदीन कोलाम कहता रहा कि लाश उसकी भतीजी अनारकली कोलाम की नहीं है। अनारकली तो उसके साढ़ू रामचंद्र के साथ दिल्ली कमाने-खाने गई है। देवीदीन के इस बयान को पुलिस ने नहीं माना। निर्देश दिया, "अनारकली अगर वास्तव में जिंदा है तो उसे लाकर पुलिस को दिखाए।"

डॉ. घोष के कृषि फार्म में चौकीदारी करता देवीदीन कोलाम के पास इतने पैसे भी नहीं थे कि वह दिल्ली जाकर अपनी भतीजी अनारकली कोलाम को ले आता। बार-बार पुलिस उसे थाने में जब बुलाने लगी तो वह साहूकार से कर्जा लेकर दिल्ली गया था और दिल्ली से अपनी भतीजी अनारकली कोलाम को ले आया था। आज वही अनारकली कोलाम बस्ती लौटी थी। अपने सगे के घर— शिवरतन के यहाँ।

शाम को पुलिस आई थी, बयान के लिए देवीदीन कोलाम और अनारकली को पकड़कर थाने ले गई थी।

अनारकली को दिल्ली से ले तो आया था देवीदीन कोलाम। फाँसी से उसकी गरदन भी बच गई थी; पर गाँव के सरपंच और दमदार लोगों ने उसको झूठी गवाही देने के आरोप में गाँव से निष्कासित कर दिया था। पुलिस और गाँव के प्रभावशाली लोगों के कारण उसके समक्ष फाके की नौबत आ गई थी। उसकी नौकरी जाती रही थी। पुलिस और गाँव के प्रभावशाली लोग उसे अलग तंग किए हुए थे। उसे पुलिस में जाने, गवाही देने से रोका गया, मारा-पीटा गया तो देवीदीन कोलाम शहर आ गया था कि रिक्शा खींचेगा, पेट भर लेगा।

देवीदीन कोलाम की नौकरी तो पहले ही हाथ से जाती रही थी। वहीं अनारकलो, जो दिल्ली में बत्तीस रुपए रोजी पर दैनिक मजदूरी करती थी, वह भी बेकार होकर उसकी छाती पर आ बैठी थी। दिल्ली आने-जाने में खर्च हुए डेढ़ हजार रुपए कर्ज की अदायगी का तगादा उसके सिर पर तलवार-सा अलग से टँग गया था।

देवीदीन अब अपनी औरत और अनारकली कोलाम के साथ मजदूरी की आस में अंबेडकर चौक में जा खड़ा होता। कभी काम मिलता, कभी नहीं। बरसात झड़ी के दिन, शहर में घुटनों तक जल भरा है। रिक्शा चलाना भी मुहाल हो उठा है। आस-पास के इलाके में बाढ़ आई हुई है। बस-गाड़ियाँ नहीं छूट रहीं, यात्री मिले तो कहाँ के लिए? हफ्तों देवीदीन कोलाम को कोई काम नहीं मिला था। अनारकली दिल्ली वापस जाने के लिए अलग रार मचाने लगी थी। थाने का चक्कर अलग था, हफ्ते, दो-चार दिन में सिपाही आता—दिन भर थाने में पूछताछ के लिए गाँव ले जाता। देवीदीन कोलाम जोगीपुर फिर से लौट जाना चाहता है, जहाँ उसे जान से मार देने की धमकी मिली हुई है; पर पेट की आग की यंत्रणा से तो मर ही जाना अच्छा। हारकर एक दिन देवीदीन कोलाम औरत के सर पेटी-बोगचा लादे जोगीपुर लौट गया था। पीछे-पीछे अनारकली कोलाम भी।

☐

अरपा का गँदला जल हरहराता हुआ गलियों-सड़कों में चढ़ा आ रहा था। पिछले तीस घंटों की अनवरत बारिश ने पूरे शहर में तबाही मचा दी थी। शहर ने एक गँदले टापू का रूप अख्तियार कर लिया था। चारों ओर हरहराता गँदला जल नदी से नगर में चढ़ता आ रहा था—आस-पास के झोंपड़ों को डुबोता, धराशायी करता। नदी के किनारे की बस्तियों के सैकड़ों मकान ढह गए थे, ढह रहे थे। हजारों लोग ऊँची जगहों में शरण के लिए भाग रहे थे।

शहर की गलियों में गले तक पानी बह रहा था। अरपा का पानी वर्षों बाद

शहर में मीलों तक घुस आया था। निचली बस्ती के बेखबर लोग हाहाकार मचाते इधर-उधर सिंग समाया भाग रहे थे।

"घर छोड़ दें, घर छोड़ दें। ऊँची जगहों पर चले जाएँ। पक्के घरों में चले जाएँ।" सड़कों पर मुनादी करती जीप घूम रही थी।

कौसिल्या ददा को घसीटती बाहर भागी थी। साधराम मनबोधनी का हाथ थामे व छेदिन को कंधे पर बिठाए भौंचक आँगन में खड़ा था। उसी समय भरभराकर कौसिल्या की झोंपड़ी बैठती चली गई थी।

कहाँ जाएँ? किस ओर? साधराम की समझ में नहीं आया था। अरपा और नाले का जल अजगर की तरह लहराता हुआ सड़कों पर से बस्ती, बस्ती से उसके आँगन तक बढ़ा चला आ रहा था। बस्ती में चिल्ल-पों, हाहाकार मच गया था—

"भागो-भागो..."

"रे बाबू, दौड़ो रे दौड़ो!"

"भैया बचाओ रे, मरा रे, मरा!"

"चिमनी अउ डेचकी ल जाएन दे, बाबू।"

"चल भाग काकी, भाग।"

सुरेश राव ने अँधेरे में चिमनी-डेकची टटोलती काकी को हरहराते जल से बाहर खींचा था। अंधकार-ही-अंधकार।

रामखिलावन के दरवाजे पर खड़ा बिजली का खंभा अरअरा के एक ओर झुक गया था और चारों ओर घुप अंधकार छा गया था।

"भाग रे कौसिल्या, भाग!"

साधराम गर्भवती मनबोधनी का हाथ थामे, छेदिन को कंधे पर चढ़ाए अँधेरे में पानी छपछपाता एक ओर भागा था—"कौसिल्या, रे कौसिल्या!"

अँधेरे में काकी डोकरी ने कौसिल्या को टेरा था। सुरेश राव ने एक हाथ काकी का पकड़ा और रामजी को जबरन कंधे पर लाद लिया था। उसके कमर तक हरहराता जल चढ़ आया था। रामजी अँधेरे में गोंगिया रहा था।

"रुक जा रे कौसिल्या...रे कौसिल्या!"

रामखिलावन डोकरा पीछे लाठी से पानी छपछपाता, गिरता-पड़ता आवाजें दे रहा था। शिवराम धानबाई और बच्चों के साथ आगे निकल चुका था।

"भागें-भागें।"

—जल्दी करें...जल्दी करें...

—ऊपरी इलाके में चले जाएँ···

जीप सर्चलाइट फेंकती दूर से मुनादी कर रही थी।

बस्ती के लोग जिधर सिर समाया उधर भाग निकले थे।

बीस दिनों से हो रही बरसात ने कहर बरपा दिया था। तट के पचासों लोग बाढ़ की चेपट में आ गए थे। सैकड़ों मवेशी पानी में फँस गए थे।

चाँटीडीह का रपटा पानी में डूब चुका था। मनियारी, महानदी का जल स्तर खतरे के निशान से ऊपर बह रहा था। नगर का संपर्क सड़क मार्ग से कट चुका था।

प्रशासन ने बाढ़ से निबटने की कोई तैयारी नहीं की थी।

बाढ़ इस शहर में पिछले बीस वर्षों में कभी आई ही नहीं थी। वर्षों बाद अरपा का कहर शहर के लोगों पर टूटा था।

रात ही को अमरीका बाई, मंगलू का झोंपड़ा भी कौसिल्या के झोंपड़े की तरह भरभरा के बैठ गया था।

बस्ती के लोगों ने किसी तरह सिंधी धर्मशाला में रात काटी थी।

सुबह हुई।

बस्ती के लोगों ने सोचा था, सुबह होगी—लौट जाएँगे अपने घर। छानी बैठी होगी, छा लेंगे, दीवार गिर गई होगी, खड़ी कर लेंगे।

सुबह कौसिल्या काकी डोकरी के साथ लौटी। बस्ती में तो सिवाय हरहराते मटमैले जल के कुछ भी शेष नहीं था। सबकुछ डूब चुका था उनका। कौसिल्या और काकी डोकरी अपना झोंपड़ा तलाशती रहीं, कहाँ खड़ा था उनका झोंपड़ा? आँगन?

दुकाल केरकेट्टा व रामखिलावन का घर पक्की ईंटों का था, पर उनका सारा कीमती सामान बाढ़ के पानी में बह गया था। वे भी कौसिल्या की तरह बेघर-गरीब हो गए थे। पाँच फुट गँदला पानी उनके घरों में घुसा हुआ था।

''कहाँ हे हमर घर, काकी?''

कौसिल्या ने डबडबाई आँखों से काकी डोकरी से पूछा था और जमीन पर लस्त ढह गई थी।

मिसेस कोरेल हगिंस अपनी मम्मी का हाथ थामे बेटी के यहाँ चली गई थीं। छेलराम के झोंपड़े की छतें खड़ी थीं, दीवारें धसक गई थीं। उसके बरतन-भाँड़े उसकी आँखों के आगे बहते चले गए थे। वह बच्चों को कंधों पर बिठाए निरुपाय देखता रह गया था।

बाढ़ के प्रकोप से कल रात अपनी जान की हिफाजत के लिए झोंपड़ियाँ छोड़कर भागे लोग सुबह लौटकर अपनी-अपनी झोंपड़ियाँ तलाशते फिरते रहे लगता था एक रात में अपना ठौर-ठिकाना भूल गए। बाढ़ की विभीषिका ने उन सबों को सड़कों पर खड़ा कर दिया था, बेघर-भूखे एक कपड़े में।

आँखों में आँस लिये साधराम अन्य लोगों के साथ नदी की लहरों में अपना झोंपड़ा शाम तक तलाशता खड़ा रहा।

''अगर छानी भर मिल जाए तो वह दीवारें रातोरात खड़ी कर लेगा।''

रामखिलावन डोकरा कीचड़ में इस आशा के साथ खड़ा टटोलता रहा कि सोने के बिस्तर, खाने के बरतन शायद हाथ लग जाएँ।

औरतों-बच्चों की चिल्लाहटें, सबकुछ लुट जाने की पीड़ा से ज्यादा अब भूख की पीड़ा खाए जा रही थी लोगों को।

रात हुई, अंधकार में बस्ती डूब गई थी। एक बदरंग, विशाल तालाब के बीच इक्का-दुक्का पक्के घर टापुओं से तैर रहे थे। बेरहम बाढ़ ने तिल-तिल कर बनाया उनका घरौंदा छीन लिया था।

अब सबकी निगाहें जिला प्रशासन पर टिकी थीं।

रात से आधी रात हुई।

न खबर लेने कोई पहुँचा, न खाने के लिए कुछ मिला कहीं से।

□

''कभी ऐसा रौद्र रूप नहीं देखा रहा अरपा का।''

शिवराम सिर पर हाथ धरे बैठा था। फाके की नौबत आ गई थी। बगल की राधाकृष्ण बस्ती भी पूरी तरह अँधेरे में डूबी हुई थी। न बिजलीवाला अब तक पहुँचा था, न कोई अधिकारी। राधकृष्ण बस्ती की तरह नदी के तट की सारी गरीब कच्ची बस्तियाँ चपेट में आ गई थीं।

''नौकरी भी गई, घर भी गया।''

सुबह से शिवराम के बच्चे भूख से हाय-तोबा मचाए हुए थे। सुना था भोजन बँट रहे हैं। इस शिविर में अब तक कोई नहीं पहुँचा था।

कल मंत्री महोदय व आला अफसर स्थिति का जायजा लेने आए थे। भोजन आदि मुहैया कराने का आश्वासन देकर चले गए थे। दस घंटे हो चले थे। उन्हें अब तक एक दाना भी मयस्सर नहीं हो सका था।

रात को नदी का जल स्तर फिर से बढ़ने लगा। जिनके घरौंदे सही-सलामत थे, वे चिंतित हो उठे थे। उनके झोंपड़े-घर दोबारा बाढ़ की चपेट में न आ जाएँ।

दोमुहानी, दर्रीघाट, गोकने नाले की सारी बस्तियाँ अभी भी बाढ़ की चपेट में थीं। भोथाडीह, घुरु, अमेरी गाँव भी। गाँववाले गाँव छोड़कर ऊँचाईवाले गाँवों में पलायन कर गए थे। शिवराम धानबाई के गाँव भी बच्चों को लेकर नहीं जा सकता था। वहाँ उसकी ससुराल थी।

दुकाल राम केरकेट्टा किसी चर्च के अहाते में चला गया था। मिसेज कोरेल को उनकी बेटी रेलवे कॉलोनी ले गई थी।

कुम्हार टोला के लोगों के घर डूबे थे, सामान बरबाद हो गया था। वे भी अब धीरे-धीरे धर्मशाला छोड़कर चले जा रहे थे।

तीस दिनों से हो रही अनवरत वर्षा ने फलों-सब्जियों की बाड़ियों को तहस-नहस करके रख दिया था। रामखिलावन, काकी डोकरी शहर में निकलते-घूमते खाली हाथ लौट आते।

"बाढ़ उतरने के बाद घर-झोंपड़ा कैसे खड़ा कर पाएँगे? लकड़ी-प्लास्टिक कहाँ से जुगाड़ करेगा वह? रुपयों का इंतजाम कैसे होगा? कहाँ जाएँगे हम?"

साधराम आगे कुछ सोच नहीं पाया तो शिविर से बाहर निकल गया था। सुरेश अपने गाँव निकल गया है। नहीं तो उससे कुछ रुपए ले लेता—बाँस, बल्ली, खपड़ों के लिए।

मुआवजा इतनी सहजता से मिलने से रहा, चार-पाँच लोगों से प्रमाणित कराओ, फिर कहीं कुछ होगा। गाँव ही जाना पड़ेगा उसको। वहाँ भी बेचने को क्या धरा होगा, जिसे बेच के कुछ पाएगा वह?

□

शहर के विभिन्न हिस्सों में पानी कम हो रहा था। शिविरों से लोग धीरे-धीरे घरों को लौट रहे थे।

जिला प्रशासन ने मुआवजा देने के लिए टीम गठित की थी, जिसने सर्वे आरंभ कर दिया था।

जिन्होंने अपने सिर छुपाने के लिए इंतजाम कर लिया था, वे शिविरों से धीरे-धीरे पलायन कर रहे थे।

साधराम के शिविर का भी हानि आकलन करनेवाली टीम ने सर्वे किया था। जिला प्रशासन ने एक-दो दिनों के भीतर बाढ़ पीड़ित क्षेत्रों का पूरा सर्वे कर लिये जाने की संभावना की थी।

शिविरों में खाना न मिलने की शिकायत पर जिला प्रशासन के अधिकारी कहते रहे कि पूरी सुविधाएँ मुहैया होंगी।

शुभी के साथ कुछ स्वयंसेवी संस्थाओं की औरतों ने पुलाव और पुराने कपड़े कौसिल्या के शिविर में बाँटे हैं।

शिवराम के घर का पानी उतर गया था। वह धानबाई व बच्चों के साथ लौट गया था। फिर एक-एक तिनका घर के लिए जोड़ना होगा। रामखिलावन को पेंशन मिलती ही कितनी है!

शिवराम पैसे-पानी का जुगाड़ करने के लिए गाँव निकल गया था—

''दो-चार दिन में लौट आऊँगा।''

□

बस्ती की बगलवाली नाली पाटोपाट बह रही थी। बाढ़ का पानी पाँचवें रोज बस्ती से पूरी तरह उतर गया था। साधराम ने जैसे-तैसे करके अपनी झोंपड़ी की छत डाल ली थी। कुछ रुपए वह गाँव के साहूकार से खेत गिरवी रख के लाया था। कुछ रुपए उसने सुरेश राव भोंसले से उधार लिये थे। दो दिनों तक लग के काकी डोकरी और कौसिल्या ने कच्ची मिट्टी की दीवारें खड़ी कर ली थीं। सिर छिपाने, धूप-बरसात से बचने के लिए यही आसरा बहुत था।

मुआवजे का सर्वे चल रहा था। बहस जारी थी कि बेजा कब्जावाले झोंपड़ीधारियों को मुआवजा दिया जाना है या नहीं। जब तक यह तय नहीं होता, उनकी बस्तीवालों को मुआवजा मिल नहीं सकता था। राजधानी से आदेश की प्रतीक्षा थी।

बाढ़ के बाद बस्ती में आंत्रशोथ, खाँसी, बुखार और उलटी की महामारी फैल रही थी। लगभग दो किलोमीटर की परिधि में विषाक्त कीटाणु हवा-पानी में तैर रहे थे।

राधेश्याम, लखनलाल, केजूराम के घर के लोगों ने तो बिस्तर ही पकड़ लिया था। खेदूराम मर गया था। अब तक पीड़ितों को देखने के लिए न तो जिला प्रशासन का कोई अधिकारी पहुँचा था, न चिकित्सक ही। अखबारवाले आते, तसवीरें और बयान लेकर चले जाते—

''बाढ़ के कारण एक तो सिर से छत ही छिन गई, उसके बाद एक जून का भोजन तक नसीब नहीं हुआ, समाजसेवी संस्थाओं ने जो जुटाया, वह बहुत कम था, साहब।''

साधराम की बात लिख ली थी संवाददाता ने।

हालाँकि मुहल्ले के भीतरी हिस्से का पानी उतर गया था, पर चारों तरफ पानी अभी भी भरा हुआ था। बगल की नाली गरदन तक डूबी बह रही थी। बाढ़

के पानी से घिरी बस्ती आस-पास का समूचा इलाका भाँय-भाँय कर रहा था। पचासों मकानों के ढहने और बाड़ियों के उजड़ जाने से खंडहरनुमा बस्ती में किसी अजनबी को देख बच्चे व औरतें दौड़ आते थे। उनकी भूखी आँखें चमक उठती थीं। शायद कुछ खाने के लिए आया हो!

उलटी, दस्त, बुखार से सारा मुहल्ला बेहाल है, मगर कोई कुत्ता तक झाँकने भी नहीं आता। शिवराम चार बार कलक्टर कार्यालय का चक्कर लगा चुका है। मुआवजा के लिए जवाब मिलता—सर्वे हो रहा है, मिलेगा मुआवजा।

जिला प्रशासन को बीमारी की खबर दे दी गयी थी। उसके बावजूद अफसर नदारद थे।

"साधराम, कब आएँगे वे लोग?" पूछा था विश्वास बाई ने। उसका चौबीस सदस्यीय परिवार झोंपड़ियों में रहता था। झोंपड़ी पूरी तरह नष्ट हो गई थी। अब वह बेघर और बीमार थी।

बाढ़ का जायजा लेने एक दिन मजिस्ट्रेट साहब आए और मुआयना करके उलटे पाँव लौट गए थे। उसके बाद भी न तो भोजन मिला, न दवाइयाँ। बीमारी और भूख से तंग चैतराम, झूलाबाई, बजरहा का परिवार पलायन की तैयारी कर रहा था। जहाँ काम मिलेगा, चले जाएँगे वे।

श्याम बाई कुँवरिया के साथ आई थी। एक किलो कनकी, पुरानी साड़ियाँ कौसिल्या को दे गई।

"शुभी बाई से माँगकर लाई हूँ, रे कौसिल्या—धर ले, धर ले।"

श्याम बाई की हालत उनसे बेहतर थी। बँधवा तालाब की ऊँची मेंड़ के चारों ओर श्याम बाई के जाति-बिरादरीवालों ने झोंपड़ियाँ बना रखी थीं। बीस एक घर थे उनके। बरतन-चौका करनेवाले राउत लोगों के। इसलिए उनके घर बच गए थे डूबने से। हालाँकि कौसिल्या की बस्ती में जब बाढ़ का तांडव मचा, उस दिन श्याम बाई के घर के दरवाजे तक तालाब का पानी बहने लगा था। रात को चीखते-चिल्लाते लोगों ने जान बचाकर चौकीदार को जगाया था। उसने आकर तालाब की मेंड़ काट दी थी। श्याम बाई के मुहल्लेवालों की जान बची थी।

श्याम बाई को साधराम अच्छी नजरों से नहीं देखता था। वह उसका घर आना पसंद भी नहीं करता था। पर भूख की विवशता थी, इसलिए चुप रहता था।

दूसरे दिन मनबोधनी, कौसिल्या को श्याम बाई ने शुभी के गैरेज में शरण दिलवा दी थी।

□

बाढ़ आई और चली गई। अब बरसात का मौसम खत्म होने को आया। घर लीपने-पोतने का काम बस्ती में शुरू हो गया था। बाढ़ का मुआवजा किसी को मिला, किसी को नहीं। राजधानी से आदेश की प्रतीक्षा हो रही है कि जिनके खुद की जमीन नहीं है, बेजा कब्जा में है घर, उन्हें मुआवजा प्रशासन दे या नहीं? अगर दे तो कितना प्रतिशत? करोड़ों का नुकसान हुआ था बाढ़ से। उतना धन प्रशासन के पास मुआवजा के लिए नहीं था।

मंत्रीगण दान की अपीलें कर रहे थे। मुख्यमंत्री प्रधानमंत्री के सहायता कोश की ओर देख रहे थे।

साधराम ठेले में मौसमी फलों का धंधा करने लगा था गली-गली। वह सस्ते फल उठाता और गरीबों की बस्ती की ओर निकल जाता। जहाँ फल खाने की चाह तो थी, पर कुव्वत नहीं थी।

काकी डोकरी मुँह अँधेरे उठ जाती। रास्ते, गलियों में, रेलवे कॉलोनियों मे गोबर बीनने निकल जाती। गोबर बीनने के लिए मुँह अँधेरे ही उठ जाना पड़ता थ उसे। नहीं तो बस्ती के गोबर बीन ले जाते। बच्चे तो पन्नियाँ-शीशी भी बटोरते प्लास्टिक पन्नियाँ, जिसे वह रद्दीवाले को बेच देते। पाँच-चार रुपए दिन भर मे कमा लेते। डोकरी काकी ने अपना ध्यान सिर्फ गोबर बीनने में ही लगा रखा था गोबर में भूसी मिलाकर काकी डोकरी कंडे थाप लेती—आँगन, कोठरी की दीवारें पर और रास्ते के किनारे।

गोरसी की अगर माँग होती तो नदिया से पीली मिट्टी लाकर वह गोरसी भी बना लेती। उपले बीस रुपए सैकड़ा तक बिक जाते और एक गोरसी पाँच से आठ रुपए तक।

काकी डोकरी को गोबर रोज नहीं मिल पाता था। एक तो अँधेरे में कीचड़, गू और गोबर में काकी डोकरी को अंतर नहीं मालूम पड़ता था, सड़क के किनारे शौच के लिए बच्चे और औरतें भी जा बैठती थीं, जिससे उसे गोबर चुनने में भारी परेशानी होती। गोबर के बदले सूखे मल भी कभी-कभी वह टोकरी में चुन लाती।

आवारा गाय-भैंस कभी-कभी ढीठ सी बैठी रहतीं, न उठकर खड़ी होतीं, न गोबर करतीं। उसके लिए डोकरी काकी के पास उपाय होता। वह एक खपच्ची से गाय-भैंस की योनि को कोंचती। जानवर उठ खड़े होते, फिर तो वे पेशाब करते और बाद में लद-लदालद गोबर भी।

बरसात में काकी डोकरी को भारी परेशानी होती। हरी घास खाकर गाएँ पतला गोबर करतीं, जिसे न तो जमीन पर से उठाया जा सकता और न कंडा बनाया जा सकता था। कंडे सुखाने के लिए भी कोई सूखा ठौर नहीं बचता था—जहाँ वे भीगें न।

रामखिलावन डोकरा सुरेश राव भोंसले के कमरे की ओर मुँह उठाए पड़ा रहता। एक तो अब उसकी तबीयत ठीक नहीं रहती, दूसरे उसके परिचित लोगों की हालत भी कोई अच्छी नहीं थी, जो उसे कुछ दे-दा पाते—बीड़ी, चाय या एक कटोरी साग। सुरेश राव चाय बनाता तो एक-आध कप उसे भी थमा देता। नौकरी की तलाश कर रहा है सुरेश राव।

□

"फूँकन-रोगहा रे, मर नहीं जाते रे?"

"तैं चाटन—मोर संपत्ति चाट डारे—शिवराम तो परबुधिया हावै। नहीं तो मोर गति ऐसन होतिस?"

महीनों बाद मिट्टी के तेल की लाइन लगी तो धानबाई ने रामखिलावन को डिब्बा-पैसे देकर भेजा था कि लाइन में लग के मिट्टी का तेल झोंक लेगा। मौसम बहुत दिनों बाद खुला था, धूप निकली थी। रामखिलावन का आवारा मन भटक गया था नगर भ्रमण, परिचितों के यहाँ घूमने के लिए। वह अपनी जगह एक ढेला और डिब्बा रख के निकल गया था कि दोपहर के पहले पारी आएगी नहीं।

अंबेडकर चौक से चाय-बीड़ी पीकर ताजा दम लौटा तो देखा—मिट्टी तेलवाला गायब था और उसका डिब्बा, ढेला भी।

खाली-छूँछा हाथ रामखिलावन घर लौटा तो धानबाई फनफनाती भात राँधने के जुगाड़ में बैठी थी। लकड़ियाँ गीली थीं, कोयले के लिए पैसे थे नहीं, फिर तो घमासान वाक्-युद्ध प्रारंभ हो गया था। धानबाई से सारा मुहल्ला हार मानता था। रामखिलावन की क्या बिसात थी? आखिर में लस्त-पस्त रामखिलावन बुक्का फाड़ता, छाती पीटता हुआ जमीन पर लोट गया था।

आस-पास के घरों के लोग आ जुटे थे। सुरेश राव भोंसले को अपने कमरे की खिड़कियाँ-दरवाजा बंद कर लेनी पड़ी थीं।

□

सुरेश राव को अखबार में नौकरी मिल गई थी नगर संवाददाता की। कुछ तो जुगाड़ जमा था। हजार रुपए तनख्वाह थी, जिसमें ऑफिस का ताला खोलना, डाक छाँटना, मेज-कुरसियाँ साफ करना, विज्ञापन लेना, उसके पैसे

वसूलने के साथ-साथ संपादक-मालिक के हितों के अनुसार अखबार के लिए समाचार भेजना, अपने वरिष्ठ के लिए शराब चंदे का जुगाड़ करना, सारा कुछ करना था उसे।

"मैं पत्रकार बन गया हूँ, पर मैं जानता हूँ कि मैं एक दल्ला बन गया हूँ।"

दोनों बहनें ब्याह गई थीं। पाँच एकड़ खेत हाथ से निकल गए थे। भोंसले राजाओं द्वारा मिले पुश्तैनी खेत बिक गए थे। आई को कुछ पैसे घर भेजने ही होंगे, भाई को कॉलेज का खर्च भी। कॉलेजों में लाख प्रयास करने पर भी कुछ जमा नहीं था।

अखबारनवीस की नौकरी ही सही। सुरेश राव ने समझौता कर लिया था।

□

जंग लगे टिन के बक्से सा यह शहर धीरे-धीरे शहर से महानगर की ओर कदम बढ़ा रहा था। जैसे कि नगर से महानगर की ओर छलाँग मारते नगर की दशा होती है, बरसाती कुकुरमुत्तों से कल-कारखाने, फैक्टरियाँ देखते-ही-देखते इस शहर के आस-पास उग आई थीं। गाजर घास की तरह ढीढ़ आबादी भी। कस्बे से महानगर बनने जा रहे शहर की जैसी नियति होती है—रोजगार-काम की तलाश में बोरिया-बिस्तर लिये बेतहाशा लोग, झोंपड़ियाँ-झुग्गियाँ, वही नियति इस शहर की भी लिखी जा रही थी।

अधिकारियों ने बस्ती के सौ लोगों को एक क्विंटल चावल और पंद्रह किलो दाल बाँटे थे एक किलो चावल कितने दिन चलता? साधराम मुआवजे के बारे में पूछता तो जवाब मिलता—"सर्वे चल रहा है, मिलेगा।"

काकी डोकरी छेना बेचने निकलती तो शाम से रात और रात से आधी रात भी हो जाती। वह घर नहीं लौट पाती। अब लोगों के घरों में गैस के चूल्हे आ गए हैं, मिट्टी-तेल के स्टोव भी। कंडे-लकड़ियाँ कौन खरीदेगा? काकी डोकरी गलियों, रेलवे कॉलोनियों में सारा-सारा दिन भटकने के बाद रात को लस्त घर लौट आती, कंडों की टोकरी लौटाकर।

"कहाँ आसरे के लिए हमारे यहाँ आई थी, कहाँ हमारे लिए भटक रही है गली-गली।"

कौसिल्या का मन काकी डोकरी के लिए तड़पता-कलपता। बाहर से आए लोगों की अट्टालिकाएँ खड़ी हो रही थीं। खेत उजड़कर कॉलोनियों, बँगलों व सिनेमा हॉल में परिवर्तित हो रहे थे। आस-पास के गाँव शहर से दूर सरकते-

सरकते गायब हो रहे थे। कौसिल्या के धान-कटोरा में उनके लिए धान नहीं था, काम नहीं था।

"चल, यहाँ से कमाने-खाने बाहर चले जाएँ, पैसे बचा-बुचा के आएँगे तो मशीन ले लेंगे, कपड़ा धोए बर।"

साधराम एक बार ठेला लेकर फेरी से घर वापस लौटा तो निर्णय सुनाया था। उसके आम, केले बिके नहीं थे, जाहिर था कल के दिन उसे मिट्टी के मोल बेचना पड़ेगा उन्हें, लागत खर्च भी नहीं निकल पाएगा।

"का कहत हो?"

साधराम ने कौसिल्या की ओर देखा, मनबोधनी का क्या है? वह वही करेगी जो वह कहेगा। आज वह ग्राम सिंघोली जिला प्रतापगढ़ के एक दलाल से बात कर आया है ईंट-भट्ठे में काम करने के लिए। दलाल विनोद शर्मा ने सुविधा भली-भाँति मुहैया कराने का आश्वासन दिया है। जैसे सही भाव पर राशन, जलाने के लिए लकड़ी, रहने के लिए मकान, दवाई आदि। पंद्रह जून तक उनकी वापसी भी करा देगा वह। इसका पक्का वायदा भी उसने साधराम से किया है।

"यहाँ कौन सा राज-पाठ धरा है हमारा? जहाँ यहाँ कमा-खा रहे हैं, वहाँ भी कमाकर खाएँगे। पच्चीस रुपया रोजी कम है क्या?"

साधराम के प्रश्न पर कौसिल्या सहसा कुछ जवाब नहीं दे पाई थी। ददा का क्या होगा? उसकी देखभाल कौन करेगा वहाँ? यहाँ किसके भरोसे छोड़ेगी वह उसे? इस शहर में मैदा हुई, खेली-खाई इस झोंपड़ी में, यहीं उसकी दाई की चिता भी सजी है। चली जाए वह यहाँ से? बस्ती के कुछ लोग निकल गए हैं कमाने-खाने, कुछ गरमी शुरू होते ही निकल जाएँगे बिहार, पंजाब या दिल्ली या जहाँ सिर समाएगा वहाँ।

स्कूल बन रहा है, उनको तो यह जमीन खाली करनी ही होगी। आज नहीं तो शायद कल। ददा का कोर्ट से सम्मन जब तक आ जाता है। चोरी का केस अभी तक चल ही रहा है। दाई थी तो बीस-बीस रुपए शिवराम को धराती तो कोर्ट में तारीख बढ़वा आता। जरूरत पड़ती तो ददा को ले जाता कचहरी। अब कोर्ट से कागज आएगा तो किस पते पर जाएगा?

जो जाते हैं काम पर दूर शहर, क्या वे सहज ही लौट पाते हैं अपने घर? बँधवा मजदूर हो जाते हैं, रेहन रह जाते हैं वहाँ···श्याम बाई का डौका गया पंजाब—लौटा क्या वह? जाने कहाँ मर-खप गया बेचारा। मंगली बाई की बेटी, जवान बेटी, राजस्थान में सुना है बेच दिया किसी ने। कित्ता तो रोती है बेचारी, फिर

भी हर वर्ष भूख, बेरोजगारी से हजारों लोग चले ही जाते हैं—कुछ लौटते हैं, कुछ मर-खप जाते हैं, कुछ जीवन भर के लिए रेहन रह जाते हैं।

"मैं यहीं रहौं।" डोकरी काकी ने साफ इनकार कर दिया था।

"ददा कहाँ रहेगा, किसके भरोसे?"

"ददा यहीं रहेगा, काकी डोकरी के पास।"

"नहीं।"...कौसिल्या ने साफ मना कर दिया साधराम को।

"काकी डोकरी का कौन ठिकाना है कमाने-खाने का? ददा को कहाँ से देखेगी?"

प्रत्युत्तर में साधराम चुप हो गया था। दलाल ने कहा है कि टिकट के पैसे जाने को दे देगा, उनकी मजदूरी में से धीरे-धीरे काटता रहेगा। वह उनके साथ नहीं जाएगा। कटनी स्टेशन पर उनकी प्रतीक्षा में रहेगा। साधराम राजी हो गया था। टिकट के पैसे तो जुटे। नहीं तो साइकिल उसकी सिंधी के पास गिरवी पड़ी थी। बरतन-भांडा कुछ था नहीं बेचने के लिए। गहनों के नाम पर मनबोधनी की देह में गिलट के गहने थे।

'सुरेश राव बाबू भैया से जाने की बाबत पूछ लूँ तो कैसा रहेगा?' कौसिल्या ने मन ही मन निर्णय लिया था।

"बड़ा नामी बाबू बन गया है, अखबार ऑफिस में शिवराम बताता रहा।"

निर्णय करने के बाद कौसिल्या ने चैन की साँस ली थी।

□

नगर और आस-पास के गाँव में बाढ़ से हुई क्षति के आकलन का कार्य अभी चल ही रहा है। लगभग सात सौ अट्ठानबे परिवारों को मुआवजा राशि दिए जाने की औपचारिकताएँ पूरी कर ली गई थीं। सूची तैयार थी। किस्तें दी जानी थीं, न्यूनतम राशि एक सौ रुपए तथा अधिकतम तीन हजार।

सुबह से ही तहसील कार्यालय में बाढ़ में उजड़े लोगों का जमावड़ा शुरू हो गया था। दोपहर के ३ बज चुके थे, मुआवजा अधिकारियों का पता नहीं था, न फेहरिस्त का।

सुरेश राव के चीफ ने कहा था कि वह तहसील कार्यालय जाए और मुआवजे की पूरी रपट ले आए।

"सर्वेक्षण अभी पूरा नहीं हुआ है, अभी सिर्फ नौ-दस परिवार हैं? जो बढ़कर ग्यारह सौ हो सकते हैं।" सर्वेक्षण अधिकारी ने बताया था। साधराम-कौसिल्या का नाम नहीं था फेहरिस्त में। देवरीखुर्द, तिफरावालों को मुआवजा राशि

बँटी थी। साधराम कौसिल्या के साथ तहसील कार्यालय से निकल ही रहा था कि सुरेश राव पर उसकी दृष्टि चली गई थी।

"पायँ लागूँ, मालिक।"

"मिला कुछ आज?"

"नहीं, अगली बार मिलही।" साधराम क्रोधित था।

"मिलेगा, जरूर मिलेगा। अभी तो जबड़ापारा, बँधवापारा, सिरगिट्टी लिंगियाडीहवाले भी बचे हैं। तीन-तीन हजार मिलेंगे तो घर बना लेना।"

"आपका भी देना है। साहूकार का भी करजा पटाना है, का बचेगा मालिक?"

साधराम ने निराशा से सिर हिला दिया था। आज ठेला नहीं लगा पाया मुआवजे के चक्कर में। घर में रँधेगा क्या? वह सर झटककर बीड़ी सुलगाने लगा। कौसिल्या जमीन में अँगूठा कुरेदती खड़ी रही। सुबह के आए-आए ४ बजने जा रहे थे, पेट में एक दाना नहीं गया था।

"चाय पीओगे, साधराम!"

"हा हो।" साधराम ने मुंडी हिलाई।

"ऐ छोकरे, चाय देना।" सुरेश राव ने चाय की केतली लिये घूमते चायवाले छोकरे को आवाज दी थी।

"लो, तब तक यह पियो।"

सुरेश राव ने जेब से सिगरेट निकाल साधराम को दी थी। साधराम ने बीड़ी से सिगरेट सुलगा बीड़ी फेंक दी थी।

"हम लोग जा रहे हैं, साहब।"

"कहाँ?" सुरेश राव चौंका था।

"कमाने-खाने के लिए—प्रतापगढ़।"

"कौन-कौन जाएगा?" सुरेश राव ने कौसिल्या की ओर तका।

"काकी डोकरी रहेगी यहाँ, बस सब जाएँगे, ददा भी।"

"काकी डोकरी नहीं आई मुआवजा लेने?"

"आई है, पानी पीने गई है बंबे पर।"

"अच्छा।"

चायवाला चाय ले आया था। सुरेश के साथ सब चाय सुड़कने लगे। चाय पीते-पीते सुरेश राव ने छिपी दृष्टि से कौसिल्या की ओर देखा था। पुष्ट काली देह में छोटी-छोटी चमकीली आँखें, सींग-से तने हृष्ट-पुष्ट उरोज। कई बार मन किया था सुरेश राव का कि इन सींग जैसे तने नुकीले उरोज से घायल होकर मर

जाए, कई बार सोचा, कमरे में बुलाए, पूछे, तू मुझे देखकर भाग क्यों जाती है? हौवा हूँ क्या मैं?

आयी ने ब्याह कर दिया गाँव बुलाकर। सर झुकाकर उसने कर लिया ब्याह। कह नहीं सका आयी से कि—'मैंने एक मैना भी देख रखी है, आयी।'

सुरेश राव भोंसले तुम जीते ही कब थे जीवन में ? प्रोफेसर बनोगे सोचा था, टुटपुँजिया समझौतावादी पत्रकार बन गए। सोचते थे, समाज में इनकलाब लाओगे, क्रांति लाओगे, एक बूढ़े के प्राणों की रक्षा भी नहीं कर सके। ब्याह करते तुम—जाति-धर्म की दीवार फाँदकर? भूल जा, भूल जा सुरेश राव भोंसले, भूल जा और दफ्तर जा, तुम्हारा चीफ तुम्हारी प्रतीक्षा कर रहा होगा।

सुरेश राव ने सर झटका।

"चलता हूँ, साधराम भैया! कोई काम हो तो नि:संकोच बताना?"

सुरेश राव तहसील कार्यालय से बाहर निकल गया था।

□

"अब तक थे कहाँ?"

"तहसील कार्यालय में था और कहाँ था?"

सुरेश राव का ब्यूरो चीफ गुस्से से लाल-पीला हुआ बैठा था।

"११ बजे मुआवजा बँटना था, बँटा ३ से, फेहरिस्त ही नहीं बनी थी।"

"वहीं जमे रहने का क्या तुक था? टेलीप्रिंटर ऑपरेटर अब तक नहीं पहुँचा है, डाक से समाचार भेजने होंगे, अब तक कुछ भी नहीं बना।"

सुरेश राव का मन किया कि कहे, तुम किस खेत की मूली हो? क्या करते रहे सारा दिन बैठ के? कुछ नहीं तो प्रेस विज्ञप्ति ही काट-छाँट लेते, पर कहा नहीं उसने कुछ।

"लो पढ़ो. संपादकी चिट्ठी आई है।"

चीफ ने उसकी ओर चिट्ठी फेंकी। हमेशा की तरह विज्ञापन से पैसे शीघ्र वसूलने···और १५ अगस्त के लिए विज्ञापन संग्रह करने का तगादा था। टेलीप्रिंटर ऑपरेटर को चार सौ रुपए मिलते थे, जिसमें उसे दिन के २ बजे से रात के ८ बजे तक मशीन चलाने, दफ्तर में आए मेहमानों के लिए चाय-पान लाने, दफ्तर बंद करने के बाद डाक बाँटने भी जाना पड़ता था। जिस दिन वह चीफ से तनख्वाह बढ़ाने की बात करता उसके दूसरे दिन वह बीमार पड़ जाता था।

"मैं निकल रहा हूँ, फोन आए तो कहना कि मैं आयुक्त महोदय से मिलने गया हूँ।"

चीफ बाहर निकल गया था। सुरेश ने यह नहीं कहा कि आयुक्त महोदय तो राजधानी में हैं—बाढ़ पीड़ितों की बैठक में। आप किस आयुक्त से मिलने जा रहे हैं?

"सुनो," ब्यूरो चीफ रास्ते से लौट आया था।

"यह चिट्ठी आई है। पलायन पर एक आलेख भेजना है विशेष परिशिष्ट के लिए।"

उसने अपनी ड्राअर से चिट्ठी निकालकर थमाई थी उसे—"शाम तक बना लो, परसों पाली चले जाना।"

"परसों तो राखी है।" सुरेश राव भुनभुनाया।

"राखी है तो क्या? विज्ञापन के पैसे वसूलने हैं, वहाँ से बहनों के यहाँ चले जाना।"

सुरेश राव का दिल किया कि सामने का पेपरवेट उठाकर दे मारे चीफ के मुँह पर। नकली बत्तीसी झड़ जाएगी एक ही बार में, कैसा लगेगा फिर पोपले मुँह में?

सुरेश राव हँसने लगा।

"हँस क्यों रहे हो?"

"बस्स ऐसे ही।"

"अच्छा-अच्छा, काम करो।"

चीफ बाहर निकल गया था। सुरेश राव रजिस्टर में विज्ञापन के चेक नंबर चढ़ाने लगा—"स्साला कमीशन खुद खाएगा, विज्ञापन वसूलूँगा मैं—गधीच्च।"

राखी पर आयी ने खबर भेजी है, नई-नई ब्याही बहनों के यहाँ जाना है। चीफ कहता है—पाली जाओ।

सुरेश राव उठा, चीफ की मेज पर जाकर बैठ गया, उमस थी, थोड़ी हवा लगी। उसकी मेज पिछले छोटे कमरे में थी। टेलीप्रिंटर मशीन के ऐन पीछे सारा दिन खट-खट करते मशीन से उसका माथा टनटना जाता। फोन करने और पेशाब करने के लिए भी उसे चीफ के कमरे में से होकर जाना पड़ता था।

महीने की शुरुआत थी, चीफ कहाँ गया होगा—जानता था वह। विभागों से लिफाफे वसूलने का समय था। लिफाफे तो सही समय पर पहुँच जाते थे, पर कुछ विभाग आनाकानी करते, देर करते। चीफ उनसे सौहार्द भेंट के लिए चला जाता, उन्हें भी अच्छा लगता, चीफ को भी।

शाम जैसे ही ढलती, चीफ उसे पचास रुपए थमाता, एक क्वार्टर और एक

पैकेट पनामा सिगरेट के लिए। टेलीप्रिंटर ऑपरेटर साहू को पहले वह भेजा करता था, बाद में उसे लगा कि साहू एक आध घूँट पीने के बाद पानी मिला देता है, तो वह सुरेश राव को भेजने लगा था। क्वार्टर पीने के बाद चीफ एक सिगरेट सुलगाता, दफ्तर बंद कर लेने की हिदायत देकर बाहर निकल जाता। साहू तब ठर्रे की बोतल निकालता—

"लोगे क्या, भैया?"

"ठीक है, दे दे एक कप।" सुरेश राव भी एक कप ले लेता।

"हरामी है बुड्ढा, न बोनस, न दीवाली-दशहरा…"

ठर्रा चढ़ता तो साहू गालियाँ देने लगता। झोले में पुराने पेपर बेचने के लिए ठूँसता—एक-आध पेंसिल, गोंद की खाली शीशी भी।

"स्साला कुत्ता, हमारे गिफ्ट भी मार लेता है।"

कंपनियों से दीवाली व नए वर्ष में डायरियाँ, बैग, पेन, छोटे-मोटे उपहार समाचार-पत्रों के दफ्तरों में आते थे, उन्हें भी उनका चीफ मार लेता, उनके हिस्से का भी।

"बहुत नदीदा है स्साला।" साहू गालियाँ बकता।

"कब से कह रहा हूँ—तनख्वाह बढ़ाइए, बढ़ाता ही नहीं। अब चार सौ में बीवी-बच्चों को पालूँ कि खुद खाऊँ?"

सुरेश राव जानता था, चीफ आएगा तो उससे कुछ नहीं कहेगा, साहू दुम दबा लेगा, वही कौन सा प्रत्युत्तर दे पाता है?

☐

खरीफ की फसल के बाद रोजगार की तलाश में काफी मजदूर राज्य के सीमावर्ती राज्यों में चले जाते हैं। इस बार जिले में 'पनिया अकाल' की आशंका हो गई है। सैकड़ों एकड़ में धान के बीज सड़ गए हैं, दोबारा-तिवरा बोनी करने के लिए किसानों के पास बीज ही नहीं बचे हैं, प्रशासन की ओर से बैंक से ऋण या तकाबी पर बीज मुहैया कराने के इंतजाम किए जा रहे हैं। यहाँ के ज्यादातर किसान खेती के भरोसे ही रहते हैं, जिसके चलते जिले का एक हिस्सा हमेशा अकाल की चपेट में रहता ही है।

जून महीने के पहले पखवाड़े से लेकर अब तक लगातार हो रही बारिश ने जिले में इस वर्ष फिर से अकाल की छाया डाल दी है। अकाल टाला नहीं जा सकता। किसानों ने धान की बोनी की, बीज सड़ गए, किसी तरह बीज का इंतजाम कर दूसरी बार बोनी की, लगातार हो रही वर्षा में वह भी गया। इधर लगातार महीने

भर तक काम न मिलने की वजह से किसानों ने शेष बचे-खुचे धान से पेट पाला, अब बीज नहीं है किसानों के पास।

पिछले साल अड़सठ हजार आठ सौ सैंतालीस मजदूर बाहर चले गए थे। उसके पिछले साल छिहत्तर हजार सात सौ तेरह। यह तो सरकारी आँकड़ा है। इसके अतिरिक्त श्रम विभाग की गैर-जानकारी में हजारों लोग पलायन कर गए।

ग्राम-विकास खंड स्तर पर श्रमिकों के पलायन पर राजस्व एवं श्रम विभाग की नजर रहती है। रोजगारमूलक कार्यों की उपलब्धि की समीक्षा की जाती है, फिर भी पेट की ज्वाला उन्हें सुदूर पंजाब-जम्मू भागने के लिए विवश करती है। कृषि-राजस्व विभाग का अमला अभी सर्वे ही कर रहा है कि अधिक पानी से धान की फसल को कितना नुकसान हुआ है, जबकि किसानों को फौरी तौर पर बीजों की जरूरत है।

सुरेश राव ने अखबार-किताबें एक ओर सरकाईं। साहू आ पहुँचा था।

''कैसे? देरी कैसे?''

''बस्स, ऐसे ही पेट दुखता रहा।''

उसका पेट अब जब-तब दुखने लगा था। कल उसने चीफ से पैसे बढ़ाने की बात की थी।

''ला यार, चाय पिला जरा।'' सुरेश राव ने उसकी ओर पैसे बढ़ाए।

''कहाँ गया मनहूस?''

''वसूली में गया है।''

''यहाँ पाँच पैसे देते जान जाती है, बीड़ी भी स्साला, बीड़ी भी मेरी पी जाता है माँग-माँग के।''

''चल, चाय पिला, मशीन चालू कर, डोकरा पहुँचता ही होगा।''

''आज स्साले की सारी दारू में पानी न मिलाया तो कहना, आप मत जाना लेने, समझे! फिर देखना।''

चाय के लिए साहू बड़बड़ाता नीचे उतर गया था।

श्रम विभाग के निरीक्षकों द्वारा स्थितियों की पाक्षिक मॉनिटरिंग की जाती है—प्रशासन बयान देता है, पर हर वर्ष यही अधिकारी दलालों से पैसे लेकर श्रमिकों को जत्थे-के-जत्थे भागने देते हैं।

□

''यूरोपियन इंस्टीट्यूट के 'बार' में मिसेज जॉन दो पैग व्हिस्की उधारी के चढ़ा उन दिनों को याद करती हैं, जब मि. जॉन रेलवे इंजन दौड़ाते बगल की रेलवे

पटरियों से गुजरते थे। क्या रुतबा था, क्या रंग था, कहाँ गए वे दिन? 'इंस्टीट्यूट' के ऊपरवाले डांसिंग फ्लोर पर जोड़े थिरकने लगे हैं। मिसेस जॉन करीने से सिली अपनी फटी फ्रॉक की फ्रील पर हथेली फेरने लगती हैं। अब कौन पैग ऑफर करेगा? वह खामोश कदमों से बँगला यार्ड की चौड़ी काली सड़कों को नापने लगती हैं। अंग्रेज थे, सभ्यता थी, शान थी, रुतबा था—गए वे दिलदार लोग, अब तो बस, ड्राइवर और गार्ड, खलासी बच रहे हैं।

सन् १८८९ में रेलवे की लाइन यहाँ से गुजरी थी। तब कौन जानता था, यह रेल पटरियाँ शहर को दो भागों में विभाजित कर देंगी—रेलवे क्षेत्र···शहरी क्षेत्र। आज भी यह विभाजन रेखा देखी जा सकती है—पाश्चात्य रंग, आधुनिक यूरोपीय सभ्यता से प्रभावित संस्कृति।

पुरातन छत्तीसगढ़ की परंपराओं से चलित शहरी क्षेत्र, यह अंतर बारीक मलमल के झीने चादर-सा मानो किसी ने पूरे नगर में तान दिया है हौले से। इसलिए क्रिसमस नए वर्ष का हंगामा और कार्तिक मास की प्रबोधनी (देवउठनी) एकादशी में होनेवाले 'राउत मेले' का हंगामा दो पड़ोसियों के घर होता अलग-अलग तीज लगता है। स्टेशन के समीप देर रात तक खुले रहनेवाले भोजनालय के आगे के फुटपाथ में प्रतीक्षारत भूखे भिखारी बच्चे, जो होटल की नाली से छनकर आते अन्न की प्रतीक्षा करते बैठते थे रोज···दूसरे दिन नहीं रहे, अब खबर छपती है—कल रात चार भिखारी बच्चे ट्रक से कुचलकर मर गए। होटल समूह के दूसरे बड़े होटल का भव्य उद्घाटन, तब बिलासा को कोसने को मन करता है—ये बिलासा तूने इस शहर को क्यों बसाया था? अगर बसाया था तो क्या इस शहर को शाप मुक्ति नहीं दोगी?

यह वह नगर है, जिसने कांग्रेस के लाहौर अधिवेशन में पूर्ण स्वराज्य का मुख्य मुद्दा बनाकर सन् १९३० तक पूर्ण स्वराज्य सप्ताह मनाया था। २७ जनवरी को नगरपालिका के उत्सव के समय तिरंगा झंडा फहराते वक्त लाठियाँ खाई थीं। अवज्ञा आंदोलन के समय विदेशी वस्तुओं का सामूहिक बहिष्कार, शराब की दुकानों पर धरना दिया था।

□

बहुत तरक्की कर ली है इस शहर ने। पहले इक्का-दुक्का कार और साइकिलें दिखती थीं, अब कार ही कार हैं, टी.वी है, वीडियो है, भैंस-बैल गाड़ियाँ भी बदस्तूर हैं। जब इन्हें एक-दूसरे से धकियाते-पकियाते सदर बाजार की भीड़ भरी सड़कों पर गुजरते देखता हूँ, तो लगता है तरक्की की परिभाषा क्या है,

वह जो शब्दकोश में है या वह जो यहाँ देख रहा हूँ। सात रुपए मालिक को देकर स्वयं दिन भर रिक्शा खींचता भुकऊराम जब मुझे मेरे घर पहुँचाकर दो रोटियाँ माँगता है मुझसे, तब आभास होता है शब्दकोश में से तरक्की की कोई नई परिभाषा ढूँढ़नी होगी हमें। वह पलायन नहीं करेगा तो क्या करेगा?

अरपा के ऊपर के उस पुल पर से सूर्यास्त और सूर्योदय की लाली में नहाते काबुली मसजिद के सफेद मीनारों को देखना, अरपा के वक्षस्थल में जगह-जगह डबरों से जल में काबुली मसजिद की प्रतिच्छाया शाम की ट्यूब लाइट में झाँकना, दूर पुल के उस पार के राम मंदिर की घंटियों की प्रतिध्वनियाँ, इस नगर से बड़ा प्यार हो आता है मुझे। यह शहर, जो मेरी मधुर स्मृतियों के साथ कहीं दूर तक चलेगा, चलता रहेगा। शहर बसेंगे-उजड़ेगे-बसेंगे। मुझ जैसे हजारों सुरेश राव भोंसले भी इस शहर से कहीं और रोजगार की तलाश में, आँखों में सपने लिये पलायन कर जाएँगे—साधराम की तरह, कौसिल्या की तरह—हमेशा-हमेशा के लिए, कभी न आने के लिए।

सुरेश राव भोंसले ने आलेख खत्म कर लिया तो उठ बैठा था।

''लगता है, वसूली हुई नहीं। हम लोगों की जान खाएगा डोकरा!''

''तुम यहाँ कैसे?'' सुरेश राव को अपनी कुरसी पर जमे देख चीफ भड़का था।

''फोन आया था—सुन रहा था।''

''किसका?''

''सेल टैक्स से मि. गुप्ता का, पूछ रहे थे आपको।''

''अच्छा-अच्छा!''

नगर और आस-पास के गाँवों में महामारी व बाढ़ के कारण अधिकारियों की बैठक हो रही थी—कोई मिला ही नहीं था उसे दफ्तर में, चीफ लौट आया था।

''दिखाओ, क्या लिखा है?''

सुरेश राव ने कागज उसकी ओर बढ़ाया था।

''यह क्या है? कम्युनिस्ट हो क्या? क्या-क्या लिख मारा है?'' चीफ कलम लेकर सुरेश के आलेख में बुरी तरह काट-छाँट करने लगा।

''स्साला—लिखेगा एक भी पंक्ति नहीं, मेरी ही पंक्तियों को काटेगा और भेज देगा अपने नाम से।''

''आता हूँ चाय पीकर।''

चीफ के प्रत्युत्तर की प्रतीक्षा न कर सुरेश राव सीढ़ियाँ उतर गया था।

"पत्रकारिता कर रहे हैं कि कविताई, आ जाते हैं जाने कहाँ से!"

चीफ के बड़बड़ाने की आवाज सीढ़ियों के नीचे तक सुनाई देती रही उसे।

□

रामखिलावन को टैंपोंवाले ने ठोकर मार दी थी। बिस्तर पर पड़ गया था वह। बुढ़ापे की हड्डियाँ जाने कब जुड़ेंगी।

देवीदीन मरकाम को पुलिस ने फिर धर दबोचा था। गाँव में मिली उस अज्ञात युवती के खून के एवज में।

अनारकली इस बार बंबई चली गई है कमाने-खाने। कहते हैं—वहाँ दिल्ली से ज्यादा मजूरी मिलेगी उसे। अच्छे कपड़े-लत्ते, गहने-लिपस्टिक, अत्तर-महावर। साल-दो साल में गाँव लौटेगी तो मालामाल होकर।

"बंबई दिल्ली से बड़ा शहर है, पैसेवाले अमीर बाबू-भैया ज्यादा हैं वहाँ।" भोली काकी डोकरी कौसिल्या को बताती है। सड़कों पर सुरेश राव कौसिल्या को दिखता है कभी-कभी। कौसिल्या आँखें बचाकर निकल जाती है।

"जा बाबू, तैं खुश रह, बस्स!"

कौसिल्या मन-ही-मन उसे दुआ देती, साधराम उसके पैसे अभी तक नहीं लौटा पाया है। मुआवजे की दूसरी फेहरिस्त आनी है, आई नहीं है अब तक। शिवराम कहता था—प्रति परिवार पीछे पचास बाँस तथा अठारह बल्लियाँ भी घर बनाने के लिए मिलेंगी, पर सरकारी जमीन खाली करनी पड़ेगी उन्हें, तभी।

"सैकड़ों ज़ानवर मर-खप गए हैं। कहते हैं चार गाएँ, एक बछड़ा और दो बकरियों के बह जाने की रपट है—साले रोगहा।"

प्रदेश शासन से आदेश आ गए हैं सन् १९८९ के बाद के दैनिक वेतन भोगियों की पूर्णतः छुट्टी कर दी गई है, घर जाएँ, रोजगार करें वे लोग, कहीं और ठौर-ठिकाना करें।

शिवराम की बची-खुची आशा भी धुँधलाती दीये-सी एकबारगी भभक-कर आखिर बुझ ही गई थी। कोई उम्मीद नहीं, कोई आस नहीं।

सोचता था, अकोला चला जाएगा काका ससुर के पास। वहाँ महामारी फैल गई है। लोग उलटी-दस्त से मर रहे थे, सैकड़ों बीमार पड़े थे। आस-पास के दर्जनों गाँव महामारी की चपेट में थे।

"जबरा मारे और रोने भी न दे।"

रामखिलावन बिस्तर पर पड़ा कराहता रहता है—"पट्टी ला खोल दे रे मोर…"

शिवराम से प्लास्टर खोल देने की चिरौरी करता रहता वह। बिस्तर पर लेटे-लेटे उसकी पीठ पर घाव हो गए हैं। कराहता-चीखता पड़ा रहता, धानबाई पास भी नहीं फटकती।

□

घर का सामान समेटा जाने लगा है। एक बोगचा, एक टिन का बक्सा, दो थालियाँ, एक डेकची, एक खाट, एक चिमनी···

उन लोगों के जाने का दिन आ ही गया था।

सड़कों-बसों में कौसिल्या बोकचा-पेटी लिये जत्थे के साथ लोगों को भागते-चढ़ते देखती थी। एक दिन उसका भी फूटा भाग्य उसे यहाँ से जाने के लिए विवश करेगा, यह सोचा ही नहीं था उसने। उसकी दाई लक्षन कहती थी—"दाई-ददा जनम देते हैं, पर करम नहीं देते रे!" पर उसका फूटा करम किस निर्मोही ने इस तरह लिख दिया है?

ट्रंक सर पर लादे साधराम, बोगचा लादे कौसिल्या, खाट बरतन लादे मनबोधनी, काकी डोकरी छेदिन को कंधे पर चढ़ाए और एक हाथ से रामजी का हाथ पकड़े धीरे-धीरे पीछे रेंगती बस के लिए आ खड़े हुए हैं। बस स्टैंड—सैकड़ों सामने के खुले में पड़े हैं राँधते-खाते। भाग रहे हैं वे भी—झाडूराम, शिवराम, धानबाई का काफिला भी जा रहा है प्रतापगढ़—रामखिलावन को भगवान् भरोसे छोड़कर।

कुछ जा चुके हैं, कुछ कल जाएँगे···कुछ परसों। हमेशा की तरह सुदूर प्रदेश के अजनबी जन-सागर में समा जाएँगे। बस्ती में मौत का सा सन्नाटा है सिवाय बगल में हरहराते बहते गंदे नाले के जल के शोर के।

कौसिल्या की बस आ गई है, उन्हीं के जैसे विपन्न, नंगे-बुचे कमाने-खाने के लिए सुदूर प्रांतों में जाते अपनी पूरी गृहस्थी, पूरी संपदा को सर पर लादे, पलायन कर रहे लोगों से छत तक अँटी।

भेंप···भेंप···

बस का ड्राइवर अधीरता से हॉर्न बजाता है। साधराम बोगचा, खाट बस की छत पर किसी तरह ठँसाता है। छत पर रामजी को लेकर बैठ जाता है। कौसिल्या मनबोधनी, छेदिन को सँभाले बस की छत तक ठँसी भीड़ में जगह तलाशती घुसती है—झाडूराम, शिवराम, धानबाई और चार बच्चे भी। गर्भिणी गाय-सी बस किसी तरह रेंगती है गिरती-पड़ती···

टन···टन···

झबरी कुतिया···भौंकती हुई बस के पीछे-पीछे दौड़ती है, रोती हुई काकी डोकरी भी। फिर सबकुछ कौसिल्या की आँसू भरी धुँधली आँखों से ओझल हो जाता है—गलियाँ, बस्ती, रास्ते, लोग सबकुछ।

"पइयाँ परत हों मैं चंदा सुरुज के···मोला तिरिया जनम झनि देय···तिरिया जनम मोर अति कल्पना···मोला तिरिया जनम झनि देय रे···"

□□□